私享集

一位总编辑的微思考

李 泉佃 著

厦门大学出版社 国家一级出版社
XIAMEN UNIVERSITY PRESS 全国百佳图书出版单位

写杂文，权当私房菜，合自己的胃口就行。

图书在版编目(CIP)数据

私享集/李泉佃著.—厦门:厦门大学出版社,2012.9
ISBN 978-7-5615-4390-0

Ⅰ.①私… Ⅱ.①李… Ⅲ.①杂文集-中国-当代 Ⅳ.①I267.1

中国版本图书馆 CIP 数据核字(2012)第 209328 号

厦门大学出版社出版发行

(地址:厦门市软件园二期望海路 39 号　邮编:361008)

http://www.xmupress.com

xmup @ xmupress.com

厦门集大印刷厂印刷

2012 年 9 月第 1 版　2012 年 9 月第 1 次印刷

开本:720×970　1/16　印张:19.75　插页:2

字数:250 千字　印数:1～5 000 册

定价:42.00元

本书如有印装质量问题请直接寄承印厂调换

序

张铭清

泉佃的《私享集》付梓在即，命我作序。

对序的作用，巴金先生通俗地表述为："序文充其量是鼓动人步入作品里屋。"鼓动者，摇唇鼓舌，游说煽动之谓也。

杂文大家黄裳称"作序是一件可怕的事"。不知是否受了巴金"鼓动说"的影响，认为鼓动者非其所长，对别人请他作序，总是"踌躇再三，难于从命"。

对泉佃所请，我的第一反应也是难于从命，可是，又难以婉拒。因为我们毕竟是以文相交近30年的老朋友了。于是，我只好恭敬不如从命。

序文的内容有三：一，说明出书的意旨、编次体例和介绍作家情况。二，评论作品。三，联系作品，有感而发，阐发对某些问题的看法。考虑再三，觉得对二、三点倒是可以说点浅见的。

看完25万字的《私享集》书稿，脑海里浮现出中国报坛的两位总编辑：一位是近代与梁启超齐名的文人论政翘楚《大公报》总编辑张季鸾，一位是50年代蜚声新闻界的大才子《人民日报》总编辑邓拓。文人论政，是中国报坛的传统。这就要求总编辑要有信手拈来、涉笔成趣、笔耕不辍的良好职业习惯，更要有博古通今、洞烛幽微的深厚学养，有文思泉涌、倚马可待、一挥而就的功力。张季鸾和邓拓便是其中的佼佼者。

《大公报》总编辑张季鸾"看完大样写社论"，传为美谈。他自评"以锋利之笔，写忠厚文章；以钝拙之笔，写尖锐文章"，为中国百年言论史铸就了一座丰碑。周恩来赞许他，"做总编辑，要像张季鸾那样有优哉游哉的气概，如腾龙跃虎，游刃有余"。

上世纪50年代的《人民日报》总编辑邓拓写社论倚马可待成一段佳话。

1981年后，我在《人民日报》工作，常听老同志谈及老总编邓拓，大有张季鸾之风。当时，毛主席、周总理等中央领导人习惯夜间工作。常常下半夜，甚至凌晨来电话，出社论题目，要求明天见报。邓拓边听电话，边展纸濡墨。放下电话，就能笔走龙蛇，立马千言，文不加点，一气呵成。一张稿成，秘书即送去排字房，流水作业。排字房排好的小样，即送邓拓。打出大样后，邓拓立即阅改。签报中央，专车飞驰中南海送审。整个流程如同打仗一般，争分夺秒，环环紧扣。邓拓在办公室等候中央领导的审定稿。《人民日报》的纪念册上可以看到当年送审稿上，毛主席、周总理等中央领导人亲笔批示"很好！照发。"的影印件。有时，中南海来电布置任务，邓拓生病输液，仍然带病坚持，及时圆满完成任务。

时至今日，老同志当年谈到邓拓时那眉飞色舞、绘声绘色的神情，那溢于言表的高山仰止的钦佩，都历历在目，恍如昨日。每每忆及，"做新闻人当如是"的感叹便油然而生。我在《人民日报》记者部工作时，与同事们一谈到邓拓，往往为之倾倒。他的博学多才令人神往，他倚马可待的功力令人叹为观止。把他提出的记者应当成为杂家的要求作为奋斗目标。尽管他后来受到不公正的待遇，却在北京市委的领导岗位上写出脍炙人口的《燕山夜话》

和《三家村札记》那样手挥五弦、目送飞鸿的名篇佳作。可见，一个人的博学多才的深厚学养和倚马可待的功力，无论在哪里都会熠熠生辉。一个新闻人，能力有大小，但是邓拓那多学、多思、多写，活到老学到老的精神永远是新闻人的楷模。我要求记者要以邓拓为榜样，对自己采写的有分量的稿子，自己配评论，不要推给评论部。能够做到的记者，写作水平的提高是显而易见的。

今天媒体同仁的工作条件比起张季鸾、邓拓时代不知好了多少倍，简直不可同日而语。但是，学习、思考、写作是需要自觉的。《私享集》是别人的命题作文吗？应该不是。一个人的成就大小与他是否利用、怎样利用业余时间有很大关系。古人利用马上、厕上、床上的时间，鲁迅利用别人喝咖啡的时间写作便是佐证。泉佃的《私享集》也是。

诗圣杜甫最懂为文不易，遂有"文章千古事，得失寸心知"的感叹。袁枚深知文章需要呕心沥血、精雕细刻，才有"爱好由来落笔难，一诗千改始心安。阿婆还似初笄女，头未梳成不许看"的心得。曹丕把文章提到"经国之大业，不朽之盛事"的高度。

言为心声。语言，不管是书面的还是口头的，不过是思想感情的流露形式。有感而发，才不会无病呻吟。只有发自肺腑的生命激情的迸发，才会情真意切，不矫揉造作、无虚情假意。我以为泉佃的《私享集》很好地体现了求真务实、言之有物的风格，做到了文章不写一句空。这正是《私享集》的一大亮点。

80多篇文章的字里行间，忧国忧民的一片真情溢于言表。他以"富有担当的知识分子"、"真男人"为楷模，以朱镕基"只讲真话，不讲套话"为榜样，为社会"挑刺、把脉、批判"，爱憎分明、嫉恶如仇。他对把公权当特权、选举拉票、公款吃喝等腐败现象，对炫富拼爹、恶俗媚俗等社会丑恶现象深恶痛绝。对事关群众日常生活的肉、蛋、奶、地沟油、食品农药残留问题，街道积水等没有有效解决措施大声疾呼。他为"另类官员"辩诬,肯定"群众骂娘",对"焦点"衰落不以为然;对死灰复燃的"标语口号"和"造神"颇有微词。他告诫执政者要热官冷做、冷官热做,别当"狗官"。他呼吁"百年老店,更应居安思危"……对人民群众,敢遣春温上笔端,深情款款,娓娓道来,俯首甘为孺子牛;对丑恶现象,正气凛然薄云天,金刚怒目,雷鸣电闪,横眉冷对千夫指。

难能可贵的是,作者对上述社会现象不是简单评判,就事论事,而是就事论理。他以新闻人的敏锐执着和深刻,把犀利的笔锋直指问题的症结,引导读者辨析复杂的社会现象。他大声发问:"难道解决一个牛奶问题,比解决航母问题、神八天宫问题更难?"他以小见大,通过老百姓点滴小事难以解决,透视在落实以人为本的党风、政风的问题。

我揣测作者用"私享集"作书名,望文生义可能是自己私下享用的意思,是敝帚自珍的自谦。"私享"的谐音是"思想",思想,是精神产品,不应私享,还是让更多的人共享泉佃奉献的"讲真话、忧民生、观天下的"精神大餐吧!

Contents | 目录

- 001　为乡土饮食文化多培一抔土
- 005　算命
- 009　周正龙杨振宁，假虎真龙？
- 014　王老板，您入错行了
- 017　洗脚记
- 023　城市化的困惑
- 029　一代人的阅读史
- 034　富有担当的知识分子
- 038　如此专家，何用？
- 041　人是什么？
- 044　富豪增多未必是"福"
- 047　木棉何幸？
- 050　真男人
- 054　可怜的孔子
- 057　大家都来当反"转"派

Contents | 目录

060　也说故宫丑闻

063　为什么？

066　杞人忧"奢"

069　百年老店，更应居安思危

073　仇什么，千万别仇孝

076　质疑"黑名单"

079　官员"雷语" 百姓无语

082　"又能说明什么"

085　我们是谁

089　历史的丑陋与无奈

093　再说微博

097　何必满口"潮语"

101　骂娘又何妨

104　打倒老天爷？

107　历史是一面镜子

111	医者，仁术也
115	两个美国人的新闻
118	受伤的不仅仅是农村
121	拉票者戒
125	挑刺·把脉·批判
128	美国很行？
131	地沟油为何屡禁不止
134	"抓小放大"的背后
137	"快女"的盛行与"焦点"的衰落
140	第一向中央说话，第二为贫民说话
144	中国为什么出不了乔布斯
147	可怜的驴
150	"另类官员"辩
153	是公益，还是亵渎？
156	读，不容易；做，更不容易

160	标语的命运
163	校园不是秀场
166	一波三折的温州动车案
169	解决问题第一，舆论引导第二
172	读杨继绳的阶级分析
176	别再造神
179	"性罢工"的背后
182	哀莫大于心死
186	公众质疑为哪般？
189	喜欢汪洋的一个理由
192	看吴思如何盖"房子"
196	官员伤身，百姓伤心
199	"教化"谁？
202	源头，还是源头
205	圈子·段子·日子

209	热官与冷官
212	也说蔡奇的微博
215	从会场冷清说开去
218	政治雷锋与生活雷锋
222	相对真理与绝对权力
226	何止酒店要补课?
229	熊胆、虎骨酒及其他
232	人民如何监督政府
235	公权与特权
238	多此一举
241	记者与官员之关系
245	不满意又如何
248	危害更甚
251	谁的扁担
254	警惕新"大字报"

Contents | 目录

- 257 宝刀不老的王蒙
- 261 晒晒另类账单如何
- 265 一把手依赖征
- 268 这样的"体检"合格吗？
- 271 一封特殊的致敬函
- 275 是制造捕鼠器，还是获取捕鼠特权
- 279 道德与规则
- 282 改名、改号及其他
- 285 隐私值多少钱？
- 288 假话空话最伤民心
- 291 这样的潜规则何时休
- 294 谁偷走了我们的真性情

- 297 后记 人是要有一点思想的

01 / 为乡土饮食文化多培一抔土

我经常把翔安当做自己的故乡。这绝对没有糊涂到"错把他乡当故乡"之地步。

记得上个世纪70年代初,具体一点说吧,也就是1971年。那年年初,我还是南安县九都公社渡潭生产队的一个放牛娃,那是个十分偏僻的山村。我之所以强调这一点,是想说明,在那个贫困年代,在那个偏僻山村,正在长身体的我,却一日三餐,食不果腹。

突然有一天,大人们说:要移民了。原因是,南安县要建一个大水库,叫"山美水库"。离乡背井,大人们自然有些依依不舍。可大人们私下里也议论,说是乡人即将去的新地方,沧海一望无际,桑田延绵百里,农人丰衣足食。具体说是,那里的农民,吃的是番薯粥,喝的是紫菜汤,配的是煮牡蛎。番薯是熟悉的,但紫菜呀,牡蛎呀,则闻所未闻。问了大人,他们也似懂非懂,但他们又不愿意承认他们其实也不懂,就训斥我们:"小孩子,有耳朵,没嘴巴。到那,就知道了。"可他们哪会知道,此时的我们,嘴巴里早就舌头打转,口水差点没流出来。

带着美好的憧憬,终于在1971年年底,我们坐上长途客车,奔着新生活上路了。经过了一整天的颠簸、跋涉,太阳快落山了,我们才翻过小盈岭,这就是当时同安与南

> 带着美好的憧憬,终于在1971年年底,我们坐上长途客车,奔着新生活上路了。

安的地界。大人们说:"到啦到啦。"我们几个小孩子叽叽喳喳,迫不及待地打开窗户,想看一眼未来的故乡是个啥模样。结果,一阵寒风狠狠地打了过来,有些凛冽,脸上有些麻麻,有些发痛。见状,司机叔叔发话了:"这里叫内厝,风头水尾,十年九旱啊。"司机叔叔的话,对我是个沉重的打击,以至今天,每每从内厝经过,我还时时想起他的话。我想,完了,这下,紫菜汤喝不成了,煮牡蛎也吃不了了。

当然,我们移民的地址是同安县的果园公社(现在叫五显镇),与内厝的"风头水尾"相去甚远。到了果园,发现这里没有大海,也没有良田,有的只是丘陵山地。山地上,满坡满坡的番薯,当然,还有连绵起伏的桂圆树(也叫龙眼树)。看来还是得吃番薯,吃吃桂圆应当也是不成问题的。结果,发现想法也过于天真。桂圆树是集体所有,偷果者遭遇的处罚是:让你走遍果园,每棵树摘一颗果实,当场吃,不许带回去。那是可以想象得了的结局:直至肚子撑破。由此也可见,当时的果园公社,名副其实,桂圆树多到何等地步啊!可那也与我们的日常生活无关。

扯了这么多,是想说明:同安,翔安,本来就是一家的。只是到了2003年10月19日,由于区划调整的需要,更由于厦门发展的需要,才把同安一分为二,正式设立翔安区。其实,再往前推,同安几度与晋江地区、厦门市分分合合,也分不清谁是谁。所以,从早期的晋江地区,到现在的厦门市;从早期的同安县,到现在的翔安区,我都能沾得上边。当然,这时候的翔安,再也不是上个世纪七八十年代的"风头水尾"。这时候的翔安,已是风华锦绣,卓尔不群。但不管怎么样,翔安,仍然是我印象中的翔安。我的一个同事,原本是同安区新店镇沃头村的。同安一分为二后,我问他,有什么感觉。他说,好像都一样,就是天气预报有点差异。分区前,气温是一样的;分区后,翔安气温肯定比同安低一度。我听了,觉得再幽默不过。所以,说翔安是我的故乡,大家也一定不会见笑的。

　　扯了这么多,也想说明:既然本是一家人,一些民俗积淀,也就大抵相同,虽然有"十里不同风,百里不同俗"的说法。比如,我前面提到的番薯呀、紫菜呀、牡蛎呀,等等,泉州有,厦门有,同安有,翔安也有。当然,还有花生、萝卜、豆干、碗仔粿、烧肉粽等等。

　　扯了这么多,还想说明:虽然你有我有,大家有,为什么还要花费那么大的人力、物力、精力,把大家有的东西,编印成册呢?

　　这就又要扯到食的问题了。"民以食为天",饮食在人类生活中,占有十分重要的地位。它是人类最重要的生存需要之一。在闽南一带,熟人相遇,难免要问一声"食未"(吃了吗?);出门谋生,也说是外出"趁食";闲坐聊天,也是"讲长讲短,讲食煞尾"(讲来讲去,最后还是讲吃的)。而饮食,作为一种物质民俗,它的形成却要经历相当长的一段时间的。同时,随着人类社会的不断进步,以及经济、文化、科技的不断发展,饮食民俗也日益明显地表现出其强烈的时代特征和鲜明的地方文化色彩。比如,过去我们能有番薯,有紫菜,有牡蛎,就等于过上好日子了,加上,能够吃上桂圆,那更是过上奢侈的日子了。可是,"三十年河东,三十年河西",改革开放至今,恰恰近三十年。三十年来,关于吃的,也可谓几经沧桑,几个轮回。先是丢掉传统,西风东渐,一时麦当劳、肯德基、必胜客家喻户晓,似乎不吃这些洋快餐,就无法与国际接轨;当然,更多的是变着花样,极尽奢华,什么鱼翅、燕窝、鲍鱼,恨不得一餐之间,把风光占尽,把风头出尽,把风华享尽,生怕人家不知道他家发了财似的。结果,不要说高血压、高血脂、高胆固醇"三高"现象相当普遍,一些莫名其妙的疾病也由此而生。国学大师南怀瑾说,19世纪,肺结核盛行,人们惊慌失措,那时候,大伙还不知道癌症是个什么妖魔。可是,到了20世纪

> "民以食为天",饮食在人类生活中,占有十分重要的地位。

初叶,尤其是20世纪后期,乱七八糟的癌症让患者,也让医家感到不可思议。人们在享受现代社会带来的便利、带来的口舌之福的同时,也不得不细嚼慢咽自己种下的苦果。

此时,人们才恍然大悟:原来乡下老祖宗留下的那些一文不值、土得掉渣的东西,才真正是有益健康的。也才发现,由于社会生产力水平的制约和传统伦理观念的影响,日常饮食习俗的"节俭"和酒宴习俗的"奢侈",有机地构成饮食民俗中的有趣的文化现象。

我揣度,这也许就是翔安出版《三宝九品百味》的初衷。但是,这样一套谈一日三餐、佳肴小吃、早茶晚酒的丛书,却由翔安区委推动出版,则令人敬佩有加。古代地方官就任,都要观风察俗,倡导良好的社会风气,其中,物质民俗,是社会风气的应有之义,但民风习尚往往被民俗学者忽略。为了记录民俗的传承和变异,记录对移风易俗的认识,翔安区委主要领导拍板决定出版这套丛书。水有源,木有本,饮食文化也有根;只有源远才能流长,本固才能枝荣,根深才能叶茂。由此观之,翔安区委的决策是文化之幸,百姓之幸。愿有志于乡土饮食文化的爱护者,多培一抔土,以报答根之情意。

是所望焉。

2007年7月1日

水有源,木有本,饮食文化也有根;只有源远才能流长,本固才能枝荣,根深才能叶茂。

02 / 算命

近段，连续收到五六位朋友发来的关于更改手机号码的短信。其中，一位朋友，一月之内，改号两次。

为什么？据说，现在流行电脑算命；而电脑算命，则包罗万象，什么星座呀，八字呀，测字呀，占卜呀，应有尽有。

测算电话号码，预知未来运气，是新近的事。

这也许是算命行当的与时俱进吧。难道不是吗？在没有电话之前，算命的职业，早就存在了。

有时，我想，要说谁最恨电脑这玩意儿，非乡间街巷那些算命先生莫属。因为，随着电脑的普及，那些靠掐指头、装瞎子的算命先生，迟早肯定要歇业的。

不过，话说回来，电脑的普及，同时也带动了古老算命行业走向辉煌。这不是瞎掰。一些有知识、有文化、有思想的人，不仅不厌恶电脑算命，而且沉迷于电脑算命，甚至起着推波助澜的作用。

我这样说，不是没有根据。前不久，几位知识界的朋友小聚。这本是件快乐的事，可是，席间，就因为电脑算命，引发了不愉快的事，朋友甲无意间透露，他对其单位的领导，通过电脑算命，一一进行了名字测算，从而得出哪位领导命好，哪位领导命孬；哪位领导善良，哪位领导狠毒；哪位领导可能还有升迁迹象，哪位领导可能只能原地踏步，进而认准"跟队"的方向。

　　酒喝高了，说说笑话也就罢了。偏偏朋友乙，也说他对测字术如何如何内行，如何如何滚瓜烂熟。于是，他当场测了甲的名字，连连大呼不妙，说甲肯定是个"苦命人"。其实，甲会测别人，当然也会测自己，只是隔着一层薄薄的窗户纸，不愿捅破。现在，这层窗户纸被捅破了，甲自然显得垂头丧气。

　　如果至此，也就当玩笑。偏偏甲又把他儿子的名字端了出来，让乙给测。乙也口无遮拦，说甲的儿子也是"苦瓜命"，只是比起甲，略好些。儿子是甲的命根子。见有人说儿子的不是，甲便气不打一处来，端起酒杯就砸乙。还好，乙躲闪及时，否则，闹出个人命来，也是有可能的。结果，大伙不欢而散。

　　我举这个例子，是为了说明，算命，并非哪个阶层的"专利"。一个权威的数据是，93.13%的人承认算过命。这个数据是搜狐从近三万人的网络大调查中得到的。如果你还觉得不够权威，还有一个数据。中国科协做的一个全国性调查表明：每四个国人中，就有一人算过命。

　　以前，我们往往把相信算命归结于科技的不发达，认为出现许多不解之谜是因为得不到科学的解释。可是，如今，科学技术已是一日千里，相信算命的人，不仅未减少，反而明显增多。很简单的解释是，由于生活节奏的加快，人们生活压力加大，导致心理疾病增加，因而，精神需要一种寄托，心理需要一种释放。

　　我不是研究这方面的学者，这个问题还是留给专家们去破解吧。但我认为，算命是一种深刻而复杂的文化。因为，人类并非天生理性，本来，人与大自然、动物就是一体的。婴儿还没有学习和掌握语言、逻辑之前，就存在对大自然的感知天赋。待到人的理性发展了，感性却退化了，甚至仅仅残留某些意识。也许，算命就是这些残留意识的再现，就是来自生物学的动力，是按照自然天赋，来

因为，人类并非天生理性，本来，人与大自然、动物就是一体的。

寻找和解读人类自身的命运之谜和生命之谜的。

闽南有句俗语，叫"身背'瓮金'（一种装骷髅的瓮。闽南有习俗：亲人去世周年后，可以"拾骨"，即把亲人的骷髅放进"瓮"里，另择风水宝地而葬），给别人看风水"（意即自家的风水宝地在哪都搞不清楚，就给别人看起了风水）。算命先生就是这方面的典型代表。如果他们真能够帮他人算命，改变他人运途，他自己何必干这个行当呢？不要说"文革"期间的事，那时候，算命是被当做"四旧"来破的，算命先生被"戴高帽"、挂牌游街，是常有的事；即便是今天，除了有一定的资本，打着易经大师的招牌，堂而皇之地讲学、占卜，一般的算命先生也只能在街头巷尾，混碗饭吃吃而已，雨淋日晒不说，碰见城管什么的，还得东藏西躲。

尽管如是，认为算命"准"或"比较准"的仍大有人在。据搜狐统计，认为算命"准"的竟然占到被调查人数的57%。现实生活中，的确有人太相信算命了，要不要坐飞机，要不要买股票，要不要去相亲，等等，都得请算命先生掐一掐；再不行，扔枚硬币，设定正面反面什么的，也图个心安。可是，一个不争的事实是，太相信算命，会把生活搞得很复杂，也让自己很混乱，有时甚至失去自我，找不到北了。

> 据搜狐统计，认为算命"准"的竟然占到被调查人数的57%。

那么，怎么办？先讲个老掉牙的故事吧。说是从前有位举人，两次进京赶考，都没考中。第三次进京，举人住在一家以前住过的旅社。考试前两天，他做了三个梦：第一个梦是梦见自己在墙上种白菜；第二个梦是下雨天，他戴了斗笠还打伞；第三个梦是梦到跟心仪已久的表妹脱光衣服躺在床上，但却是背靠背。三个梦似乎都有些深意，举人第二天一起床，就赶紧找到算命先生来解梦。算命先生一听，连拍大腿："你还是回家吧。你想想，高墙上种菜，岂不是白费劲？戴斗笠打伞岂不是多此一举？跟表妹躺在一起却背靠背，岂不是没戏？"举人一听，心凉了一大截，回店收拾包袱准备打道回府。店老板甚是奇怪：

"不是明天就考试了吗？怎么今天就回家呢？"举人如此一般说了一番。店老板乐了："我也会解梦。我倒觉得，你这次一定会考中。你想想，墙上种菜，不是高中吗？戴斗笠打伞，不是有备无患吗？跟表妹背靠背，不是一翻身就到了吗？"举人一听，更有道理，于是，精神振奋地参加了考试，居然中了个探花。

算命占卜也好，易经八卦也罢，原理莫不如此：解释多方，见仁见智，全在于各人心态，在于各人的智商和悟性。其间没有多少道理可言，充斥其间的更多是心理暗示，这种暗示引导着人们向善或向恶的行为。

始终以乐观心态去看待世间万物，预测世道人生，正视、反观、多角度观察，自会产生神奇的效应，使自己获得精神的支持，加强行动的信念，特别是在逆境中反败为胜、逢凶化吉。所以，对于算命，我不倾向于简单的批评，而要从一种普遍流行的大众文化中，找到更多富有建设性的资源，帮助我们更好地生活。一句话，要相信好的，不好的就不要相信，尤其要抵抗那些坏的暗示。

2007年10月22日

> 其间没有多少道理可言，充斥其间的更多是心理暗示，这种暗示引导着人们向善或向恶的行为。

03 / 周正龙杨振宁，假虎真龙？

周正龙何许人也？不说，大家也知道。我们真的得感谢互联网，如果不是有这个平台，远在大巴山旮旯的陕西省镇坪县文彩村的老猎人周正龙，就是有孙悟空的本领，也无法让地球村的人们，一夜之间认识他的容貌，聆听他的语录，评论他的是非。

杨振宁又是何许人也？不说，大家更知道。我们不需感谢互联网，今年八十有五的他，1957年，就因与李政道一起，凭宇称不守恒理论获得诺贝尔物理奖。那一年，我刚刚出生，那一年，还不能将这个世界称为村，因为，那一年，人们还不知道互联网为何物。

一个是猎人，一个是科学家，生搬硬套地拉扯到一块，有些风马牛不相及吧？

说来也是，但也不完全是。起码，他们同样是人吧？我这样说，有些"野蛮"，准备要挨"板砖"的——他们不是人是什么呢？

但作为人，尤其是名人，要找到他们的共同点，也不是很容易的事。我也是揣摩了老半天，才悟出他们的一些共同点。

其一，他们都是为了科学。

尽管猎户周正龙开始时并没有这种意识，但当他拍的虎照刊登在《科学》杂志上时,他就与"科学"结下了不解之缘。当然,是科学的,抑或伪科学的,就另当别论了。

余生也晚,且读书时恰逢"文革",学物理科目,老师不知道从哪弄了台破收音机,翻来覆去的,告诉我们,收音机坏了,应如何修理。哪里知道世界上还有个大科学家叫杨振宁呢?当然,也就更不知道,当年杨老先生的高大形象是否上了《科学》杂志。

但杨老先生当年的研究绝对是科学的。

既然如是,干吗要把他跟个不知道科学或者是伪科学的老猎户搞到一起去呢?

因为,杨老先生也有不科学的时候。

三年前,82岁的杨老先生娶28岁的研究生翁帆为妻时,尽管有舆论认为,这是不科学的,但我还是坚持认为,婚姻本是私事,无须褒贬,无所谓科学不科学。

但是,前不久,杨老先生首次偕夫人回故乡安徽合肥,当地政府细心接待,细心到让邮政部门发行印有杨振宁和翁帆结婚照的明信片。我就认为,这就不科学了。当然,当地政府坚持认为,他们的做法是为了宣扬科学精神。

据报道,这套明信片全册共30枚,所采用的照片全部由杨振宁提供,不仅包括以往的一些老照片,还有他新近的三张照片——他与翁帆的结婚照、与翁帆在青海湖的合影以及与孙女在一起的照片。

对此,人们难免要打个问号了:难道这种婚姻很伟大吗?这是在宣扬科学精神,还是在宣扬杨翁的忘年恋呢?

我们必须承认:杨老先生能回到祖国的热土上老骥伏枥,是值得称道的。但是,杨老先生频频偕夫人亮相诸多社交场合本已有些不妥,这次二人又堂而皇之地登上公开发行的邮政明信片,不由得让人怀疑发行商和其本人的动机了。

邮政是一个严肃的事情,刊上明信片的人物应该是让人民认可的模范,杨老先生的结婚照没有"榜样的力量",也与科学毫不相干。

倒过来说,如果把华南虎印到明信片上去,肯定没有人会说三道四。可明信片上的虎是死老虎，炒作不起来。

由此看来，老猎户周正龙也好，科学家杨振宁也罢，既与科学有关，又与科学无关。

其二，他们都是为了名利。

名利名利，有名就有利，有利也就想出名。古今中外，概莫能外。故作矜持，视名利为粪土者，不是没有，但不多。只要能如古人所言"君子爱财，取之有道"，追名逐利，又有何不好，又有何不可呢？

在这方面，老猎户周正龙，有其农人狡黠的一面，但也有其农人朴实的一面。他刚开始时就直言："我上山拍老虎，就是为了钱。"诚哉斯言！尽管他后来就不再说这句话了。

不单是他要钱，镇坪县地方经济的各个方面也都要钱。

现在你如果去镇坪县城入口，已经能看到那里耸立着一块带有华南虎头像的广告牌，上面写道："游自然家园，闻华南虎啸，品镇坪腊肉。"

很熟悉吧，中国的许多伪风景区都有这样破坏风景的招牌。

老虎搭台，经济唱戏。该县县委书记崔用慧也说了一句真心话："有关部门要组织宣传策划，积极向外界推介镇坪华南虎这张名片，借势发展，促进镇坪经济又好又快地发展。"

老虎带给默默无闻的镇坪县的利益是显而易见的，如果建立了保护区，每年只有2000多万人民币财政收入的镇坪县将会产生多少老虎经济，国家将有多么大的财政投入，陕西和镇坪省县两级林业和旅游部门会有多少利益收成，都是甜美的想象。

在野外年画老虎照片上，专家们看到的是严谨的自然科学被侵犯，官员们看到的则是刺激地方经济发展的契机，利用国家近年日益重视环境和生态保育的绿色概念获取国家资源的机遇。

名利名利，有名就有利，有利也就想出名。古今中外，概莫能外。

老虎照片本无所谓真假，无非是名利思想在作怪。

相形之下，杨振宁就不如周正龙直率、实在了。再说，周正龙客观上是为了区区两万来元"补偿费"，主观上却为地方经济做出贡献。尽管这样的贡献不一定很光彩。

而杨振宁呢？他自始至终都不谈钱，翁帆也不谈。那么，他们看重什么？其实照样是"名利"二字。

如果说，三年前，他们的"忘年恋"，还多少有些"私事"可言，旁人是无权评头论足的。那些评的，论的，多少都有点"酸葡萄"的味道。而三年来，他们四处谈婚论嫁，四处结伴出游，四处涉足社交，甚至四处谈及传宗接代等话题，都有意无意地让媒体曝光，人们就有理由对他们的真实动机深表怀疑了。

今年10月，杨老先生在美国硅谷的一次演讲，再次把他推到舆论的风口浪尖上。当时他说，若要他打赌，他认为中国人在20年内可能出现诺贝尔奖得主。他认为最有可能的科目为数学，因为数学研究不需要设备，不需要大量资金，只要有纸笔便行，数学研究不需用到大型计算器，用一般个人计算机就可以。

但问题是，诺贝尔奖项中并无数学奖。

到底是杨老先生记错了，一时口误？还是幽默地开玩笑，还是他只想说明中国人在数学领域是世界一流的？各种说法都有。据说其言论所掀起的热浪，不亚于三年前"82对28"的婚讯。

恐怕，杨老先生要的就是这样的效果。

那么，他究竟为了什么？名乎？好像是，又好像不是。因为，要说名，早在五十年前，他就扬名天下了，干吗今天还要来蹚网络时代的浑水呢？说他不甘寂寞吗？也好像是，又好像不是。科学家，不是歌星，不是影星，耐不住寂寞，就成不了科学家。可他偏偏就耐不住寂寞。当然，他早就不搞科研了。

如此这般，结论只有一条：天下熙熙，皆为利来；天下攘攘，皆为利往！

只是，这样的手段，未免粗糙了些。

这年头，节奏变化快，网上的热点话题变换也快，很少有话题的讨论能够持续超过一周的。这次华南虎成为热点话题，而且持续一个多月而不衰，看样子，这个热点还要再热下去。这实在是一个不小的奇迹。同时期出现的新闻事件，如南京彭宇案，"嫦娥"奔月，重庆家乐福惨案，广州警察打死医院副教授，公安部把性贿赂列入四条禁令，等等，都远远赶不上华南虎照片产生的影响。

就是杨振宁老先生，虽然生怕自己成为过气人物，虽然一再生出一些"事端"，企图让自己在网络时代长盛不衰，也没领风骚三两天，很快就被网友所不屑，所唾弃。

至此，人们似乎有理由来谴责周正龙了。可是，且慢，猎户周正龙肯定也有话说。是呀，你说我提供的华南虎照片是假的，可而今为欺者不寡矣，而独我也乎？官员们的假文凭，黑矿井的假证照，还有什么假达标、假公证、假认证、假标签、假药号、假招标、假评比、假考核、假考查，哪个不比假老虎严重？假作真时真亦假，如果没有社会上这么多的作假，怎么会有假老虎的事情出现呢？为什么不把对假老虎穷追猛打的劲头，用到追查社会上各类假现象呢？把话说白了吧，无非我周正龙是一个农民，是一个猎户。

如果你要谴责杨振宁，他肯定也有话要说。这年头，饿死胆小的，撑死胆大的，没有做不到的，只有想不到的，把死人炒成活人，挂羊头卖狗肉者，比比皆是，司空见惯。我一个七老八十的老人，"日历"剩下没几张，再怎么炒，能炒过"芙蓉姐姐"吗？为什么跟我过不去呢？把话说白了吧，无非我杨振宁是一个行将就木的老朽，对"网络口水"应接不暇罢了。

可见，要让周正龙们不作假，要让杨振宁们不炒作，还是要先从解决社会深层问题入手。

2007年11月10日

> 是呀，你说我提供的华南虎照片是假的，可而今为欺者不寡矣，而独我也乎？

04／
王老板，您入错行了

> 市民群众的行为，增加了警察叔叔的工作强度，也使小偷小摸有了可趁之机。

王腾，王老板，今天是记者节。

我知道，这个带有特定行业性质的节日，本来与您无关。

但由于您在节日的当天，通过媒体，发表通告，说是您领导的公司，由于资金周转困难，经营难以为继，决定对债权、债务进行清算。所以，贵公司发行的新贵卡，从今天起停止使用。

于是，市民群众就把我们媒体与您，还有您领导的公司，自然而然地联系起来了。

市民群众先是愕然，继而愤怒。

对市民群众这种情绪，我们完全可以理解。

因为，就在一个多月前，社会上就有传言，说是贵公司由于种种原因，中山来雅货源紧缺，可能导致歇业。

中秋前，贵公司以优惠手段，大量销售购物卡。因而，不少市民手中，有贵公司的"新贵卡"。

消息传出，市民群众颇为紧张，纷纷涌到中山来雅抢购货物。市民群众的行为，增加了警察叔叔的工作强度，也使小偷小摸有了可趁之机。

为了稳定人心，市里有关部门让您本着诚实守信、为民负责的态度站出来接受媒体的采访。

您在媒体面前，气定神闲，面不改色心不跳，侃侃而谈。

我记得您当时有两段非常精彩的讲话，让我对您刮目相看。您说："有人说我死了。我在有些人那里，起码死了六七回。我不仅没死，我还活得好好的！我的公司不仅没死，而且不久将来，还要上市！"您还说："有人在网上攻击我，我已通过法律，要追究他的责任！"

您的属下，把登有采访您的文章的报纸，张贴在您的公司门前。

那些天，我作为一名记者，算是松了一口气。因为，此前，我们媒体老是被质疑：为什么对社会上的传言无动于衷？

可是，王腾，王老板，您信誓旦旦的话语刚落地不久，您就发表通告，宣告贵公司要歇业了。

王腾，王老板，贵公司的"上市"说，看来是成了镜中花水中月了！就姑且不去说了。我存疑的是，不知您要起诉"毁谤者"的诉状是否写就？是向哪家法院起诉的？

您也太不仗义了！我们媒体可都是站在您的角度为您说话的呀，当了您的传声筒的呀！可是，今天，记者节，您却陷我们媒体于不义！您知道网民怎么骂我们吗？网民说："记者一定收了黑金，一定收了封口费！"

其实，全球金融危机，已从风暴发展为海啸。世界经济萧条，中国也难以独善其身。

其实，全球金融危机，已从风暴发展为海啸。世界经济萧条，中国也难以独善其身。这是大家都可以理解的。如果您能诚实地、及时地把相关真相告诉市民群众，向市民群众深表歉意，拿出切实行动，最大限度地维护市民群众的利益，我想，绝大多数市民群众是会表示理解的。

可是，您不，您用近乎忽悠的口吻，在那为自己叫屈，为自己鸣冤。

王老板，您的口才，您的表演才能，可谓一流。

我一直在想，您真是入错行了。您瞧，人家赵本山，人家范伟，小品演得多好啊！人家连续几年，在春晚忽悠来忽悠去的，赚个盆满钵满的，有人眼红吗？没有！

俗话说，女怕嫁错郎，男怕入错行。您如果能早日拜赵老先生为师，说不准"青出于蓝而胜于蓝"，也不至于落到今天这种境地，也不至于让我们媒体蒙受不白之冤，也不至于让我的同行过一个异常郁闷的节日！

2008年11月8日

05 / 洗脚记

洗脚是口头语，书面语叫足浴。

口头语，书面语，是不一样的。比如，你可以说，洗一次脚，但，不能说，浴一次足。否则，人家就会说你"迂"。

物化社会，人人都在问"为谁辛苦为谁忙"？忙是忙，但人毕竟不是时钟，无休止运转是不现实的。忙中要学会放松。于是，大中城市，似乎是一夜间，冒出许多洗脚店。当然，人家不叫洗脚店，而叫足浴馆。

以前，我们常说，银行比米店多。现在，银行恐怕要让位给洗脚店了。我这样说，是有根据的。去年，去了趟长沙。虽然逗留时间不长，但好客的朋友，一见面就是，要让我们体验下"五个一"工程。我们都是从事宣传工作的，知道"五个一"的含义。心里想，毕竟人家与毛主席他老人家沾亲带故，一见面，就谈工作。

结果，大错特错。长沙人的所谓"五个一"，即洗一次脚、按一番头、泡一趟吧、听一场歌、吃一顿饭。

想想，还是长沙人有水平，休闲提高到一定理论高度了。不过，吃一顿饭什么的，不见得多新鲜。谁人不吃饭？倒是，将洗脚列入"五个一"，就显得不一般。由此可见，洗脚之普及。

> 长沙人的所谓"五个一"，即洗一次脚、按一番头、泡一趟吧、听一场歌、吃一顿饭。

洗脚普及之初，也是有一定阻力的。阻力来自女性，更确切地说，来自有夫之妇。

中国女性真是可怜，防火、防盗、防丈夫。防丈夫什么？"偷食"。这也不能完全怪她们，或他们。因为，中国有句老话，叫，经是好的，被歪嘴和尚给念歪了。比如，桑拿，"三温暖"，冷水、热水、温水，让人舒筋活络，强身祛病，有什么不好呢？但据说，有的桑拿，性工作者混迹其中，搞得正统人士不愿，也不敢光顾了。

因而，妇人们将洗脚店与桑拿浴画上等号，也就可以理解了。

还好，洗脚店可以说百分之九十九点九，是正正规规的。

有例为证。我的一位同事，和我一样，喜欢洗脚。夜班结束，回家路上，总喜欢拐去洗洗脚。我太太没什么意见，可他太太就不干了。老是问，洗脚为什么不能在家里洗？以前不都这样吗？他常向我诉说"气管炎"之种种痛楚，于是，我建议他，带他太太"同洗"，让她体验体验。他采纳了我的意见。可是，后来，他又埋怨了，说是我的"馊主意"，让他太太迷上足浴，三不五时就往洗脚店跑。说是不洗，腿脚就发痒，晚上就睡不着。这还是次要的，主要的是，家庭支出多了一个项目。

洗脚的好处自不必说。看那店堂，大大小小的人体穴位图，挂得四处都是。那穴位图，名称之专业，读来之拗口，非一般人能胜任。那绘图者，巴不得将人体的每个毛孔细胞，都打上穴位之烙印。洗脚店的店名，也如药铺，都要带个什么"堂"字，益元堂，扶元堂，足乐堂，足海堂等等。

大街小巷，洗脚店星罗棋布，已不足为奇。那么，把洗脚店搬上飞机？可能性不大。但机场的候机室，有了洗脚店，则是我亲眼见过的。

而我亲自体验的，非陆地的足浴，是邮轮上的。

今年10月23日，我与同事，因公出差至重庆，自湖北

大街小巷，洗脚店星罗棋布，已不足为奇。那么，把洗脚店搬上飞机？

宜昌乘"公主号"邮轮，沿长江逆流而上。

旧三峡的险峻，我是无法消受了。本来，三峡水库投建前，也是有机会的。但自己的惰性，加上工作的琐碎，生生放过了。搞得那天在三峡大坝参观时，掏出一张红彤彤的"毛大头"，买了一碟《新旧三峡》回来补课。

新三峡的印记，不是很深刻，就像在一个大水库似的。三峡出平湖，毛主席老人家的革命浪漫主义，竟然实现了，且实现得如此之迅速，这恐怕也是他始料不及的。

既然是平湖，波澜不惊，两岸景致也没多大区别。于是乎，邮轮上，打牌的打牌，泡茶的泡茶，喝酒的喝酒，聊天的聊天。景象颇似钱锺书《围城》中写到的来自太平洋彼岸的邮轮一般。

当然，暮色四合，到甲板上吹凉风、看月亮、数星星的，还是为数不少。记得也是24日晚，我们一行六七个，自邮轮的一层拾级而上，到了四层，一个穿白大褂的少妇，从船舱里笑盈盈地走了出来："洗脚？"大家一愣：此地也有洗脚店？顺着少妇纤指方向，果然，不大的船舱里，一字排开三个木桶，三张躺椅，椅上铺着洁白的浴巾。同行的小郭，看来也是足浴的拥趸："几点？"少妇答："八点。"小郭甚是爽快："中！"

月色迷人，小郭早把洗脚念头抛到爪哇国。

近九时，我们进二楼船舱，拟学学"文件"（打牌）。尚未就绪，那少妇探头而入："洗脚啊。"大家又是一愣："洗脚？没有吧？"少妇指着小郭："你呀。你答应的啊。我都把三个老外生意给辞了。"小郭有点尴尬："我没说吧。"少妇显然被惹毛了："男子汉，说话不算数！"气归气，看到我们人多势众，也只好悻悻而去。当然，说不准老外还在捧她的场呢。

没料到的是，翌日上午8时多，我们早餐后回船舱。过道上，那少妇"一妇当关"："说清楚，昨天你们是否答应洗脚？"我回头一看，小郭没跟上，或看少妇一副凶相，早已逃之夭夭？于是，我们有了理由："他没来

> 三峡出平湖，毛主席老人家的革命浪漫主义，竟然实现了，且实现得如此之迅速，这恐怕也是他始料不及的。

啊。"岂料，少妇把同行的小赖拉了出来："你问他！"小赖一脸茫然。也真是冤枉了他，他昨晚的确没与我们同行。巧的是，他今天的穿着，与昨天的小郭，相去无多。我恍然大悟，忙出来解围："真的不是他。"少妇好不容易寻到"顶罪羊"，岂肯放手："我不管，你们搅了我的生意。晚上一定要补偿。"

船客纷纷围过来，且人高马大的老外，也为数不少。

再不了断，就不仅仅是"国内事件"了，说不准升级为"国际事件"。于是，我当机立断："好好好。我晚上去。"少妇看见船客多了，且我答应了，也就见好就收。

晚上眨眼就到。

去，还是不去，已没了选择。

当然，我是把小郭、小梁拉着一块去。

少妇早早迎在舱门，脸上盛开桃花："还是你们读书人说话算数。"我看了看小郭，很想弱弱地问："你是'读书人'？"

洗脚的过程，慢悠悠，细腻腻的。

洗脚的过程，当然也是聊天的过程。

先是从价格谈起。70分钟，100元。一口价。

我们三个异口同声："太贵啦。"外加一句："我们厦门才五六十块。"

还好，少妇还停留在"价格"上："不贵的。我们老板承包了半层船舱，压力很大。"

问了她们的收入。她们都说，洗一个客人，抽成25元。一个月下来，也就两千来元。而船上的费用，比陆地高了不少。

"唉。大家都不容易。"少妇一声叹息。

抬头一瞧，少妇的双眼不知什么时候湿了："你们来捧场，我们真的很高兴。我鼻咽癌已到中晚期，赚的几个钱，都扔给医生了。也不知道以后会怎么样。家里还有两个孩子，孩子他爹也在外打工。我想，年底一定要回家一趟的。"少妇像是向我们诉说，但更像自言自语。

> 洗脚的过程，慢悠悠，细腻腻的。
>
> 洗脚的过程，当然也是聊天的过程。

一时，我们语塞。尤其是小郭，刚才还滔滔不绝，现在却一言不发，一脸沉重。

小郭去埋单。我看见他掏的，好像不是300元，而是500元。

我想，少妇身患重病一定是真的。一个人，不到山穷水尽，是不会把自己最黑暗的一面说给外人听的。

小时候，经常听大人告诫：一枝草，一点露。草都有生命的，更何况人？意思是，不要随便伤害一根草，更不要随便取笑一个人。

回到厦门，再从小巷穿过，瞥见城市的一隅，挂着足浴的招牌，就想到"公主号"上的那个洗脚少妇，想到厦门也有一位闻名遐迩、史上最美的洗脚妹，腿脚就有了些许的暖意。

2010年11月8日

> 小时候，经常听大人告诫：一根草一点露。草都有生命的，更何况人？

06 / 城市化的困惑

2010年平安夜前夕，我正在晋江市参加一个会议。

会议安排住在市中心的一家酒店。

酒店对面，是一个城市广场，一家大型百货。

结果，从住进来的那刻起，早上市民晨练的鼓乐声，日间各色交通工具的喇叭声，晚上百货门口的吆喝声，就源源不断，十分顽固地钻入我的耳际。

读书人如我，安静是第一诉求。安静被打破了，心思就凌乱，想读几页书，写几行字，上几分钟网，已成奢望。

晚上，与晋江市一位领导共进晚餐。我把自己的感受告诉他，他也有苦难言：晋江寸土寸金，城市规划框架拉不开，只好见缝插针搞建设。这种现象，恐不是一年半载就可解决的。我经常问晋江的企业家，你们为什么要把总部搬到厦门？他们的回答，一是厦门的宜居，二是厦门的政策。资本家最讲趋利避害。还是你们厦门好啊。

厦门好？毋庸赘言。本土厦门人，周游列国回来，常常一声感叹——还是我们厦门好啊，似乎全世界都不如厦门。外地游子，落脚厦门，就不想挪动了，呼朋唤友，携家带口，也融入厦门。

可是，厦门也开始拥堵了。尽管近些年，厦门的桥，厦门的洞,厦门的道,雨后春笋般冒出来,但已远远跟不上城市化的进程。

以前,尽管我工作在厦门,但经常说自己是半个厦门人。因为,我老家在岛外的同安农村。那个农村,岂能与岛内相提并论?

现在,我不再说自己是半个厦门人了。如果再这样说,就有悖常理了。因为,市里提出的岛内外一体化建设,正如火如荼地推进,我不能睁眼说瞎话。

何况,住在岛内,烦恼随之而至。

2010年的中秋,恰逢周末。我的一位朋友,下午五点来钟从上海飞厦门,下了飞机,直奔家里。他的宝贝女儿不断地发短信,问他到哪了。

可是,让他始料不及的是,从机场到家的二十分钟路程,堵了整整三个小时,而他从上海飞厦门,也就一个多小时罢了。

后来,媒体说,2010年中秋夜的厦门,是史上最难熬的夜晚。

于是,网民把一股脑儿的怨气都发到交通警察叔叔身上。

2010年的平安夜,又是周末。交警"醒"了,提前一天,通过手机短信,提醒市民:平安夜,恰逢周末,市民出门,请别开车。

城市的拥堵,连带的不仅是出行的不便。

人类发展史,常常有惊人的相似之处。

尽管我们嘴巴天天诅咒"美帝国主义"的霸权、霸道,可我们内心巴不得一天就赶超"美帝国主义",尤其是生活方式。

上世纪70年代之后,当城市高速发展,因房地产而形成的高楼林立,同时带来环境污染,带来巨大的交通压力,于是,美国出现了一种"新乡村主义":人们为了追求低成本生活和更好的生活环境,迁往城外,通过公共交通,或私家车,进入市区工作。

这个想法，今天的厦门人，也开始"萌芽"。

首先是岛外有一亩三分地的厦门人。他们开始有了"打回老家去"的想法。比如我。托父亲的福，岛外乡村，我们家也有一块宅基地。我动员父亲，联络兄长，盖起一栋所谓"别墅"。

于是，每逢节假日，就和家人回到乡下，呼吸乡村新鲜的空气，与老父亲待个一两天，也算尽点孝道。我的一个文友，说我恋上"第三地"。

据说，如我者，在厦门，不计其数。

我的一位同事，老家龙岩。他看了我的乡间别墅，也动了心思，回龙岩盖别墅去了。

他的龙岩，我的同安，天壤之别，不可同日而语。

可他的眼光看得远呢。厦龙铁路已动工，再过两三年，动车一通，到他的龙岩乡间别墅，一个小时啊。天啊，时间竟比到同安还短。

他兴趣来了，在他的博客上，有了"乡间别墅"的专题。据说，粉丝甚多。

这，难道不是活脱脱的上个世纪70年代美国人"新乡村主义"的翻版吗？

可是，新的烦恼也接踵而至。首当其冲的是我女儿。刚开始，上网跟不上，网络解决了，她一回到乡下，一头埋进电脑，与在城里没什么两样。更烦的是，她的同学、同事，经常周末要小聚，可她却在乡下；她的工作性质，老板经常要她加班加点查账目；她的朋友圈，因为她经常跟我回乡下，渐渐缩小。这样，她不干了，不回乡下了；即使勉强回，也是为了给我"面子"。

当然，还有我太太。她不像我是土生土长的乡巴佬，且她不会讲闽南话。刚开始，她觉得有点新鲜；可新鲜感过去了，她就烦了。尤其在乡下，一到晚上，周遭寂静，只有虫鸣、鸡叫、犬吠。她说，"心会慌"。

这其实也是"新乡村主义"带来的综合征。

人们发现，尽管在乡间，能享受优质的空气环境，享

> 这，难道不是活脱脱的上个世纪70年代美国人"新乡村主义"的翻版吗？

受大面积的"别墅",但就业、交友、工作都很麻烦,特别是在商品经济社会,人们的业务交往,都是基于一些特定的圈子,住在城外,对于这种需要随时随地交流的圈子而言,极为不便。因此,人们又开始迁往城内。

但是,人们也不再满足于旧城区的布局了。

这样,"新城市主义"开始萌动。

"新城市主义"正是基于克服城市交通拥堵,绿地面积不足,空气、噪音等环境缺陷,充分发挥社交方便、工作方便、城市公共设施配套完善的优势,而诞生的新型的城市化生活潮流。

对比中国城市化进程,走完从城市高速发展,到"新乡村主义",大约只用了二十年时间。而以"美国的今天,就是中国的明天"这种理论来看,现在,"新城市主义"将成为现代城市发展的新趋势。

当城市需要回到"新城市主义",就需要一种新的物业形态和生活模式来承接,就需要创造一种真正意义上的"新城市主义"的人性化生活空间,广而言之,就是要倡导可持续发展,营造现代生态住区;秉承以人为本,追求完美交通流线;遵从城市设计,协调与城市关系。

而厦门,岛内已拥挤不堪,拳脚施展不开,岛外却有拓展的空间。

这样,就有了厦门岛外四个区新城建设的大手笔。

2010年2月25日,注定是一个可载入厦门发展史册的日子。这一天,集美新城隆重奠基。

集美新城位于厦门城市的几何中心、环绕6平方公里的杏林湾水域,规划总用地面积近45平方公里,规划总人口48万。随着集美大桥、杏林大桥相继通车,这个片区成为进出厦门岛的交通门户,未来将成为一个集商务、生活居住、教育科研、生态旅游为一体的独具特色的"环湾生态型"新城区。

紧随其后,海沧新城、翔安新城、同安新城相继在礼花鞭炮声中动工。

> 对比中国城市化进程,走完从城市高速发展,到"新乡村主义",大约只用了20年时间。

作为一个媒体人,在我看来,这样的新城,应当具备如下特色:

其一,超大空间尺度。新城之新,与旧城之旧的最大差异,就是留足巨大的室外空间,就是与现代化城市干道相联系,就是与功能的多样性相匹配。没有这样的空间,框架拉不开,气势出不来。如集美新城,由于有了超大的空间,未来的集美新城市民中心、集美新城商务中心、诚毅书城、诚毅图书馆、诚毅科技馆、嘉庚艺术中心等六个公共建设项目,就能够从容布局。

其二,通道树型交通体系。通过地下层、地下夹层、天桥层的有机规划,将建筑群体的地下或地上的交通和公共空间贯穿起来,同时与城市街道、地铁(或轻轨)、停车场、市内交通等设施以及建筑内部的交通系统有机联系,组成完善的"通道树型"体系。这种交通系统形态,打破传统街道单一层面的概念,形成丰富多变的街道空间。如集美新城的路网,已开始动工建设核心区二期市政道路A标、核心区二期市政道路B标等。而全市轻轨规划、岛外"环岛路"建设,又把几大新城与岛内中心城区紧密联系在一起。

其三,现代城市景观设计。应用现代城市设计、环境与行为理念,规划景观、环境,是新城的重要特征。通过标志物、雕塑、街道装饰、植栽、铺装、照明等手段,形成丰富的景观与宜人的环境。

其四,高科技集成设施。新城既有大众化的一面,同时又是高科技、高智能的集合。通过超前的设施,把高科技元素融入建筑形态。如区内的交通以垂直高速电梯、步行电梯、自动扶梯、露明电梯为主;通信由广电网、电信网、互联网等组成;安全系统通过电视系统、监听系统、紧急呼叫系统、传呼系统的设置和分区得以保证。在集美新城,市环境监测技术大楼、中国移动手机动漫基地等高科技集成设施也已列入蓝图。

其五,地标式的城市建筑。新城的一个显著特点,就是地标式建筑。集美是陈嘉庚先生的故居,陈老先生几乎毕其一生,将自己对故乡的眷恋之情,融进他捐建的集美学村的一砖一瓦。未来集美新城最凸显的标识,就是新城市民中心等六大项目,将按照创新的嘉庚建筑风格统一建设,建成后将有力构建起新城的新形象,成为新城的新亮点,成为市民休闲、娱乐的好去处。

每一个城市,都以它的现在时呈现给关注它的人们,千年的青石板路踩在今人的脚下,我们创造着的高楼通衢,也注定要承受后人审视的目光。

城市是人在自然中寻找的栖息之地。人,永远是城市的灵魂。我们创造、鉴证和享受着厦门的城市蜕变,看到更多的活力被释放、更多的美丽被展现、更和谐的空气被传播。

我梦想中的生活是静好和有活力的,是快乐和长久的,是温暖和略有书卷气的,是宽厚和有智慧的。

未来五年,集美、海沧、同安、翔安四个新城,将以"新城市主义"的标识,像四颗璀璨的明珠,照耀着城市的历史和未来。

我和我的城市,一同走进了盛世年华。

到那时,我的太太,我的女儿,就会和千千万万市民一样,真正把新城,当做心城。

2011年1月18日

我和我的城市,一同走进了盛世年华。

07 / 一代人的阅读史

凡人都有窥私癖，读书人也不例外。比如我，一到人家办公室，总要瞄瞄人家案头、壁橱摆些什么书。一旦看到别人喜欢的、自己也喜欢的书，便惊为同道。

另外，到了书店，也经常要找些名人名家谈读书的书，虽是窥私癖作祟，但更重要的是想"见贤思齐"。手头也有那么几本，但不甚理想，或过于专业，或过于晦涩。

直到前些天，到书店淘书，看到北师大教授赵勇写的《书里书外的流年碎影》，才真真让我深陷其中，不能自拔。

从书的折页看赵勇其人其事，与我并无关联。但读了书的主打文章《一个人的阅读史》后，完全可以判断，他与我同属一代人；更主要的是，他的阅读史，与我的阅读史，完全吻合，只是我读的书，恐不及其十分之一。

因而，更确切地说，赵勇说的一个人的阅读史，其实是一代人的阅读史。

我们这代人，用形象的说法，是"想吃饭没得吃，想读书没得读"，信息闭塞，资讯短缺，图书单一，使得我们这代人的阅读，往往从文学作品开始。如赵勇者，如我者，最初接触的文学作品，不是什么经典名著，而是带有浓烈时代烙印的长篇小说。当时，能公开的如《艳阳天》、《金光大道》、《西沙儿女》、《虹南作战史》之类的，前三本的作者为浩然。2005年2月，浩然与世长辞，我很是在心底悼念了好一阵子。因为，当时，我曾把他的《西沙儿女》抄写了一遍，我对他的佩服，无以言表。他的小说，写得行云流水，而他的散文，则写得如诗如画。

不能公开的，是从同学处借来的。我的一位叶姓同学，姨妈在广州当老师。"文革"时，姨妈把在广州的一些"毒草"运到乡下。这些"毒草"如《林海雪原》、《青春之歌》、《红旗谱》、《三家巷》、《野火春风斗古城》等等。

到了上个世纪70年代末，可读的文学作品多了起来。除了中国古典名著一版再版外，就是世界文学名著进入我们这代人的视野。我知道《基督山伯爵》、《巴黎圣母院》、《牛虻》等，要感谢厦门大学教授朱水涌。朱老师当时是我所在中学的民办教师，他兼收并蓄，广闻博记，口才了得。每逢周末，他便义务为我们这群高中生开讲座，讲的都是世界名著。三尺讲台，朱老师手舞足蹈，口沫四溅，抑扬顿挫，绘声绘色，把作品的内容描绘得出神入化，把作品的人物刻画得入木三分。

这样的阅读，这样的氛围，让我对中文系情有独钟。恢复高考，虽然当了几回"范进"，但仍痴心不改，非中文系不报。直至如愿以偿。

我与赵勇一般，跨进大学的门，便一头扎进图书馆。那时的图书馆，不似现在，完全数字化。庞大的图书馆，被书橱隔成一条条深深雨巷，好书被淹没在烟雨朦胧中，我们是走不进去的。要借书可以，必须在中药铺似的检索盒中，寻找你要的书目。检索的方式，参照字典的查字法。

把检索到的书名，填在卡片上，填上自己的姓名，放在一个篮子里；篮子挂在一条长长、细细的绳子，颇似现在旅游景点的缆车。篮子"嗖"的一声，进了雨巷，再"嗖"的一声，书已到了跟前。

> 三尺讲台，朱老师手舞足蹈，口沫四溅，抑扬顿挫，绘声绘色，把作品的内容描绘得出神入化，把作品的人物刻画得入木三分。

　　那时的管理员,经常把我的名字念作"李泉细",可我不敢吭声,不敢更正,生怕开罪了她,下次为难我。

　　读什么呢?与赵勇列出的书目差不多,先是小说,如《老人与海》、《简·爱》、《红与黑》等;后来,是文学理论,如《美的历程》、《悲剧心理学》等。

　　我们这代人的"中文系",与过往和过后的"中文系",大有区别。过往的,国学功底深厚;过后的,时尚潮流跟紧。所以,有朋友推荐我读李师江的长篇小说《中文系》,我读不到一半,就搁置了。因为,书中的"中文系",不是我们这代人的"中文系"。

　　大学毕业后,文学情结依然解不开。工作初期,对所谓禁书,甚是关注。而所谓禁书,无非涉及性与政治。政治的,我如赵勇,印象最深的是《血红雪白》。那书的开头便说:"历史像一个婊子,谁有权势,就可以弄它一下。"性的作品,我最推崇的是《查太莱夫人的情人》。我不仅读了小说,还看了小说改编的电影。这样的机会,在当时,比中彩票还难。当时的电影,有所谓"内部参考片"。记得当时电影是在省军区小礼堂放映的,观众是各单位的代表,我是代表之一。据说,选我的理由,是我写过影评。

说实话,看完的感触是:性事如此之美,婚外情并不完全是罪恶的深渊。雨后的阳光,无声无息穿透雾林带的树冠层,照耀林间垂挂的一条又一条爬藤,树干上的苔藓、花朵,生机勃勃。男女主人公就是在这样的大背景下做爱的。

看完这样的影片,那些垃圾似的所谓n级片,你根本不屑一顾。

我们那个年代,爱书,买书,却常常囊中羞涩,经常要与好书擦肩而过。赵勇说他1985年买了李泽厚的《美的历程》,定价是八毛四。此书还有个出版说明:"为了减轻读者的经济负担,作者建议并经我们同意,抽掉了书后的图版。"想想那个年代,作者、出版社出书还要顾及读者的钱包,不禁感慨。

我记得,1988年,上海文化出版社出过一套《五角丛书》,内容涉及文学、艺术、科技、体育、生活等等。那是名副其实的五毛一本的书,我几乎每册必买。后来,这套书从五毛到七毛到几元,我就不买了。出版社恐怕也觉得再叫"五角丛书"已是自欺欺人,丛书就无疾而终。

历史不可逆转。想再挽回我们这代人的阅读习惯,恐已成天方夜谭。

上个世纪90年代以降,大学生不读文学名著的说法时见报端,诚如赵勇所言:"也许不是他们不读,而是没有了读的时间和心境。乱花渐欲迷人眼,当可读、可看、可听、可玩的东西多得无从选择时,当阅读被说成俏皮的'悦读'时,读文学名著就变成一种不折不扣的古典行为了。"

> 历史不可逆转。想再挽回我们这代人的阅读习惯,恐已成天方夜谭。

其实，不要说现在的大学生，即便如赵勇，如我，当购书不再成为经济负担，却再也找不到当年读书的心境了。

这时候，我常常困惑：为什么找不到读书的时间和心境了？

有位作家认为，原来读书也分青春期和更年期，一个人要是在青春期不抓紧干活，到了更年期，就会跟娶得起媳妇的老光棍一样，对书的那种渴望已力不从心，纵使有欲望，也显得有些勉强。

对此，我不敢苟同。在一个实用主义、功利主义、拜金主义甚嚣尘上的年代，遑论读书，即便做其他事，也往往心猿意马。

因而，我更加怀念我的上个世80年代，怀念那种简单的、自然的读书生活。

2011年3月12日

> 这时候，我常常困惑：为什么找不到读书的时间和心境？

08 / 富有担当的知识分子

> 但是，光有雄心壮志是不够的，中国人不仅要学习，而且要善于学习。

当前的国际社会，冲突没完没了，流血无休无止。

原因何在？只有一个：资源绝对稀缺。

各国为了生存，为了发展，展开了一场旷世未有的资源争夺战。

所以，所谓的大国政治，其实就是资源政治。世界稀缺什么，大家就争夺什么。

作为一个大国，虽然还不富裕，但中国已不可能独善其身，不可能独立于世界之外，不可能不考虑面向世界的问题。这是一个不依人们意志为转移的历史性转变。

因为，中国的现代化，已经超越了仅仅把自己的事情办好就行了的程度；中国已经深深地融入世界。如果没有海外资源和市场的支撑，国内经济发展必将受到极大限制。

总之，今天中国的国家利益已经深刻地卷入世界，中国人不能不考虑经营和治理世界的问题。

但是，光有雄心壮志是不够的，中国人不仅要学习，而且要善于学习。

这里说的学习，不是坐在教室里对教科书的死记硬背，而是应当明了：战场是最好的课堂，对手是最好的老师。在这方面，英国、美国、苏联等，给我们留下了丰富的经验和教训。

张文木的新作《全球视野中的中国国家安全战略》，皇皇三卷本，正是对这些经验、教训的总结。

张文木，何方人士？他不是文学家，不是理论家，不是军事家，他仅仅是名大学教授。当然，因为他任教的是北京航空航天大学，所以，他常常被抹上一层神秘的色彩。其实，作为一位上个世纪50年代生人的学者，之前，他已相继在西北大学、天津师范大学、山东大学学习、任教过。而他的学位则是法学博士。

但是，西方的一些人并不这样看他。他们称他是中国最具"野心"的知识分子，是"强硬学人"，是"鹰派人物"。国内也有人说他是"中国高层新智囊"。

对此，张文木十分平静，十分淡定。他说："治学至今，我不曾有过一天'高层智囊'的经历，我只是一个普通的知识劳动者。"他还说："中国只有有良知的知识分子，没有学界的鹰派人物。"

那么，是什么导致外界对张文木的误读呢？因为他在国家安全战略领域"高见"迭出，文风风趣生动，剖析入木三分，见解独树一帜。他的著作，除了刚刚出炉的《全球视野中的中国国家安全战略》外，之前的《中国新世纪安全战略》、《世界地缘政治中的中国国家安全利益分析》、《中国海权》等，都在国内外产生很大影响。即使他的草根网博客，每天也有成千上万的粉丝涌入，分享他的睿智。

他的著作的最大特点是具有解密性、前瞻性、启发性和担当性。

他在书中说，政治科学是以历史为依据的，国家稳健前进的条件是熟悉历史，且有熟悉历史政治及其本质的领袖人物。

因此，他的著作，专门辟出章节，解密1949年斯大林分裂中国的战略阴谋及其阴谋的破产；解密1962年的中印之战和1950年底的抗美援朝。

> 张文木，何方人士？他不是文学家，不是理论家，不是军事家，他仅仅是名大学教授。

但是，诚如作者所说的，政治家的任务并不在于追随，而在于引导和推动公众舆论向着正确的方向前进。

因而，张文木的著作，就有了与众不同的前瞻性。他认为，当代世界地缘政治体系中有一个"中心"，这就是印度洋及其北岸的中亚和中东地区。这不仅因为中亚中东和印度洋是世界地缘政治的"心脏"地带，处于亚洲、欧洲、非洲三大洲的交通要冲，而且因为这里也是世界资源，尤其是油气资源，储存量最丰富的地带。

"天下熙熙，皆为利来；天下攘攘，皆为利往"，地缘和资源的双重诱惑招致近代以来几乎所有强国都将目光锁定在印度洋及其北岸，为此展开了生死博弈。

启发性是张文木著作的另一个特色。

在他的著作中，张氏特色的语录俯拾皆是且句句掷地有声。

针对地缘政治，他说："政治无色彩，只有成和败。"

针对"盛世中国"，他说："人是骂不垮的，但可以吹垮；如果是自吹，那垮得更快。"

针对国际政治，他说："国际政治是不太讲究斯文的。联合国五大常任理事国，一个一个打着领带坐在那儿，拥有一票否决权。凭什么？就凭这些国家后面戳着一颗原子弹，不是娃哈哈。原子弹才是真东西。"

针对台湾问题，他说："台湾犹如被美国人绑架了的中国孩子，绑匪的目标不是要领养孩子，而是要敲诈孩子的父母。"

针对"超女"，他说："一个民族不能靠'超女'崛起，盛世也不因那铺天的大红灯笼和超短裙而出现。杨贵妃曾是个大'超女'，就在她风光无限之际，李隆基开始颠簸流亡于四川的路上。"

……

而作为一名学者，张文木的担当性，时下的一些知识分子，与之相比，简直是天壤之别。

他直言："好文章当直奔民族的生死存亡和国家的

兴衰成败。"他说："人的正确思想并不是从天上掉下来的，人的观点多少往往与其吃饱穿暖的程度成正比。温饱后，人的思维就容易脱离实际。电视中常见专家们谈粮食安全，有多少人就有多少观点。我相信饿他们三天后，他们就可能只剩下一种观点。这时，他们就不会空谈，其观点也就比较接近真理了。"

他认为，经世致用，杜绝空论，应当是我们永远保持的好学风。"医生的话，比媳妇的话管用。因为医生的话多关乎生死，而媳妇的话则多关乎感情。文章同理。好文章当直奔民族的生死存亡和国家的兴衰成败。我力争按这种标准来写经得起中国现代化实践检验的好文章。国家培养我们这一代人读了书，成了知识分子，我们应当为国家和人民做些事。枪拿不了，笔再拿不好，或拿不端正，那就对不住先人，对不住养育我们的人民了。"

张文木的这种担当性，值得我们学习、深思、警醒。

2011年4月12日

09/
如此专家，何用？

> 这是常识，可是，经常地，我们连这点可怜的常识，都要被剥夺。

日本大地震后，引发的核泄漏恐慌，可以说是全球性的。

虽然，目前还不能确定，这次核泄漏，会不会造成核灾难，但是，对于人们心理的影响，却是灾难性的。

道理很简单：核辐射可以将其对于人类的危害，通过空气、海洋、飞行器等多种途径，向周边国家，甚至于全球传播。

而且，由于大气、海洋的不可控性，导致了灾难的不可预见性和不可防范性。

这是常识，可是，经常地，我们连这点可怜的常识，都要被剥夺。

不是吗？日本福岛第一核电厂，为了确保储存高浓度辐射水，4月初开始将低浓度辐射水往大海排放。

此举，引发境内外一片哗然。

我们的媒体也一再说，从北京、天津、河南等地露天种植的菠菜中，抽检发现微量放射性碘-131；而从江苏的莴苣叶、广东的茼蒿菜抽检中，也发现极微量的放射性碘-131；山西省环保部门更是宣布，在地表水中检测到极微量的放射性核素碘-131和铯-137。

问题是，官方却一再声明：放射性核素含量远远低于国家标准,不会对民众身体健康造成影响。

问题还有,韩国、俄罗斯等,已对日本的所谓"无奈选择"表示强烈不满,要求其认真考虑排放核废液对邻国的影响。而中国官方却迟迟"免开尊口"。

直至4月8日,外交部发言人才就日本排放核废液一事答记者问时说,中国希望日方按照有关国际法行事,采取切实措施保护海洋环境。

而这迟来的担忧,还是在无数网民忍无可忍、纷纷指责中国官方不应该保持沉默的情况下,才向日本"表达关切"的。

其实,日本的核泄漏危机,不断挑战着国人的心理承受能力。中国检出日本核放射物进入食物链,令民众的担忧不断升级。

而由于担心海水污染以及传说的可防范放射性碘-131的危害,上个月中下旬,国人甚至还上演了抢购加碘食盐的风波。

听民众是怎么说的:新华社引述家住北京市西城区新文化街的温红兵的话,"近期不会再买菠菜、莴苣和茼蒿吃了,其他类别的叶子菜我也会谨慎选择","在日本的核泄漏完全停止扩散前,我可能都会这样做"。兰州的退休工人齐四堂则表示:"现在连蔬菜、食品和水都发现含有放射性物质了,我们真的很害怕,不知道未来一旦污染超标将如何应对。"

还好,这些都是来自官方最高媒体的消息,要是一般的媒体如此这般"渲染",怕是写写"检讨",也难以"过关"。

这多少也说明,媒体的良知还没有完全泯灭。

而泯灭良知的,则是那些睁眼说瞎话的所谓"专家",这些"专家"已俨然"绑架"了我们的部分政府官员。

这些人不断地通过媒体"喊话",说什么"核污染对我国没有影响","对人健康没有影响"。

这些"专家"的所谓"没有影响"的标准是什么？难道地球上只有人一种生物？对鱼有没有影响？对鸟有没有影响？对微生物有没有影响？

常识是，人类仅仅是地球生物链中的一环，如果，其他生物链的某一环断裂，人类难道能幸免？

可见，用"对人健康没有影响"作为排污标准，是何其之荒谬！让这种言论继续下去，必将严重影响政府公信力，后患无穷。

写此"豆腐块"时，恰巧收到一则短信。说的是："一公牛在奔跑中，见一母牛在路边吃草，急切对母牛说：'快跑啊，专家来啦。'母牛：'专家来了怕啥？他们不是人？'公牛：'现在专家专吹牛B啊。'母牛闻之，大惊，撒蹄就跑，边跑边问公牛：'专家吹牛B，你是公牛，怕啥？'公牛说：'你真不知道啊？现在的专家除了吹牛B，还会扯蛋啊！"

如果我们的专家，都只会"吹牛B"，只会"扯蛋"，那我们还要这些专家何用？

2011年4月14日

常识是，人类仅仅是地球生物链中的一环，如果，其他生物链的某一环断裂，人类难道能幸免？

10 / 人是什么？

人是什么？

人，就是人。

这话，说了，等于没说。

人，不是人。

这话，说了，肯定要挨"砖"。

但我还是要说，人很多时候，真的不是人。

那么，人是什么？

起码，我最近想到的，人是"化工厂"。

此话，不是我的发明，更多的见诸媒体。

媒体说：中国是世界上人造有毒食品最发达的国家。国人的餐桌，简直就像化工原料堆填场：米用石蜡加工，油是地沟油，猪有瘦肉精，虾蟹有激素，馒头添加色素，米粉放吊白块，酒中有工业酒精，蔬菜有农药残留，牛奶有三聚氰胺，木耳、生姜用硫磺熏制，猪牛羊肉有致癌物，腌熏食物用防腐剂，鸡蛋有人造蛋……化工原料在食品中无处不有，无所不在，让人胆战心惊，防不胜防。

难怪，国人自嘲曰：我们的肚子，已不是肚子，俨然是一座综合性化工厂了。

就连国家领导人也坐不住，看不下去了。

若予不信，再看近日新闻：4月15日至16日，胡锦涛

> 难怪，国人自嘲曰：我们的肚子，已不是肚子，俨然是一座综合性化工厂了。

总书记在海南出席博鳌亚洲论坛相关活动后,特意到海口市深入农村了解蔬菜农残检测流程、标准和结果,叮嘱相关质检人员,要把好蔬菜质量安全关,让广大消费者吃上放心菜。

问题食品泛滥,无异于对国人的慢性大屠杀。

对国人的屠杀,有时悄悄地把国人当做活体实验动物小白鼠。

这个时候,人成了"小白鼠"。

转基因这个词,相信国人并不陌生。

比如,当下市场上,油啊,米啊,豆啊,等等,纷纷打出"非转基因"旗号,以吸引消费者注意。

何谓转基因?转基因是完全不同于杂交的。

杂交,发生在同属或同科的物种之间,有着紧密的亲缘关系,无害;转基因,则是不同的类群之间跨界转换基因,如将深海里的鱼的动物基因,转到西红柿这种植物上来,有害。

转基因的危害何在?

国外许多科学家用转基因饲料喂养动物得出的结果非常惊人:用转基因棉籽喂养水牛,导致水牛早产、流产、不育,且许多小牛"无疾而终"。用转基因大豆喂养小白鼠,超过一半的小白鼠刚出生就死亡,其余的,发育极其不正常,而母鼠不再有母性本能;再实验,不出三代,小白鼠就绝种了。

所以,不少国家,已呼吁市民,要远离转基因食品,即便像印度这样的发展中国家,它们的超市,要求凡转基因食品,一定要有严格标识。

可我们呢?有几个能说出转基因的危害?

这不能怪国人,因为他们的知情权被严重剥夺。

就说大豆,目前,国外转基因大豆已经占领中国80%以上的市场。

如是,市场上那么多"非转基因"食用油,你信吗?

不信又如何?

这个时候,人成了"小白鼠"。

这时候，你只有把一腔怨气发泄到发明这个、发明那个的科学家们身上。

也是，前不久，《参考消息》就发表了一篇文章《十大危害人类的发明》，转基因、塑料制品、核武器、添加剂等等，赫然名列其中。

可是，把人不当人，把人当做"化工厂"、"小白鼠"的，不仅仅是科学家。

更多时候，一些政府部门成了推手。

不是吗？最近闹得沸沸扬扬的双汇"瘦肉精"事件，追究下去，"瘦肉精"的源头，是一个曾经在一家化工厂做过化验员的、名叫刘襄的人，匿藏在湖北襄阳市一个破败小厂生产出来的。

然而，这样说，肯定冤枉了刘襄。因为，最早向国内介绍瘦肉精的，是中国农科院畜牧所的佟建明。

佟建明是畜牧所的研究员，是科学家。

但是，瘦肉精却被列入国家"八五"攻关项目，获畜牧行业的认可和应用。

再看转基因。

由于转基因产品的危害，全世界没有一个国家对自己的主粮实施转基因，更不用说为转基因主粮发放安全许可证了。

然而，2009年11月，农业部却向华中农业大学研制的两种转基因水稻颁发了安全许可证，我国主粮转基因迈出可怕的第一步。

人类，已有足够的能量毁灭自己。

不必说核恐怖，就一项转基因，就有可能让人不出三代，走向灭种。

你说，人，是人吗？

2011年4月21日

> 人类，已有足够的能量毁灭自己。

11 /
富豪增多未必是"福"

> 但是,细心的人一定会发现,能够上富豪榜者,大抵分四类:商人、高收入人士、炒房者和职业股民。而商人,又以房地产商居首。

从事媒体工作的我,记得这些年,每到4月份,胡润研究院都要出炉一份所谓的财富报告。

尽管有人质疑报告的准确性、科学性,也有人质疑胡润研究院居心何在,但胡润研究院依然故我,特立独行,不为所动。

我们这些媒体人也是"爱恨交加",一方面常常嗤之以鼻,一方面却还得捧它的臭脚,不惜版面替它做免费宣传。没办法,媒体竞争激烈,你不刊发,别人也会刊发。再说,如今的媒体,也差不多走到嫌贫爱富的边缘了。

前些天,胡润的报告称,截至2010年年底,财富达到千万元人民币的中国富豪人数已达96万,较上一年增长9.7%;亿万元级的富豪有6万人,同比增长9.1%。以此推算,目前中国每1400人中就有1人是千万富豪。这其中,福建的千万富豪为3.35万人,亿万富豪为2100人;而其中,厦门的千万富豪为1.15万人,亿万富豪640人。而去年这两个数据分别是1万和550。据说,福建富豪数量居全国第六,而厦门富豪数量居福建第一。

但是,细心的人一定会发现,能够上富豪榜者,大抵分四类:商人、高收入人士、炒房者和职业股民。而商人,又以房地产商居首。

庞大的数字，可观的涨幅，似乎印证了海内外日益升温的舆论——国人越来越富了。不过，再细看胡润的报告，不难发现，中国富豪人数的增加无非与两大因素有关：一是，中国经济总量的快速增长，2010年GDP增长了10.3%；二是物价和资产价格上涨，尤其是房地产价格高涨。

据报告分析，中国96万富豪中，有20万人（占总体人数的20%）主要通过投资房地产，厦门的富豪也如是。而另外80%的人也都多多少少拥有百万元甚至数百万元的房地产。在投资意愿上，有1/3的受访富豪，依然将房地产作为个人投资首选——这一愿望过去三年来一直呈增长态势。

可见，是房地产市场的高歌猛进，促成了中国富豪人数和身价的增长。换言之，很多人的"富豪"身份，要拜房地产等资产价格畸形飙涨所赐。

过去，中国人说"跑步进入共产主义"；今天，中国人真的是"跑步进入富豪俱乐部"了。这样的"暴富"、"浮财"对中国民众的生活、对中国经济持续稳定发展以及中国社会进步究竟是"福"还是"祸"呢？

我认为，富豪增多，未必是"福"。

我绝对没有酸葡萄情结，更没有"仇富"心理。

想想，相对于拥有13亿多人口的大国来说，96万富豪只是很小的一个数字，并不让人兴奋。即便是我们厦门，人口也已超过300万，1万多富豪，也是很小的数字。

更何况，中国最富裕的1%的家庭控制着40%~60%的总财富。

可见，中国的不平等和贫富差异，到了何等严重的程度。

温家宝总理经常说的一句话是："再大的数字，除以13亿，都是很小的一个数字；再小的数字，乘以13亿，都是很大的一个数字。"去年，他在哥本哈根气候大会上提供了一个新数据。他说，如按照联合国每人每天1美元的标准，中国还有1.5亿人生活在贫困线以下。

96万与1.5亿之间不只是巨大的数字反差，还包含着城

> 这样的"暴富"、"浮财"对中国民众的生活、对中国经济持续稳定发展以及中国社会进步究竟是"福"还是"祸"呢？

乡之间、区域之间、行业之间以及社会分配机制、个人创富机遇等诸多方面的差别和不均等。

更令人忧虑的是，因为上述问题的存在以及近年来富豪们的言行表现，财富正在产生越来越多的负面效应，富豪也常常被人联想为"为富不仁、横行霸道"之徒。

看看当下存在的社会问题，有多少是因"富"而"腐"的啊！难怪，总理也沉不住气了，指出当前的社会诚信严重缺失，道德严重滑坡！

对于正处转型期的中国而言，当前社会最期待看到的，不是富豪的增多，而是创富方式的变革，以及民众，尤其是"先富起来的人"，对"财富观"的矫正。

2011年4月28日

> 难怪，总理也沉不住气了，指出当前的社会诚信严重缺失，道德严重滑坡！

12／

木棉何辜？

小时候，家门口有棵木棉树。每年三四月间，春寒料峭，乍暖还寒，其他树木刚刚缓过身子，吐出嫩芽，唯有木棉树却满树灿烂，花红如血，硕大如杯，似一团团在枝头尽情燃烧、欢快跳跃的火苗，气势蓬勃，催人奋发。

记得木棉花谢落时，母亲常常打发我去拾些回来，晾在瓦楞上，待夏季，烧水给我们喝。

长大后，我才知道，木棉树浑身是宝，其材质轻软，可供蒸笼、包装箱之用；木棉絮细腻柔软，不易浸湿，耐压性强，保暖性好，天然抗菌，不蛀不霉，可填充枕头，做救生衣；木棉花更是清热、利湿、解毒，可用于治疗泄泻、痢疾、血崩、疮毒；木棉树皮味苦、性平，可宣散风湿。

于是，我对木棉有种特殊的感情。

到了厦门，木棉随处可见，我满心欢喜。每逢花季，兀自站在木棉树下，对着满地落红，呆呆地想象着，想象着她的冬季，叶落枝枯，原来是为生命储蓄能量，为春天尽情绽放，为人间奉献精华，就愈发对她膜拜、崇敬。

经常路过的莲花公园，也植有十几棵木棉树。这个季节，我经常要在这个公园里多绕几圈，为的是，多看几眼木棉花。花期将尽，木棉花絮随风飘扬，似雨珠，似雪

于是，我对木棉有种特殊的感情。

花，触手可及，嫩滑如肌。晨练的妇人，提着袋子，一撮一撮地捡起，那样的专注，颇为神圣。

出了公园，到了莲花二村，民居间隙的旷地，也有几棵木棉，伟岸的身躯，常常让我觉得自身的渺小。

可是，二村的木棉树，就没有公园里的幸运了。去年秋天的一天，我从二村走过。"吱吱"的伐木声阵阵传来，十分刺耳。抬头一见，高高木棉树旁，架起了梯子，几个工人，手拿锯子、长刀，对准木棉主干、枝叶、树冠，旁若无人，恣意凌辱，肆意踩躏。没几下，高大的木棉树，就只剩下光秃秃的树干了。

我似乎看见木棉在滴血，在流泪；听见木棉在哭泣，在控诉。可是，看客们无动于衷，行尸走肉般地从树下走过。

我忍不住问伐木者，为什么？他们的理由十分荒唐：居民投诉，木棉花絮，飘入居室，钻入鼻孔，影响起居。他们是受命行动的。他们笑我知识贫乏，他们说：来年春天，木棉花不开了，但树照活，叶照长。说白了，他们是在"阉树"。阉了的树，公不公，母不母的，当然不会再开花。此时，我想起乡下阉猪、阉狗的活儿。我想到人的残忍。

今年，春姑娘刚刚迈着轻盈的脚步走来，我就迫不及待地要看看二村的木棉，想问问她们现在好吗？令我无语的是，花期过了，她们枯死了，一点点的绿意都没有。

我在心里一遍遍诅咒个别人把自己的幸福建在他人的痛苦之上。我反思自己的工作。不是吗？媒体也经常充当打手，说是木棉花絮是如何如何地影响人的健康，巴不得诛之而后快。

母亲经常告诫我的一句话是：一枝草，一点露。母亲的意思是说，小草也是生灵，不可随意践踏。

前不久，台湾的树艺师到厦门，在中山公园教市民修剪树木。树艺师说，树是有生命的，不可随意修剪。否则，等于生生地活剥了她们。而我们呢，叫几个泥水工

> 媒体也经常充当打手，说是木棉花絮是如何如何地影响人的健康，巴不得诛之而后快。

匠，就可对高高的木棉树大动干戈，大卸八块。

母亲还说，一样米，养百样人，但无论什么人，都不可随意看轻。

木棉何辜？竟遭此灭顶之灾！在一些人眼里，人类无所不能，可以主宰一切；自然规律似小菜一碟，可以随意拿捏。

然而，正当人类在洋洋得意蹂躏自然时，自然已然发怒，正在报复人类！

2011年5月5日

13/
真男人

前不久,出差路过温州,买了份当地报纸,见那里的媒体正在举办一项活动——寻找男子汉。

活动的内容,包括"爬悬崖"、"蹚泥泞"、"上刀山"、"下火海"等等。总之,尽是些苦力活、危险事。

放下报纸,略为思忖,为什么媒体要举办这些活动?无他,当下真正的男子汉,已接近博物馆里的恐龙了。

奇怪得很,本是男人打天下的时代,男子汉却要寻找。

说来也是悲哀,现实也的确如此:初考、中考、高考,凡与"考"字挨边的,女生无不出类拔萃,锋芒毕露;即便职场,女性也是攻城略地,吃尽嘓干。

至此,男人们只有哀怨的份了。

原因何在?在一个什么都被娱乐化的社会,男人们容易纸醉金迷,醉生梦死。体育被娱乐化了,新闻被娱乐化了,政治被娱乐化了……结果是,男人们方向迷失,诚信缺失,道德滑坡。

这难道仅仅是男人的悲哀?

思考这个问题时,读到余世存写的《中国男》一书。

学者朱大可为《中国男》作序时说:余世存《中国男》,为读者编订了一本用话语涂绘的人物肖像画册。这

> 奇怪得很,本是男人打天下的时代,男子汉却要寻找。

些正在被人逐渐遗忘的面孔,重新浮出时间水面,成为世人缅怀或反省的对象。

朱大可是我非常敬重的学者,但我觉得,他的这篇序,写得不是很到位,没能切中余世存写这部书的真正含义。

那么,余世存的出发点何在?他截取了中国近现代史上特立独行的41位人物。所有这些人物,且不论他们品格如何、个性怎样,是人杰还是枭雄,至少在生命的全盛时期,他们都是扎根在这片国土上的男人,是实实在在为时代、为民族做事的人。纵使顽劣如张学良者,也能在关键时刻,直面历史交给他的重任。

因而,余世存用类似《史记·列传》的司马迁笔法,为41位男人树碑立传。

树碑立传的目的是什么?在余世存看来,这些胸怀家国天下的近代中国男人,与只为车子、房子、位子、票子、女子、儿子等奔忙的当代男人,有天壤之别。这些中国男,给了我们一个参照:人生有多种可能性,立功、立德、立言都可以!人的选择,不能那么单一,不能仅仅是"有没有房子、有没有好车、银行存款有多少"这样的标准。

> 非常有意思的是,他选用了一种十分古怪的"人类学"分类标准——衰人、过人、士人、圣人、才人、牛人、高人、仁人、哲人……

更难能可贵的是,余世存没有过多地责备当代男人,而是挖掘为什么当代男人本能严重退化的深层原因。

他当然不会那么直截了当。

他的书,不是按编年史写的。非常有意思的是,他选用了一种十分古怪的"人类学"分类标准——衰人、过人、士人、圣人、才人、牛人、高人、仁人、哲人……由此编织出独特的人物谱系。

在这个谱系中,他把"衰人"(也即衰世中的男人)放在第一部分来写,而在这个部分,又把龚自珍当做"衰人第一"来刻画。他描绘的龚自珍是这么一个人:"这个天才,既无能贡献于国是,又无能跟他身处的文明决裂。只能把精力发泄到别处,所有传统文明最好的或最猎奇的心态世态,他都经历过。"

更发人深省的是,他对龚自珍所处的时代的点评:"看上去,一切都像是'盛世',然而,人的廉耻心、上进心、作为心,都被束缚、被剥夺殆尽,整个社会在骨子里失去了生机和活力,只剩下按本能办事,一片'万马齐喑'的局面。"

你说,这样的时代,龚自珍纵使有满腔男儿志,也难免被这样的局面所污染、所湮没。

当下呢?不言而喻。

当然,余世存的高明之处,是通过一个个活鲜鲜的刚健昂扬、不苟且、不猥琐的人物的出场,把他们的精神世界刻画得入木三分。

在他的书中,绝不存在所谓正面人物或反面人物。

如戴笠,是一个曾让很多人闻名色变的人,被称为"中国的盖世太保"。人们以为此种人心狠手辣、残酷无情。

但余世存认为,这其实是对戴笠的误解,"甚至可以说,这种人在我们的社会里无处不在。在戴笠们身上,有一种进取精神";"戴笠不仅有生活目标、理想,也有实现这些目标理想的艰苦付出";"戴笠谍报功绩的顶峰,是其谍报网络在厦门鼓浪屿率先破译了日本将袭击珍珠港的情报,并报美军海军部,但被美军一笑置之。珍珠港事件发生后,美军才意识到戴笠的厉害"。

类似这样的文字,我们在一般的近代史或民国史,是很难读到的。

类似这样的文字,我们在一般的近代史或民国史,是很难读到的。

因为,在中国的语境下,近代史也好,民国史也罢,往往被蒙上大量的政治谎言。

同样有意思的是,余世存把民间著名思想家王康作为全书最好的一个人物——哲人,而画上句号。

凡称得上哲人者,必留下一些振聋发聩的至理名言,让人们掩卷而思。

王康也是:"再强盛的帝国,有时就坍塌在一位作家的纸页上,这看来类似一个神迹。这种制度不好,这个社会不好。神说,您把它们写出来,一切就结束了。"

余世存把它们写出来了,可一切才刚刚开始呢。

法拉奇在《给一个未出生孩子的信》中写道:"如果你生为一个男人,我希望你成为那种我经常梦想的男子汉:对弱者赋予同情,对傲慢者给予轻蔑;对那些爱你的人抱以宽宏大量的气度,与那些想支配你的人作殊死的斗争。"

法拉奇说出我们的心声,余世存则写出我们的期望。

2011年5月12日

14 /
可怜的孔子

4月22日，凤凰网刊发7张照片，报道了"天安门广场孔子像搬家，被迁入国博"的消息。

报道说，4月21日，国家博物馆北门外广场的孔子塑像迁入馆内西侧北庭院，原址只剩下蓝色铁皮围挡。

报道还说，北门外广场并非孔子塑像的"安身之处"，只因雕塑园工程未完，他老人家暂安此地；如今，国家博物馆雕塑庭院内已"万事俱备"，孔子塑像的迁入，理所当然。

然而，吊诡的是，1月12日孔子像立成后，媒体援引国博馆馆长吕章申的话却是："国家博物馆北广场有着特殊的地理位置，国博作为积累与承传中国历史文化的国家最高殿堂，理应为这一重要区域增添光彩，增加与这一宏伟而庄严的建筑相应的文化含量。"

一尊佩剑的孔子铜像，在国家博物馆北门外广场呆了100天，又悄悄地移走了。孔子来得突兀、蹊跷；走得更是诡异、凄凉。

此时，我们只能叹一声：可怜的孔子啊。

不是吗？几千年过去了，逝者如斯，可是，孔子的命运始终没变：他如一只丧家犬，居无定所，四处漂泊，惶惶而不可终日。

> 此时，我们只能叹一声：可怜的孔子啊。

孔子从来就没有在天安门广场站立过。100天前，他呆的那个地方，只能叫"泛天安门广场"，那只是天安门的边缘。

孔子这个人，从来未曾进入过国家的权力中心。

这倒也符合他老人家的真实身份。一个文化人嘛，哪怕他尊及至圣先师，终究也只是权力的门客。

据说孔子现在去的国家博物馆西侧北庭院，有一个"群贤区"，准备堆放古圣先贤的雕像，孔子是第一个。除孔子外，或许还会有老子、庄子、墨子、孙子、孟子、屈大夫、太史公，甚至李太白、杜工部。

物以类聚，人以群分。一群文化人聚在一起，倒也恰如其分，也不失是件好事。文人抱团，臭味相投，可以对酒当歌，切磋文眼，比试诗赋，发发牢骚，解解郁闷。

不过，即便群贤，也不一样。李杜只是诗人，或张狂，或沉郁，终究无关大局。老庄亦如此。他们虽是哲人，其哲学却晦之又晦，飘之又飘，只能在形而上之云端兴风作浪，与升斗小民之生计相去甚远。

唯独孔孟不同，两位老家伙虽也是文人，却喜欢高谈阔论，纵论国是。所以，得把他们关起来，养起来。独尊儒术，就是关、养之术。关，不等于坐牢，只是养在权力身边的庭院里。如此一来，权力或可随时修理他们，或可随时包装他们。修理也好，包装也好，为的是带他们各处走走，为权力所用。

可怜的孔子闪了下身，又走了，从泛天安门广场走了，是被赶走的。

谁赶走了他老人家？据说是"民意"的胜利。因为，自他来了又走，网上一直骂声不断，"折腾"，"小孩过家家"，"搬走了好，要不我非往他脸上打叉不可"，"很好，大快人心，最好搬到茅厕里"，"这是全中国老百姓的胜利"……

此类言词，如雷贯耳，并不奇怪。

左派打孔，右派同样打孔。因为，老右认为，孔家店

> 可怜的孔子闪了下身，又走了，从泛天安门广场走了，是被赶走的。

与"德先生"、"赛先生"格格不入。

因为"民意",孔子便不能在天安门广场边陲站岗?这只是表象。

孔子塑像的立,征求过民意?没有。孔子塑像的搬,征求过民意?同样没有。

但五花八门的"民意"大抵也揭示了"为什么",譬如"折腾"。但谁在"折腾"?显然是权力。

当然,自独尊儒术起,漂来漂去的孔子,始终就没能逃脱"被权力"的命运。

可见,权力一天不规范,权力一天不公开,权力一天不阳光,权力一天不透明,孔夫子就一天不得安宁,塑像也好,灵魂也罢。

可怜的孔子啊。

2011年5月12日

15／
大家都来当反"转"派

我写过一篇短文，抨击我国的转基因研究因不透明给国人带来的危害。

说实话，换作前些年，打死我也不敢写这篇文章。虽然，很长一段时间，我就十分反感转基因，但当时，一道道的"紧箍咒"自上而下，说是媒体不准对我国的转基因研究说三道四。

时代进步了，或者说，已到了是可忍孰不可忍之地步。去年以来，社会有识之士纷纷"公车上书"，对转基因说"不"，媒体也开始"围剿"转基因。

读了我文章的朋友，发短信给我，说是之前，他们对何谓转基因一窍不通，他们根本不知道转基因危害的严重性。

接到短信之际，我正在读5月12日的《南方周末》。本期的报纸，用了相当篇幅，再次对转基因产品，尤其是主粮，在我国的泛滥，提出严厉批评。文章的题目是"中国转基因安全摸底——被雪藏的转基因秘密"。

文章说，今年4月间，农业部、环保部、科技部和卫生部组成联合调查组，悄悄分赴各地，调查中国转基因生物安全。

注意，文章用的字眼是"悄悄"。

> 去年以来，社会有识之士纷纷"公车上书"，对转基因说"不"，媒体也开始"围剿"转基因。

为什么？因为这个问题敏感？如果是，敏感的内容指什么？

我认为，敏感，不是指转基因的危害。

因为，至今天，转基因的危害，就连田间的农夫也知道。山西省晋中市榆次区农民杨成功，去年就找到媒体，说他所在的乡，这些年老鼠基本绝迹。他认为，或者说他怀疑，老鼠绝迹的原因，与当地广泛种植的转基因玉米"先玉335"密切相关。

人微言轻，杨农民的怀疑，当然不可能被当回事，甚至，有段时间，他还被认为是"麻烦"的制造者。

杨农民的怀疑，被当回事，是因为，去年，有100多名学者联名上书全国人大，反对转基因水稻的商业化；是因为，任弼时的女儿任远征，两次提案，关注转基因的食品安全；是因为，新华社记者，写了份内参，得到中央高层的批示。

再说，如果转基因产品本身的确有严重缺陷，涉及问题非常敏感，各方更应高度警觉，不能随意将其商业化。而恰恰相反，转基因玉米的种植，已在我国泛滥成灾，以致我们的一些产品出口受阻。

不仅是玉米、水稻、棉花、大豆、土豆……

下一个呢？可怕的转基因产品，无所不有，无处不在。

敏感何在？显然不是转基因本身。因为，用"臭名昭著"来形容转基因产品，一点都不过分。

在国外敏感吗？似乎不是很敏感。因为，人家对主粮之类的食品，是坚决不准转基因的；对转基因产品的种植，是有严格界定的；对转基因产品的销售，是有严格管理的；对转基因的研究，是公开透明的；甚至，人家的转基因产品，是用来出口的，自家人是不能吃，也是不让吃的。

绝对不是"月亮"谁更圆的问题。

我们的敏感，说白了，是政治利益、集团利益、经济利益等的纠缠、纠结、纠纷。

先说政治利益。作为农作物主管单位,农业部本应对转基因的研究、实验、推广等慎之又慎并做到公开透明,但不是。他们是悄悄地干活。干了就干了,还不承认。明明他们给转基因水稻发了安全证书,他们却狡辩:他们发的是证书,至于种植,他们没有批准。鬼话连篇嘛。谁给你的权力?谁给你的根据?你征询过十几亿人民的意见?你就敢信口雌黄,说转基因水稻是"安全"的?去年的两会,农业部的发言人还信誓旦旦说我国没有种植转基因主粮,今年,在事实面前,他们哑口无言了。

再说经济利益。农业部批准的转基因玉米也好,水稻也好,大豆也好,土豆也好,都是由一家叫"登海种业"的上市公司来试验、销售、种植的。登海种业转基因种子四处开花结果,白银滚滚,盆满钵满,但,泛滥了,要刹车,容易吗?

最要命的是集团利益。农业部的官员、农业大学的院士、登海种业的老板,结成一条稳固的保护链和利益链,不要说布衣百姓如杨成功,即便如任远征这样有背景的后代,想要撼动他们,也比登天难!

所谓的敏感,就是:农业部能批评吗?院士能批评吗?上市公司能批评吗?利益集团能批评吗?

水很深,谁都不想去蹚。

可是,一旦水成了灾,淹没的可是不分什么集团的,谁都别想幸免。

由是,让我们大家都来当反"转"派吧,让转基因这个妖魔,如过街老鼠,人人喊打吧!

2011年5月19日

> 由是,让我们大家都来当反"转"派吧,让转基因这个妖魔,如过街老鼠,人人喊打吧!

16 / 也说故宫丑闻

年过半百,屈指一算,写豆腐块杂文,已三十有余。

有时颇自恋,常觉得,所谓"诗意",就是面朝大海,春暖花开;而杂文,则是山河有病,灵魂不安。便常常自诩灵魂不安。

可是,网络的诞生,却让我欢喜让我忧。

喜的是,短信、社区、论坛、博客、微博、QQ,八仙过海,各显其能。它们在针砭时弊、嘲弄权贵等方面,以其一剑封喉、一针见血之专长,远远把传统杂文抛在脑后。

忧的是,传统杂文作者如我,即将失业,想再骗几文铜板,沽几两浊酒,恐难矣。

如最近,面对北京故宫失盗、错字、会所系列丑闻,手头也痒痒,却迟迟下不了笔。

下不了笔,不是偷懒,而是"眼前有景写不得,崔颢有诗在上头"。

故宫丑闻发生后,就收到一条短信:"小时候,故宫是一枚小小的邮票:我在这头,庄严在那头;长大后,故宫是一集集的电视剧:我在外头,皇阿玛在里头;而现在,故宫是一个不锁门的保险柜:我在外头,文物在里头;再后来,故宫是一个错别字:我捍这头,你撼那头;其实一直,故宫是一个会所:我在外头,领导在里头。"

> 有时颇自恋,常觉得,所谓"诗意",就是面朝大海,春暖花开;而杂文,则是山河有病,灵魂不安。

短短百把个字，就把故宫过去、现在、后来，失盗、错字、会所，描绘得淋漓尽致，入木三分。

真可谓高手在民间。

在舆论面前，故宫不得不为之前发生的锦旗错字一事道歉。致歉信全文如下："由于我们工作的疏漏，在5月13日向北京市公安局赠送的锦旗上出现错字，谨向公众致歉。此次赠送锦旗由院保卫部门负责联系、制作，由于时间紧，从制作场地直接将锦旗带到赠送现场，未再交院里检查。下午媒体播出后，院里才发现把'捍'写成'撼'的严重错误。尤其错误的是，在媒体质疑时，该部门未请示院领导，仍然坚持错误，强词夺理，不仅误导公众，而且使故宫声誉受到严重影响。事情发生后，院里即进行认真调查，给予当事人严肃的批评教育，并采取了补救措施。故宫博物院现正组织全院各部门举一反三，吸取教训，堵塞漏洞，增强工作责任心，进行全面整改。"

全文引述故宫道歉信，是因为故宫在系列丑闻面前的表现，一贯就是前倨后恭。

先说失盗。故宫先前的说法是一个"临时起意"的毛贼所为，但警方则称，案犯蓄谋作案。故宫召开的新闻发布会，公开的破案过程，更是漏洞百出，难以自圆其说。

再说会所。面对社会穷追不舍的质疑，故宫认为"事出有因"，责在下属。其下属企业"北京故宫宫廷文化发展有限公司"未经审批，擅作主张，扩大服务对象，发放入会协议。

试问，既然院方已将建福宫花园定性为"绝对不允许按照社会上的私人会所的模式运营"，那么，下属企业"扩大服务对象"发放"入会协议"之举，乃是变更经营方向的重大事项，怎么会不经报批？

更恶劣的是错字。

将"捍"误写成"撼"，已经没文化，却无知无畏死不认错，极力狡辩。从文化上说，红底金字的"捍"、"撼"不分，如此出乖露丑，贻笑大方，竟然发生在故宫身上,羞煞的乃是文明古国的中国脸;在政治上,"撼祖国强盛,卫京都泰安"的千古绝对,尽管不是主观故意,不可上纲上线,但政治错误已成事实,直接责任不负,间接责任难逃,总该有人出来担责吧?

不禁想起陈水扁上台后,表扬义工用错"罄竹难书"一事。当时"教育部部长"杜正胜狡辩说:"阿扁没错,罄竹难书,就是事情很多。"杜正胜未必不清楚"罄竹难书"的正解,但他却明白:只要政治正确,就可官位无虞。

今天,故宫犯了政治错误,领导却也官位无虞。这类事件要是发生在日本,或者韩国,大概用不着别人提示,一定会有头人引咎辞职以谢国人,但在中国,却非得由上级"问责",否则,就又是"笑骂由人笑骂,好官我自为之"了。

大陆、台湾,本来就是一个国家。

我一直在想,若不是民间高手不屈不挠地大规模创作、大范围传播、高密度互动,那真是撼山易、撼故宫难啊!

从这个意义上说,我这个豆腐块作者,乐意失业,乐见正在深刻地改变杂文生态和格局的草根作者日益健壮。

2011年5月26日

17/
为什么？

最近看报纸，不少广告都在邀请参加"出国咨询会"，往加拿大、澳大利亚的居多。问身边朋友，他们笑我少见多怪，孤陋寡闻。他们说，时下富豪们最热衷的就是绞尽脑汁，想方设法，移居国外。

前几天，又见媒体报道，中国社会科学院发表调查报告：中国千万富豪中，有超过60%的人希望能移民国外。

而据估计，1999年以后的10年间，中国内地有200万人合法获得外国"绿卡"。

于是，惊讶之外，甚是纳闷：一个迅速发展的国家，一个被认为逐渐走向强国之路的国家，其精英阶层拥有无穷的发展机会，为什么却要寻求移民国外？

现实的确是：自己身边总有一些可称之为社会精英的人士，或是已经办理移民手续，或是正在办理，或是正在计划中。

这一现象虽然不像房价、物价或贫富不均那样惹人注目，但却是中国社会精英阶层中正在显现的一个微妙的趋势，值得注意。因为其所反映的深层问题，以及未来对中国社会的影响，引人深思，发人深省。

中国改革开放以来有过几次公民出国潮，如上世纪80年代中期，以私人留学为主要特征的出国潮；上世纪80

> 他们说，时下富豪们最热衷的，就是绞尽脑汁，想方设法，移居国外。

代末90年代初的出国大潮。前者发生在中国经济落后,年轻人普遍向往国外生活的年代;后者则主要是当时特殊的气氛所致。

但是,进入上世纪90年代后,由于中国逐渐开始市场经济进程,出国大潮一度有所沉寂。与此同时,自费出国潮却走上相对比较正常的轨道。此时的年轻人不再千军万马争出国,相当一部分人寻求在国内发展的机会。但相反的是,一些年轻的"富二代"却开始走出国门;同时,一些贪官也开始寻求在国外存放个人资产的安全通道或退路。

不过,与过往出国潮相比,这次精英移民潮有着许多不同。一是,方式不再是留学途径,而是直接诉诸移民渠道;二是,主体不再是年轻人,相当部分是功成名就人士;三是,与那些所谓"裸官"(即妻子、儿女和财产已转往国外,自己一人在国内做官)不同,主体不再遮遮掩掩,而是公开办理手续。

于是,我们不禁要问个"为什么":如果说过去的几次出国潮,都是由于人们在国内无法得到经济或政治的满足,那么在中国经济日新月异的今天,当许多人已从经济的迅速发展中获利,为什么还要奔着国外去?

回答自然是见仁见智,但万变不离其宗,绝大部分人移民外国的原因仍然是"缺乏安全感"。

那么,到底什么是"安全感"?有人觉得财富没有安全感,也有人担心过去的"猫腻"会败露,但不可否认,更多的人则认为国内的生活环境缺乏安全感,其中包括生态环境和人文环境。举例说,今天,食品安全,几成谈虎色变话题,已让国人对政府治理效果失去耐心、信心。

与此同时,与假食品、毒食品有关的,是社会几乎无处不在的欺骗和虚假:以前有句话叫"我爱人人,人人爱我",今天则似乎变成"我害人人,人人害我"。在这种情况下,在国内生活的健康成本和心理成本,都成为一部分有钱人移民国外的真正原因。

> 在这种情况下,在国内生活的健康成本和心理成本,都成为一部分有钱人移民国外的真正原因。

只是，我们不禁要问：有钱人可以移民国外，那么平头百姓呢？这个问题背后折射的其实是社会更为深层的内在矛盾。这个矛盾的根源到底在哪里？用"上梁不正下梁歪"来描绘，可谓一针见血。

当然，今天之中国，富豪移民与房价、物价和贫富不均相比，尚不十分为人关注，但其反映的问题却与房价、物价和贫富不均一脉相承。更重要的是，它正在导致大量财富外流，其后果可能要在若干年后才能为人所觉察。

移民的人数每天都在刷新。但愿他们远去的背影，能引发全社会对吸引人才、对善待财富的思考，推动我们在成为"经济大国"后进一步构建"宜居大国"，加快经济社会各层面的改革，为个人的发展和生活创造更好的环境、更大的空间。

2011年6月2日

> 只是，我们不禁要问：有钱人可以移民国外，那么平头百姓呢？

18/
杞人忧"奢"

杞人忧天,我忧"奢"。

前不久,我跟小孩说,不要什么都攀比,不要什么都想奢侈。电影《最爱》中,漂亮的艾滋病患者琴琴,卖血的目的,就是为了买昂贵的洗发水:"村里有个女孩买了,我想让我的头发也像她的那么有光泽。"因为盲目攀比,琴琴患上了艾滋病。

可我小孩却说,那是电影,你也信?我哑口无言。

马上,现实版的,说来就来。据《环球时报》报道,17岁的安徽淮山少年小郑才上高一,他在网上接触到一个买肾的中介,对方以人民币2万为诱饵,带他到湖南郴州一家并不具备移植手术资格的医院进行肾摘除手术。他接受媒体采访时说,自己卖肾,是因为"当时想要买一台iPad2,但是没钱。上网时,有买肾中介就发信息来,说卖一个肾可以给我2万块。"

iPad2,算不算奢侈品?对家庭富裕的孩子来说,应当不算。高档洗发水,就更与奢侈品沾不上边。

但一台iPad2却引发一场悲剧。而悲剧的后面,却有诸多警醒。

我是做媒体的,媒体更多的是靠广告生存,而广告中,最来钱的,非奢侈品莫属。相比较而言,报纸上的奢侈品广告，远不及那些装帧豪华的时尚杂志。厚厚的一本，可读的文字少得可怜，更多的篇幅，让给了奢侈品广告。一位时尚杂志主编，不无得意地说，要在他的杂志刊登奢侈品广告，起码得提前三个月预约。

有道是"世界上有两难：一是把自己的思想，装入别人的脑袋；二是把别人的钱，装入自己的口袋。做到前者为老师，做到后者为老板。二者兼而有之为老婆"。依我看，二者兼而有之，应为老外。不是吗？改革开放30多年，不要说"80后"、"90后"，即便我们这些老家伙，思想里难道还少资本主义的东西吗？行动上难道还少为资本主义做贡献吗？

看到法国香榭丽舍大街奢侈品店，因中国人的无序涌入、抢购而紧急闭门的新闻，心里真是五味杂陈。

新闻是否真实？不得而知。但知道的是，专家预计，在2010年首次超越美国而位居世界第二之后，中国有望在今年超过日本成为世界最大的奢侈品消费国。

其实，有关中国奢侈品消费的报道，无论是境外，或境内，已越来越多。类似的广告，也五花八门，无孔不入。以致相关部门不得不下发通知，房地产广告不得使用"奢侈"、"至尊"、"顶级享受"等广告语。理由是，这些广告不符合社会主义精神文明建设要求，助长了社会浮嚣、奢华风气，有悖于时代精神，不利于社会和谐。

可是，这样的广告仍然触目皆是。不仅房地产，随便一项物品，不与"奢侈享受"挂钩，就跟掉价似的。

这种现象，让人揪心。因为在我们这样一个发展中国家，未富先奢，意味着传统人文精神的严重缺失。

再进一步问，中国当真已经如此奢侈了吗？我看未必。下所谓"中国最奢侈"定义的，多是些外国商业机构或媒体。他们声称，热衷于奢侈品消费的，除了少数中国富人之外，白领和中产阶层已成奢侈品消费的主力军，"主要是一些月薪600美元以上的白领"。不知道这些"信息"有没有事实根据，但月薪600美元的白领，恐怕消费

> 因为在我们这样一个发展中国家，未富先奢，意味着传统人文精神的严重缺失。

不起纯正的古巴雪茄、苏格兰威士忌以及Gucci包吧？我身边，月薪600美元者，比比皆是，但他们大多是普通一族。他们为买房、结婚、生孩子、养家糊口等等，节衣缩食。使用奢侈品的人不是没有，但终究只是个别。

必须承认，奢侈品在中国具有相当大的市场。譬如那些富豪及其"富二代"们，他们或对奢侈品情有独钟，但仅仅指望他们，似乎不太可能推动中国成为"世界奢侈品消费第一大国"。因为，我国的中产阶层，其实不过是"中间阶层"，消费能力并不强。很难相信，一个仅仅靠少数高端富人支撑、失去中产阶级支持的市场，会成为全球最有发展潜力的奢侈品市场。

因而，我们有理由怀疑，把"奢侈品消费第一大国"的"桂冠"授予中国，究竟是不是一个物质陷阱，试图将我们拖入奢侈品消费的泥潭？究竟是不是一个精神陷阱，试图将我们民族崇尚俭朴的传统美德吸干榨尽？

但愿我是杞人忧"奢"。

2011年6月9日

> 很难相信，一个仅仅靠少数高端富人支撑、失去中产阶级支持的市场，会成为全球最有发展潜力的奢侈品市场。

19/
百年老店，更应居安思危

周末，收到短信，内容如下："广东茂名市委书记罗荫国涉案16个亿。他却狂言：'要说我是贪官，说明官场都是贪官。凭什么专整我？真让我交代，我能交代三天三夜，把茂名官场翻个底朝天。''中国不就是腐败分子提拔腐败分子，腐败分子反腐败分子吗？''像我这样级别的，谁不能供出来百十个人？这太平常了。''男人就得提钱进步，女人就得日后提拔。除了这，眼下谁要能当上官，就不属人类，谁不服气的话，不花钱当个小科长叫我看看，真有那本事，我喊他大爷！'"

此时，正在读李慎明主编的《居安思危——苏共亡党二十年的思考》一书。

放下书，怎么也不相信，一个共产党的市委书记，会说出如此肆无忌惮、近似疯狂的话。我以为，恐网络的恶搞。于是，到网上搜索。结果，不幸得很：罗氏系列"语录"，的确出自其口。

再端上书，书中李慎明写的《要出问题，还是出在共产党内部——苏共蜕化变质与特权阶层腐化是导致苏联解体的根本原因》一文，似乎找到了罗荫国疯狂之缘由。

苏联解体的原因，说法有种种："经济没有搞好说"、"斯大林模式僵化说"、"民族矛盾决定说"、

"军备竞争拖垮说"、"戈氏叛徒葬送说"、"外部因素说"等等。总之，不同的人，得出不同甚至完全相反的结论。

但其中最根本的原因是什么？李慎明认为：苏共蜕化变质是根本的原因，而苏共的蜕化变质最直接的表现是特权阶层的腐化。

李慎明对特权阶层的基本特征、特权阶层对党的危害等，抽丝剥茧，条分缕析，史料之俱备、观察之细腻、分析之透彻、推断之准确，既意料之外，让人击节叹服，又意料之中，让人掩卷沉思。

李慎明从组织和人员构成切入，认为苏联特权阶层主要来源于党政干部，且几乎是清一色的共产党员；特权阶层具有继承性和裙带性。他们只考虑个人和小集团的私利，脱离、背离，乃至最终背叛最广大人民群众的根本利益；他们崇尚权力，滥用权力，专断独行，无视民主；工作上得过且过，敷衍了事，掩盖矛盾，粉饰太平；生活上贪图安逸，追求享乐，行贿受贿，腐化堕落。

李慎明在书中，引用了叛逃到西方的苏联高级外交官舍甫琴科描述特权阶层生活的一段话："它（指特权阶层）想把某些东西攫取到手，但却企图把自己描绘成正在向这些东西进行斗争。它批评资产阶级生活方式，而自己却一心一意地追求这种生活方式；它谴责消费主义是庸俗思想的反映，是西方影响毒害的结果，但他们对于西方的消费品和物质享受却视为珍宝。"

我用红笔，在这段话下面，画了一道长长的、粗粗的波浪线。难道不是？李慎明引用的这段话，是如此的令人痛苦、让人不安、发人深省。竭力抑制自己愤怒的情绪，却欲罢不能，只能攥紧拳头，狠狠砸向书本！

我觉得，李慎明说的，似乎不是苏共的特权阶层，而是我们国内的罗荫国们！因为，这些人的丑陋嘴脸是如此之相似！

特权阶层对党的侵蚀，除了严重损害共产党的声誉，

李慎明认为：苏共蜕化变质是根本的原因，而苏共的蜕化变质最直接的表现是特权阶层的腐化。

制造党和人民群众的巨大鸿沟，败坏党风和社会风气外，李慎明认为，非常可怕的还在于，特权阶层阻挠和投机改革。李慎明说："为了维护既得利益，特权阶层反对任何涉及对自己特权的改革，更不可能主动遏制蔓延全党、全社会的腐败。"勃列日涅夫对改革冷言冷语："改什么呀？把工作做好就行了。"戈尔巴乔夫的所谓"改革"，其实是特权阶层迅速演变为新生资产阶级的催化剂。在戈尔巴乔夫时期，特权阶层已经不以追逐自己的享受为满足，还希望把已拥有的一切特权长期占有并传给后代。同时，他们发现，挂在嘴边的所谓社会主义、共产主义信仰和罩在身上的共产党人的光环，已失去往日的利用价值；原有的特权必须改头换面，而资本主义是他们既得利益合法化的最合适的制度。特别是当苏共和国家处于生死存亡的危急关头，他们为了保住自己的特殊利益并使之合法化，就毫不犹豫地撕下原来的假面具，公开抛弃社会主义，走上全盘私有化的资本主义道路。

罗荫国们的丑陋嘴脸容易暴露、辨别，而戈氏之"改革"带来的催化剂，就隐秘得多、诡异得多，因而，也就可怕得多、危险得多。

今年是苏共亡党、苏联亡国20周年，是中国共产党成立90周年。《居安思危》一书，通过对这段历史的回顾，为中国改革开放的前世和今生，画出了一道沉郁而悲慨的平行线。

行至1840年，中国历史陡然改道，被迫并入以资本主义全球扩张为核心的世界近代史，中华民族的基本任务由此发生根本性转变。能否在世界资本主义的等级和竞争体系中求生存、求发展、求突破，成了一切政党、制度、路线，乃至理论、文化等等的首要试金石。在这点上，中俄两国的经历如出一辙，都是扶着社会主义、共产主义的旗杆，从民族危亡的险境中爬起身来；都是以高度军事化的政治手段森严壁垒，抗衡虎伺狼环的外部环境；都是以高度政治化的经济手段集中人力物力，在工业化路上昼夜兼程；都是因集权体制的积重难返而逐渐失去活力，陷入深刻的危机；都是在危机中左冲右突，改弦易张，经历了山河剧变。

总之，从宏观的相类到微观的相似，两国高度的可比性，为这部以俄为镜、感慨社会主义命运、忧心中华民族前途的作品，提供了坚实的基础。

中国共产党，一个有着90年光荣史的政党，一个有着7500多万党员的大党，在世界的政党史上，可谓异数。这个党，一路走来，刀霜剑雨，筚路蓝缕，从无到有，从小到大，从弱到强，靠的是什么？原因多多，但很重要的一点，是靠不断坚持真理、修正错误，靠与党内部特权阶层的不断斗争。

今天，这个大党正面临"代际继替"的问题。如何解决好这个问题，让这个"百年老店"永葆青春活力？让我们永记邓小平同志在其1992年那个著名的南方讲话中的那句话："要出问题，还是出在共产党内部。"

2011年6月12日

如何解决好这个问题，让这个"百年老店"永葆青春活力？

20 /
仇什么，千万别仇孝

周末回乡下看老父亲，他一会儿跟我说这儿痛，一会儿跟我说那儿痛。我就开导说："您已快90岁了。很厉害啦，还能喝酒、吃肉。毛泽东是伟人，也就活到83岁嘛，您比他老人家还伟大。"老人像小孩，哄几句，他就笑了，也不说痛了。

其实，父亲某些关节的疼痛，是真的，都这么一大把年纪了，也是正常的。

回来路上，想想，对父亲，我的所谓孝心，也就仅仅体现在偶尔回去看看，陪他吃个饭，聊聊天。父亲日常起居，只能完全交给乡下妹妹照料了。所以，也经常感叹，假如父亲子女少，那谁去照顾他？毕竟，乡下不像城里，现实，观念，与城里都有很大差异。父亲到我在市里的家，住不到两天，就吵着要回去。有次，我故意跟父亲说："您老了，还有我妹妹照料；如果我老了，恐怕只能进养老院了。"父亲听了，老大不高兴："那怎么行？去那种地方会被人戳脊梁骨的。"我想，父亲是不是怕我把他送到养老院？从此，我不敢再提起这个话题。

但不提，并不等于不存在。我们这代人，最听国家的，只有一个孩子。等到我们老了，孩子不堪重负，我们不进养老院，又能如何？

> 等到我们老了，孩子不堪重负，我们不进养老院，又能如何？

中午在食堂吃饭，同事谈起一件事，也是嘘唏不已。他说，有位离休老干部，子女忙于自己的事业，偶尔回去看看老人，拿点钱，买点东西的，话也说不上几句；因为，老人年纪大了，眼睛朦胧，耳朵也背了。因而，只好请了一个保姆照顾老人。老人流口水，老人便溺，保姆就发火，就训人。弄得老人看到保姆，就像老鼠遇见猫似的，哆哆嗦嗦，实在可怜。

可见，儿女有出息，父母也不见得就幸福。父母的幸福指数，很大程度取决于儿女的态度。有的做儿女的，认为自己功成名就，父母就心满意足了，所谓孝敬父母，也只停留在物质赡养，谈不上精神赡养；而有的，就连物质赡养也谈不上，自家奢华消费，却往往为了给父母区区几个钱，还要二一添作五，兄弟几个分个一清二楚。

当然，更多的是像我这般，明明知道孝敬父母是自己的天职，却常常以"忠孝不能两全"为借口，把年迈的父母交给保姆或交给自己的兄弟姐妹照料。

写下这些，我深怕别人说我作秀。好在，我不是名人，算不上官员，顶多就是一名技术官僚。

因为，最近就有媒体因北大校长周其凤在老母生日之际跪拜跟前是孝心还是作秀组织讨论。看了一些讨论文章，我的心隐隐作痛。因为，的确有不少篇幅，是质疑周其凤的，说他"不务正业"，说他写给母亲的歌"狗屁不通"。我就不明白，这种所谓讨论，对教育我们新一代，有什么好处？台湾台南市61岁的丁祖用花布抱母看病，北京26岁小伙樊蒙徒步推轮椅带母旅行，这样的平凡人、平凡事，就让我们的心灵被深深震撼。只是，由于他们出身草根，他们的孝心就没有什么人去质疑，更没有媒体去组织什么讨论。难道仅仅因为周其凤是名人、是校长、是官员，就连孝心也要被质疑？其实，就周其凤教授而言，作为院士，即使他不当官，他也有着终身较高的社会地位与影响力，完全不必用母子深情去作秀；即使被当成作秀，这对社会、对年轻人的影响也是有益无弊的，因为多一些这样的作秀，正是这个道德下滑的社会所急需的；退一万步讲，即便周其凤是贪官污吏，但他的孝心拳拳，也值得我们学习；路归路，桥归桥，该肯定的也要肯定。

　　从那些连孝心也要质疑、也要仇视的所谓"愤青"身上，我们看到了中华传统孝文化逐渐没落。记得我幼小时，我父亲就经常给我讲古人二十四孝的故事，我从未怀疑过其间故事的真实性。不是我"愚孝"，而是我觉得，那不是讲故事，而是讲道理。我想，如果我们把周其凤的孝心当作一种示范，一种教育，我们就会见贤思齐焉，见不贤而内自省也，构建和谐家庭，和谐社会，就会有我们的一份贡献。

> 从那些连孝心也要质疑、也要仇视的所谓"愤青"身上，我们看到了中华传统孝文化逐渐没落。

21 / 质疑"黑名单"

> 可卫生部毕竟不是公安部，不能直接把"黑名单"中的"黑记者"拘留法办。

6月13日，由卫生部牵头，在京举行了一场"科学认识食品添加剂"座谈会。原以为，这样的座谈会，有利于民众增长科学知识、远离非法添加剂入侵。

不料，卫生部新闻宣传中心主任毛群安，竟在会上透露：卫生部正在打造一个"健康的媒体报道平台"，对极个别的媒体记者建立"黑名单"，以此遏制他们有意误导民众、传播错误信息的苗头。

乍听，毛主任的话似乎在为民代言：时下媒体，成天报道这里什么东西不能吃，那里什么东西不能碰，搞得人心惶惶嘛。

如此下去，不整顿行吗？

如何整顿？"黑名单"是卫生部的新举措。可卫生部毕竟不是公安部，不能直接把"黑名单"中的"黑记者"拘留法办。

那么，造"黑名单"后，卫生部要做什么？

我想，无非有三：一是把"黑记者"拒之门外，凡卫生部门的相关新闻，不准人家报道；二是通过行业主管部门，如新闻出版总署等，取消"黑记者"的从业资质；三是通过法院，起诉记者的违法行为。

但深究下去，觉得卫生部的理由，或者说手段，又

实在站不住脚。首先,卫生部利用手中权力,对资讯进行行业垄断,有悖《宪法》精神。可以这么说,至今,还没有任何一部法律,赋予有关部门可以建立"媒体记者黑名单",也就是说,没有任何法律依据,可以随意设立所谓"媒体记者黑名单";再说,拒绝媒体采访,是公然违背《政府信息公开条例》,公然剥夺公民和媒体的知情权。难道你卫生部是太上皇,想怎么着就怎么着?

其次,即便个别记者有意或无意夸大事实,那也不是你卫生部说要把媒体如何就能如何的。因为,那不是你卫生部的职责,你要做的是,在第一时间对这些错误信息进行纠偏并披露真相。再说,有意误导和无意误导的区分标准为何,恐怕只是卫生部官员的主观好恶,说你是你就是,不是也是。歪曲事实进而迷惑公众的算是"有意误导",忠于事实但触及部门利益,也肯定要被卫生部认定为"有意误导"。

略懂新闻学的公民都知道,新闻传播是一种抽丝剥茧、逐步发现真相的过程,"媒体不是中央纪委,媒体不是审计署,媒体不是调查组,你不能要求他每句话都说得对。只要(媒体监督)有事实依据,就要高度重

难道你卫生部是太上皇,想怎么着就怎么着?

视"。注意，这话不是我说的，而是原国家安监总局局长李毅中说的。

遗憾的是，在我们国家，这样的官员实在是凤毛麟角。要不，就不会有卫生部那样的无知官员了。

至此，话似乎还是没有说到点子上。

民以食为天，食以安为先。近年来曝光出来的食品安全问题，究竟是媒体的报道，让民众忧心忡忡，还是黑心食品的存在，让民众寝食难安？我想，再弱智的人，也不会本末倒置。可是，卫生部不去建立黑心食品、黑心作坊的黑名单，却居然对曝光真相的记者，搞所谓"黑名单"。卫生部居心何在？想必对他们这些权贵阶层而言，黑心食品不能直接对其健康构成威胁（有特供、各种基地等等），而极个别"误导公众"的记者，却可能"混淆是非"，对他们的利益直接构成威胁？

揭示真相，是媒体的责任，任何虚假和歪曲的报道，也是公众所不能容忍的。但是，对真相的探求，往往需要一个过程，很难一蹴而就，其中原因既有媒体记者的能力所限，也有被采访对象的掩饰和误导。即便是在拥有发达媒体传播媒介系统的国家，也不可能完全避免"误导信息"，比如近期让欧洲人闻之色变的"毒黄瓜"就是一个典型的误导信息。可是，人家欧洲，就没有哪一个国家，敢说要建立"记者黑名单"的。

> 不想做好本职工作，只想堵住别人的嘴，捂住别人的眼，这是我们相当部分政府官员的思维习惯和行政恶习。

如果毛主任不是太健忘的话，应该还记得，2003年非典爆发，就是你们卫生部刻意隐瞒真相，导致国民遭殃、国家形象受损。难怪卫生部要建立所谓"黑名单"信息传播出去后，网民群起而攻之。有的网民说："对于我们老百姓来说，不怕报错，就怕不让报。"

不想做好本职工作，只想堵住别人的嘴，捂住别人的眼，这是我们相当部分政府官员的思维习惯和行政恶习。这样的习惯、恶习不改变，老百姓就要天天生活在水深火热之中。这绝不是危言耸听。

2011年6月23日

22 /

官员"雷语" 百姓无语

"领导就得骑马坐轿。老百姓想要公平？臭不要脸！"

5月24日，天涯杂谈、腾讯微博等国内多家知名站点上，这段气势汹汹的话被疯传，引起众多网友纷纷拍砖。

为什么？因为这番明显不那么得体的"雷语"，竟出自吉林省辽源市环保局局长郭东波之口。

据说，郭大局长已引咎辞职。我这里用"据说"，是因为媒体对一些所谓的"引咎辞职"官员，来个"回马枪"采访，结果，往往发现，事实并不像说的那样，"引咎"的官员，或异地为官，或保留待遇。

闲话少说，言归正传。

老百姓想要公平，就是臭不要脸？这话听起来着实让人难以接受，何况是郭大局长在全局职工大会上的公开讲话。

不过，类似郭大局长这样的讲话，听起来，似曾相识。近年来，一些领导干部"锐意创新"，时常爆出"雷语"，已非新鲜事："跟政府作对就是恶"，"没有强拆就没有中国城市现代化"，"谁影响发展一阵子，我影响他一辈子"，"你是替党说话，还是替老百姓说话"，"这事不能说太细"……诸如此类超越公众想象力的话语

老百姓想要公平，就是臭不要脸？

不一而足，令人叹为观止。

诸多"雷语"尽管千奇百怪，但仔细琢磨，就会发现这些不经意间的"真情流露"，背后折射的是权力膨胀乃至异化，是法律条文让位于官府权力，私人利益压倒公共权益的现实逻辑。

"跟政府作对就是恶"，讲出这句"史上最恐怖官话"的领导，对党中央"创造条件让人民批评政府、监督政府"的要求熟视无睹。在他眼里，政府永远正确，权力就是准绳，个人好恶就是评价一切的标准。如此一来，有权的官员和无权的百姓自然成了对立的两个群体。"你是替党说话，还是替老百姓说话"，如果是后者，那"这事不能说太细"。

权力膨胀且不受约束，自然而然就会成为滥用甚至牟利的工具。在权力至上的逻辑下，群众的利益诉求变成"刁民捣乱"，一切都要给"发展"让路。此刻的"发展"，已经不再是民众利益的实现，而是个人升迁的筹码。

喊出"没有强拆就没有中国城市现代化"这样"史上最无耻官话"的人，恰恰就是这样的逻辑。在他们心中，城市现代化就是工程项目，人民生活水平的提高、正当权益的维护、社会公正的实现完全让位于楼堂馆所这类物化的发展观，公共利益蜕变成官员的政绩冲动，甚至不惜喊出"谁影响发展一阵子，我影响他一辈子"这样的"豪言壮语"，权力利益对人的扭曲可见一斑。

官员的"雷语"，说到底，是一种公然挑战法律、挑战道德底线的行为，这种行为已成流氓之风，从官场刮到民间。

在酒桌上，有的官员公然叫板"我敢承认包养情妇，你敢吗"；有的公开交流谈论赌场上的大手笔输赢，以示自己"不差钱"；有的穿衣抽烟喝酒，从不怕别人问一句"凭你的工资买得起吗"，不怕做"周久耕第二"……他们强势表明自己可以公然践踏道德、法律，以此为美，相互比拼，争先恐后，你追我赶。

官场风气是社会风气的风向标、指挥棒，官场如此，民间岂能独善其身？官场上若无道德、法律可言，民间百姓的血管里又能有多少"道德的血液"？男盗女娼、杀人越货、掺杂使假、作奸犯科等等社会乱象，与官场的乱象密不可分。

官员"雷语"，百姓无语。他们的每一次猖狂，每一次叫嚣，都是对百姓心灵的重重打击。因为老百姓没有任何办法制约他们，只有默默地承受。黑暗在步步紧逼，百姓在节节后退。

面对"雷语"迭出的官员，老百姓已无悲愤，因为看得太多了，审丑疲劳。然而，当社会上还有那么多读不起书的孩子，看不起病的患者，住不起房的市民……又禁不住思绪万千，长叹息以掩涕兮，哀民生之多艰。唉！

2011年6月30日

> 面对"雷语"迭出的官员，老百姓已无悲愤，因为看得太多了，审丑疲劳。

23 /
"又能说明什么"

> 看来，在一个多元的社会，谁也别想轻易说服谁。

何谓微博？要是像汉语词典，正儿八经解释一通，恐没几个人能记住。

可今年春晚，一则相声，一句"微博，就是公开的短信"，通俗易懂，让大伙记牢了。

微博这东西，还真是个好东西。我不懂得用，但我的许多即时时事信息，都是朋友从微博转发到我手机的，让我受益匪浅。

当然，对任何事物的评价，都有负面、正面。如，有媒体评论说："微博是公共厕所，里头尽是粪便。"话是糙了点，但还是有点理。因为，微博里头，的确有不少乱七八糟的东西。但是，也有人马上攻击报纸也是"公共厕所"。

看来，在一个多元的社会，谁也别想轻易说服谁。

但我还是坚信，微博的力量不可低估。

"房卡怎么给我？我不到前台拿"，"我拿好后送你"……6月17日，这一来一去"开房门"的微博，成为网络谈资。

不过，微博这东西，也经常让人存疑。微博，如果经传统媒体的核实，力量就更了得。如上例子，《现代快报》的记者很快就核实：男主角为常州溧阳卫生系统一局长。在和快报记者的对话中，该局长承认微博为自己所发。

当记者求证"为了你5123"是否为他本人时，这位局长好像没反应过来："微博啊，对啊，嗯！对，有一个！"当记者问道"Y珍爱一生Y"是不是他朋友时，局长也很爽快承认。随后，记者询问微博上的头像是不是他本人时，他也给予肯定。"你看到我们发微博的啊？呵呵，你怎么看到的啊？这个都能看得到啊？这不可能吧？我们两个发微博你都能看得到啊？不可能吧？"

无独有偶，此事发酵的前几天，网络也在风传广州白云区新市街道办事处主任刘宁网上裸聊事件。

日前，网络上惊现一男子半裸上身或露出下身生殖器的色情网络截屏图片。随帖子附带的5张照片中，被称为"刘宁"的男子，一直盯着镜头方向大笑，表情欢愉。爆料帖子认定此人为街道办主任的证据，来自"广州白云区信息网2011年1月24日白云区新市街道办事处主任刘宁慰问计划生育贫困户"的新闻图片。此处的刘宁主任和色情图片中的男主角，相貌酷似。

刘宁接受《羊城晚报》记者采访时，倒没有江苏溧阳卫生局长来得痛快，只是说自己已主动向上级相关部门汇报，但对照片真伪问题只字未提，"我想，还是相信组织"。刘宁所在的新市街相关领导则说："就算是，又能说明什么问题呢？"

一句"就算是，又能说明什么"的诘问，还真让迫切希望了解真相的网民噎住了。

显然，这是对网络公民的蔑视，是对舆论监督的蔑视，是对党纪国法的挑战，是对伦理道德的挑战。

但如果让我们来替他们回答"又能说明什么"，我们将如何应答？

我想，起码说明这么几点。

首先，说明他们无知。平时热衷花天酒地，热衷迎来送往，不要说对新技术的学习了无兴趣，即便对政治学

> 一句"就算是，又能说明什么"的诘问，还真让迫切希望了解真相的网民噎住了。

习、业务学习，也是敷衍了事。一旦他们真的有兴趣了，也是对那些低级趣味的东西有兴趣。比如，溧阳的局长，对微博有兴趣，不是借助微博来关注为民办事，食品安全、百姓就医、公共卫生等问题，而是关心如何借助微博打情骂俏；广州的那个主任，在微博上慰问计生贫困户是假，借微博播发色情图片是真。他们无知否？似乎是真的无知，因为，他们竟然不知道微博是"公开的短信"。

其次，说明他们无畏，无知者无畏。其实，他们就是"有知"，恐也是无畏。在接受记者采访时，溧阳的局长语气轻松，对答如流，坦然淡定，问啥答啥；广州的主任半推半就，一副事不关己高高挂起的样子。他们哪有丁点儿的畏惧，丁点儿的忌讳，丁点儿的悔意？

再次，说明他们无耻。无畏，源于他们无耻。在他们眼里，什么理想信念，什么道德底线，什么党纪国法，统统见鬼去；他们只有行尸走肉，只有酒池肉林，只有声色犬马。这，不是无耻，是什么？

如此无知、无畏、无耻的官员多了，官场歪风盛了，我们的民族必然遭殃，国家必然遭殃，人民必然遭殃。

因而，我们还是要感谢微博，虽然，这新玩意还有待博友的进一步规范，提高。

2011年7月7日

24 /
我们是谁

今年4月6日，厦门大学举行90周年庆。

此次庆典，厦大邀请了不少大师前来演讲，李敖即其中一人。

"语不惊人死不休"，大家都这么说李敖。也的确如是。他演讲时提到"鲁迅与厦大"，一张口就说："'厦门大学'四个字是鲁迅写的，但不是鲁迅专门为厦门大学写的，而是从鲁迅的墨宝里找出来的。"

一般认为，鲁迅受聘厦大，是为了躲避军阀迫害，可李敖并不这么认为。他说，1926年"三一八"惨案后，大家反对军阀段祺瑞，4月间段祺瑞就下台了。鲁迅8月到上海，离开之前，北师大给他开欢送会，他还做演讲、吃饭，随后慢慢离开，不像是被迫害逃亡的状态。那时段祺瑞已经下台4个月了。鲁迅到厦门之前，在北京是自由的。政治因素不是迫使他南下的原因。"鲁迅到厦大，真正的原因是为了爱人许广平"，换句话，厦大是鲁迅摆脱旧式婚姻，追求爱情的地方。

"鲁迅先生是我爸爸的老师。他发考卷很有意思，不是分发，而是撒下去。"

引述李敖的话，是想说，短短的几行字，透露出许多鲜为人知的史料。让我们看到一个平时在教科书里看不到

> 一般认为，鲁迅受聘厦大，是为了躲避军阀迫害，可李敖并不这么认为。

的鲁迅。

难怪,翻开当地的所有报纸,在报道李敖厦大演讲消息时,都不约而同用上这样的标题——"他(指鲁迅)为了爱情来到厦大"。

而其实,李敖"临摹"鲁迅,远远不及画家陈丹青。

今年1月,广西师范大学出版社出版了陈丹青的《笑谈大先生》一书,书中收集了陈丹青关于鲁迅的7篇演讲。成书之前,我已在陈丹青博客上完整读了这些文章。

我比较好奇的是,一个画家,怎么会想起写鲁迅,或者说,怎么会想去啃这块"吃力不讨好"的硬骨头?

道理很简单:鲁迅是中国现代文坛的首位重要人物,是部深不可测的大书。几十年来,对他进行研究的专家数不胜数,无论在大陆,或是在台湾,研究者都要给他贴上太多太多的政治标签;即使贴标签的时代过去了,对鲁迅的评价,依然莫衷一是。就像陈丹青自己说的,"全中国专门研究鲁迅、吃鲁迅饭的专家,据说仍有两万人。"

而作为画家的陈丹青,为什么公开讲起鲁迅?陈丹青说,起因是:一开始,是鲁迅博物馆馆长孙郁先生邀请他去馆里讲鲁迅。他以为讲了也就讲了,后来鲁迅的孙子周令飞又邀请他到全国几个地方去讲,再后来,他们就将这些演讲文集结成册。

陈丹青自己看得很简单,可读者并不这么看。陈丹青博客刊发相关文章后,就有网民或称它"还原鲁迅",或称它"唤回鲁迅";也有的提出质疑:鲁迅是谁?

对这些议论,陈丹青一律不参与,不回应,不辩解。也对,"还原"也好,"唤回"也罢,往往是对过往的否定,而对过往的否定,难免要惹来一大堆麻烦的。

所以,成书时,陈丹青用了一个颇为轻松的书名——"笑谈大先生"。为何冠以"笑谈"?陈丹青说:"很多人一提到鲁迅,就首先联想到鲁迅很凶、很苦、一天到晚发脾气的形象。而在我眼里,他其实有非常好玩生动的一面。我看先生的作品,常常会在内心发笑,甚至真的笑出来。"

何止作者"真的笑出来",大多数读者读后,也忍俊不禁,或大笑,或窃笑。

七篇文稿,虽不过数万言,可陈丹青却用独特的"眼光识力",在汗牛充栋的鲁迅研究著述中,辟出一番新颖的解读境地。

例如,他从鲁迅的样貌去窥视鲁迅内在深刻的精神世界:"鲁迅一再说,他只有一支笔,可我们偏要给他插上许多旗。我喜欢看他的照片,他的样子,我以为鲁迅先生长得真好看。这张脸非常不买账,又非常无所谓,非常酷,又非常慈悲,看上去一脸的清苦、刚直、坦然,骨子里却透着风流与俏皮。所以鲁迅先生的模样真是非常非常配他,配他的文学,配他的脾气,配他的命运,配他的地位与声名。"

陈丹青称赞鲁迅"好样子",不是凭空想象的,而是有根有据的:"鲁迅当年随口给西洋人看相,说'陀思妥耶夫斯基一副苦相,尼采一副凶相,高尔基简直像个流氓',这些话与鲁迅的模样也很般配骄傲得很呢。他晓得自己伟大,晓得自己长得有样子,那年萧伯纳在上海见鲁迅,就称赞鲁迅好样子,鲁迅应声答道:'早年的样子还要好。'"

陈丹青不仅觉得鲁迅"样子好得很",而且认为鲁迅"好玩得很":"我所谓的'好玩',是一种活泼罕见的人格,它绝不只是滑稽、好笑、可喜……好玩的人懂得自嘲,懂得进退,他总是放松的,游戏的,豁达的。'好玩'是人格乃至命运的庞大的余地、丰富的侧面、宽厚的背景,好玩的人一旦端正严肃,一旦发起威来,不懂得好玩的对手,可就遭殃了。"

关于鲁迅的"好玩",陈丹青同样有佐证:"鲁迅是个极喜欢讲'戏话'的人,连送本书给年轻朋友,也要顺便开个玩笑,他送书给刚结婚的川岛时,就很'好玩':'我亲爱的一撮毛哥哥呀,请你从爱人的怀抱中,腾出一只手来,接受这枯燥乏味的《中国文学史略》吧。'那种

> 所以鲁迅先生的模样真是非常非常配他,配他的文学,配他的脾气,配他的命运,配他的地位与声名。

亲昵，那种仁厚与得意，一个智力与感受力过剩的人，大概才会这样的随时随地讲'戏话'。"

　　大家都说，陈丹青对鲁迅的解读是"最到位的"，可他却不这么看："没有人能还原历史，我们都在想象鲁迅，我给出我自己的想象罢了。"他眼里的鲁迅，好看、好玩，"老先生好玩，就文学论，就人物论，他是百年来中国第一好玩的人"。

　　窃以为，首先是陈丹青"好玩"且"戏话"连篇，才能成功地勾勒出一个"百年中国第一好玩的人"。

　　最新语文教材改革，据说鲁迅的文章是被剔除最多的。为什么？因为鲁迅"不好玩"。

　　而鲁迅"不好玩"，不是他自身"不好玩"，是太多太多的政治标签不好玩。

　　诚如陈丹青所说的："长期被政权神化、非人化、政治化，鲁迅反而被过度简化，鲁迅资料中丰富翔实的日常细节，后人视而不见，绝大部分人谈起他，就是好斗、多疑、不宽容。语文教科书长期强迫学生阅读鲁迅，成功地使一代代年轻人厌烦他，疏远他，今日的文艺中青年多半不愿了解他，因为怎么看待鲁迅早已被强行规定，以致几代人对权威的厌烦、冷漠和敷衍。敷衍一位历史人物，最有效的办法，就是简化他，给他一个脸谱，很不幸，鲁迅正是一个早已被简化了的脸谱。"

　　真是振聋发聩、醍醐灌顶、入木三分！所以，陈丹青还有一句话，一直萦绕在我的脑际："问鲁迅是谁，还不如问问我们是谁？"

　　是啊，我们是谁？

　　过去半个世纪，我们骂胡适而捧鲁迅；而今天，我们捧胡适而骂鲁迅。要么骂，要么捧，我们总不能平实地面对一个人，了解一种学说，看待一段历史。

2011年7月12日

> 过去半个世纪，我们骂胡适而捧鲁迅；而今天，我们捧胡适而骂鲁迅。

25 / 历史的丑陋与无奈

毛泽东曾经说过："党外有党，党内有派，历来如此。"他还说："党外无党，帝王思想；党内无派，千奇百怪。"

毛泽东对中国历史烂熟于心，他绝不是随便发发感慨。

最近读黄朴民先生《最是高处不胜寒》一书，对毛泽东的这句话，有了更深一层的认识。

黄朴民先生通过对一些历史人物的解读，深入浅出，议古论今，竭尽所能，试图揭开蒙罩在一些历史人物头顶的面纱，以还原中国传统政治的本质。

在黄朴民先生看来，中国传统政治中的一个最大弊端就是山头林立、党同伐异。一个人是否可信，是否能在政治上被委以重任，很大程度上不是根据他的才能本能，而是看他是不是自己圈子里的人。这种按圈子画线、凭亲疏用人的风气弥漫历久，自然会导致"一荣俱荣，一损俱损"现象的普遍化，于是乎"一朝天子一朝臣"，"器惟求新，人惟用旧"等俗言谚语一直广为流传，深入人心。

黄朴民先生认为，这种用人上的圈子意识，不仅普通人摆脱不了，即便是睿智杰出的政治家也无法摒弃。

关于圈子与山头的危害，黄朴民先生以诸葛亮用人上的败笔为例，条分缕析，层层深入，发人深思。

> 在黄朴民先生看来，中国传统政治中的一个最大弊端就是山头林立、党同伐异。

我们都知道，三国志里有个挥泪斩马谡的故事。

一般人都会将诸葛亮的这个举动当做他的百密一疏而扼腕，也当做他的奖惩分明而赞赏，可黄朴民先生不这么看。

黄朴民先生分析了刘备蜀地立国后麾下军政大员的基本构成，这个阵容由四个方面势力构成：最早跟随刘备南征北战、漂泊四方的老兄弟，他们最受刘备信任，如关羽、张飞、赵云；刘备寄寓荆州刘表期间延揽的荆襄派人物，如诸葛亮、庞统；刘备进入蜀地，取代刘璋后接纳的当地豪强、士人，如法正；凉州名将马超及其部属。

刘备军中四大圈子的地位、实力以及影响相去甚远、彼此消长，直接制约和影响着蜀汉政权内部的整合，给蜀汉政治格局的演变、政治生态的嬗递打上深刻的烙印。

在这四大圈子的代表人物中，诸葛亮最出类拔萃，他是个深富韬略，具有深远战略与娴熟政治手腕的杰出人物。在蜀汉政权中，他长期注意从自己的圈子中培植亲信，丰满羽翼，因此，到刘备白帝城托孤前后，诸葛亮的山头实力业已成为蜀汉朝廷中最强的一支。

刘备对朝廷政治生态的演变趋势了然于心，对诸葛亮的杰出才略及重用亲信的端倪也是一清二楚且抱有一定警惕的。他曾当着诸葛亮的面，评价马谡其人是"言过其实，不可大用"，这在一定程度上是提醒诸葛亮——不可凭感情亲疏用人，更不可画圈子，搞山头，而要从大局出发，搞五湖四海，因能授任。诸葛亮何等聪明，哪能不知道刘备是有所指？但打造自己圈子的政治意识，使诸葛亮忘乎所以，我行我素，尤其是刘备病逝后，更是到了肆无忌惮的地步。这样的圈子意识，使得他在任用马谡问题上犯下致命的错误。

优秀的参谋人才，不一定是合格的主帅人选。马谡在参襄军事、辅佐主将方面，无疑是合格的，但他担当一军统帅却力有不逮。诸葛亮对此，应也明了，但圈子意识太浓，私心太重，急于为马谡日后做自己事业的接班人创造

> 优秀的参谋人才，不一定是合格的主帅人选。

条件，还是作出重用马谡的愚蠢决定。结果，街亭一役，马谡损兵折将，使蜀汉政权日渐式微雪上加霜。

黄朴民先生认为，中国传统政治的另一个弊端是人与人之间充满尔虞我诈、翻手云覆手雨的无情倾轧和噬食，谁脸皮厚，谁心肠黑，谁就能在政治角逐中把握先机、左右逢源。

在封建社会里，政治往往是十分残酷无情的，它"始于作伪，终于无耻"，虚伪的周旋，血腥的倾轧，"你方唱罢我登场"，像个巨大而深不可测的陷阱，使人们有意无意地葬身其中，留下无尽的痛苦与遗憾。无怪乎有人将二十四史形容为令人伤心的"相斫"史。

在黄朴民先生看来，这种令人伤心的"相斫"在同僚关系上往往有最集中的表现。

同僚之间，为了满足各自无穷的权力欲，为了在主子面前摇曳尾巴争宠邀功，为了在利益的蛋糕切割上赢得最大的份额，都不免像乌眼鸡似的，好话说尽，坏事做绝，不择手段，尔虞我诈。彼此间仇恨多于关怀，拆台多于补台，猜忌多于理解，幸灾乐祸多于同情提携。于是，寡廉鲜耻过河拆桥者有之，同党伐异落井下石者有之，无事生非自毁长城者亦有之。

> 在黄朴民先生看来，这种伤心"相斫"，在同僚关系上往往有最集中的表现。

这方面的例子可谓俯拾皆是，不胜枚举。

黄朴民先生举的是战国时期，秦国文武两个名臣白起与范雎之间的生死劫，认为这是中国传统官场最具典型、最丑陋的缩影。

在中国历史上，白起以善打歼灭战闻名。他用兵艺术最大特色是知己知彼，料敌如神，审时度势，准中求狠，出奇制胜。史上著名的长平之战，为秦国统一六国扫除了巨大障碍，白起也从此声名鹊起，名闻天下。史家认为，白起的功勋绝不在秦皇汉武、唐宗宋祖之下。

然而，就是这样一个功臣，也同样不能走出同党伐异的怪圈，魂断杜邮，衔冤千古。

这个陷白起于万劫不复绝境的同党，就是当时任秦国

091

丞相的范雎。

范雎也是秦国不折不扣的大功臣，他提出"远交近攻"的策略方针，使得秦国统一六国走上了健康正确的路子，从此秦国以较小的代价赢得最大的战略利益。

可惜的是，范雎是个心胸狭窄、嫉贤妒能的政治短视者，这使他对白起的功勋耿耿于怀，必欲除之而后快。他的心事自然有卑鄙小人察觉并加以利用，纵横家苏代在这其中就起到挑拨离间的作用。

诚如黄朴民先生所言，功臣之间出于嫉妒、争名夺利等阴暗心理的倾轧斗争，是传统政治弊端的客观反映，是导致将星陨落、功臣不得善终的重要原因。同时也表明，对于功臣宿将来说，最大的危险不在于战场上的明敌，而是来自周围暗藏的形形色色以同僚面目出现的敌人。这种人为的政治内耗、倾轧，使得多少功臣名将没有倒在战场却倒在官场，付出无谓的代价。

解读历史人物，往往是一桩吃力不讨好的事情。人的复杂，首先在于人性的复杂，一个人身上行为与心理的动机之深层关系，永远不可捉摸。今天解读历史人物，更多的是我们自己个性化的认知。但是，这样的认知，也是建立在对今天现实的透视的基础上。历史的丑陋与无奈，打开一扇我们观察现实、感悟现实、深思现实的窗口。

2011年7月12日

人的复杂，首先在于人性的复杂，一个人身上行为与心理的动机之深层关系，永远不可捉摸。

26/

再说微博

我在一篇文章中，谈到微博的作用。这里说的作用，有正面的，也有负面的。

说负面的，最近我深受其扰。

前些天，因公务，去了趟欧洲。那里的时差，跟我们这儿，晚五六个小时。

在"时空交错"中，不断收到一条颇有"轰动性"的新闻，且是不同对象从不同角度发来的，内容大致相同。由于比较敏感，这里不便将所谓新闻的内容公之于众。

既然是重大新闻，我们这些吃新闻饭的，不重视，不敏感，肯定不行。

因此，我的同事，搁置手头其他稿子，不断地通过各种渠道，与同行通话，联络，力图印证新闻的真假。

到了深夜两点来钟，发通稿的、权威的通讯社，电话依然打不进去；其他报社，遇到的问题，与我们大致相似。

将近深夜三点，那家通讯社才发了个截稿通知。我的同事此时已疲惫不堪，赶紧投入紧张的出版工作。

那天的报纸，晚出版了近一个小时。

同事回到家，仍然不敢酣然入睡，睁大双眼，盯住网络，生怕一时不慎，漏发重要新闻。

吃新闻饭的苦衷，外人许多时候是很难体味得到的。

> 既然是重大新闻，我们这些吃新闻饭的，不重视，不敏感，肯定不行。

093

隔行如隔山嘛。

这条让我的同事痛苦不堪的所谓"轰动性"新闻，恰恰是从微博风传开的。

有人肯定会说，既然是微博发，信它干什么？

言之有理。可是，这么重要的信息，发酵了这么久，这么广，无论是真，抑或假，官方的、正规的、权威的渠道，总要有个说法吧？

遗憾的是，没有，官方的、正规的、权威的渠道都保持沉默。沉默，当然是事情重大，谁也不敢贸然说一个字。

可是，很多时候，越是事情重大，越保持沉默，事情就会越闹越大。

这个道理已被无数事实所证实，无须赘述。

同是刚才说的这个所谓"重大新闻"，不仅在境内闹，而且闹到境外，闹到国外。

就那么短短的一天多时间，香港的一家电视台就将微博风传的信息当做确有其事的新闻，给播出去了。结果，英国、美国、日本等国的大通讯社都转发了这条新闻。更有甚者，日本的一家报社还出版了"号外"。

见此，内地的官方通讯社才用英文播发了条辟谣短稿。

见此，香港的那家电视台也播发了公开致歉声明。

香港的那家电视台，据说原本播发的内地消息没有失误过，而这次，他们播错了。电视台的公信度，肯定要大打折扣。难怪，那家电视台的女主播，得知播发的是假新闻时，失声痛哭。

怪谁？一句话，都是微博惹的祸。

话有些过，因为，本来，如此重大的时政新闻，没有官方的、正规的、权威的通讯社发通稿，随便抢发，必错无疑。

但是，在一个信息高度发达的时代，做媒体的，也实在是可怜兮兮。甚至，一些不成熟的媒体，往往抱着宁肯错发，不能不发的态度，就更导致不实信息满天飞。

微博的可怕之处，不在于错发——人非圣贤，孰能无过，其可怕之处在于，错了，即使发了更正，也往往被淹没在海量的错误的信息中。

就说今年年初的日本大地震吧，微博上说，日本动漫明星Hello Kitty创始人清水优子不幸在海啸中去世。

这是条假新闻。可是，你现在再到各大网站搜索，这条假新闻仍然被当做真新闻高高挂在网上。

可见，当微博成为社交、信息交流的一种流行工具时，如上所述的"轰动性"新闻往往成为典型的虚假新闻。所以，用什么制止谣言的发布和传播，就成了一个令人深思的问题。

对于虚假信息的发布，微博账号的所有者以及微博网站需要强化管理意识，优化手段。新闻机构为保持公信力，不仅自己要在实名认证微博发布信息时清醒、谨慎，更要实时、密切监控自己账号的异动，防止"千里之堤，溃于蚁穴"，给人以可乘之机。但微博平台发布信息，毕竟超出实名新闻机构的管理能力，微博网站也应负起责任，特别要认真对待那些"轰动性"信息。

但是，更重要的是，我认为，对于虚假信息的传播，必须以"快"制"快"，以"透明"平息谣言。

微博信息由于开放、可转，具有传播快、波及广的特点，"轰动性"新闻的传播，更像"长了翅膀"。

这就要求官方的、正规的、权威的渠道，迅即作出回应，以透明、真实的信息，把微博假新闻遏制在萌芽状态。由于传统媒体和机构在公众中具有很大影响，又掌握比较全面、真实的信息，及时发布真相，会产生"四两拨千斤"的效果。

传统媒体是我们党的意识形态的重要阵地，这块阵地作用发挥得如何，关乎我们执政能力的高低。如果自己的阵地在关键时刻鸦雀无声，集体失声，就会让虚假的东西、反动的东西有可乘之机，甚至无孔不入。

当然，在微博、网络上还有一些亦真亦假、模棱两可的"轰动性"信息。对这类已有影响的"信息",权威机构同样不能听之任之,而要根据情况以认真、负责的态度,及时发布真实、全面的信息,最大限度地消除虚假信息的负面影响。

从源头看,打击黑客、制止假信息发布,是一个长期的任务。诚然,黑客手法不断翻新,客观上会带来一些始料不及的问题。不过,俗话说"邪不压正",只要能做到严格防范和有效回应双管齐下,谣言终究会止于智者。

2011年7月14日

——俺也有"微博"啦!

27 / 何必满口"潮语"

"这是个荒诞的时代：让大家唱革命歌曲，却不允许革命；让大家看《建党伟业》，却不允许建党……"

千万别误会，我不是在煽动不良狂热。

也千万别误会，以为这是市井小民的网上搞笑。

这段话，出自一所大学的一位副校长之口。如果你感兴趣，到网上搜索一下，说不准还挂在那呢。

此话，是这名副校长在大学毕业典礼会的演讲中说的。

姑且不论这位副校长的演讲是否涉及敏感话题，也不论当局是否给他过行政警告之类的处分，仅就他这种赶时髦、飚"潮语"的做派，就与一位校长的身份相去甚远。

我绝不是说，以校长的身份，就应当摆架子、装官腔、念八股，因为，大学行政色彩太浓、校长离学生太远，已引起社会的诟病。

我要说的是，滥发情感，浮夸轻佻，为了讨好学生，放弃自己的坚守，不分青红皂白，一味跟着网络走，不能作为校长的追求，或时尚。

遗憾的是，我这样的声音，过于微弱，甚至有可能会被淹没在一片"板砖"声中。

因为，自去年华中科技大学校长李培根（即"根叔"）飚"潮语"给学生讲话被追捧后，许多高校校长不甘示弱，纷纷在校园、在网络，大秀网络热词，即便如清华、北大这样的名校校长，也生怕落伍，花样翻新，"潮语"迭出；今年，校长们的"潮语"，更使媒体增添了"晓红哥"、"凤哥"、"纪宝宝"等校长"艺名"。

我揣摩，这些校长们赶时髦、飚"潮语"，说他们是作秀、出风头，似乎过了点；最大的可能是，在他们看来，这些学生都是"80后"、"90后"的，是网络一代的，不去迎合，生怕自己的讲话，学生不买账，说了也白说。

如果是这样，那么，我觉得，校长们也许多虑了，或者说，低估了学生的智慧、水平。

举个例子吧。

去年，有朋友推荐我读台湾作者廖忠信写的《我们台湾这些年》一书。

这本书，写了自1977年以来台湾老百姓的普通生活，内容涉及政治、军事、经济、文化等等。

全书内容之广泛、行文之流畅、笔风之幽默、文字之规范，让我受益匪浅。

许多读者和我一样，刚开始，都以为该书的作者一定是"叔叔"辈或"伯伯"辈，看了作者介绍才知道，他是"70后"的，与"80后"相差无几。

但这本书受许多"80后"，甚至"90后"的热捧。

也就是说，书的作者，并不因为要迎合一部分读者而刻意搜索"热词"，更不随意破坏汉语言文字的传统风格。

我发现，台湾的许多作家，尽管他们私下，如在网络上，也飚"潮语"，但正规出书、演讲，很少开口闭口使用网络语言。

当然，我不是说，大学校长讲"潮语"、唱流行歌，就一定不好，而是认为，什么事情都不能过头。作为校长，平时，可能因为自己太忙，也有个别的，可能也有官僚成分，接触学生的机会，尤其能面对面进行"校训"

的机会,本就不多;毕业,是大学生踏上人生大门的开始,此时,校长应该多讲讲激励学生的话,讲讲人生的得与失,一味逢迎说好话,一味"叔啊哥啊"装嫩,姑且不论影响好不好,起码,学生们还没走出校门,你的"潮语",他已忘得差不多了。

那么,大学校长到底应该如何讲话?试听几位名校长的演讲:1916年,蔡元培被任命为北京大学校长,他的就职演说讲的是"大学学生,当以研究学术为天职,不当以大学为升官发财之阶梯";1958年,中国科技大学校长郭沫若在开学典礼上致辞,主题为"把红旗插上科学的高峰,是中国科大与生俱来的使命";蒋南翔于上世纪60年代主政清华大学,几乎对每一届毕业生都要讲:"你们要在这个社会上立足有两条,第一,要听话;第二,要能出活儿。"清华学子、后来成为名记者的杨继绳回忆说:"蒋校长的话,好像父亲对儿子讲的,不像教育家讲的。"

总之,这些校长都有自己的坚守,因而各具特色,史册留名。相较而言,"根叔"走红,与大学行政色彩太浓、校长远离学生有关,所以"根叔"的出现,让人新鲜。

我们反感校长高高在上,却也不能反其道而行之,一味怂恿校长不分青红皂白跟着网络走。喜爱一位校长,不一定非要称他这"哥"那"叔",也不要强求他会讲话。马寅初善演讲,被公认是好校长;而曾任香港中文大学校长的高锟却讷于言,但谁能说他不是好校长?评判校长,靠的是治校治学,看的是人格魅力,并非口才好就一切好,甚至以此衡量校风学风。

就像我们办报的,《人民日报》用了网络语言"给力"做标题,全国上下的报纸,满纸"给力",读者就来信深表反感:"你们要'给力'到什么时候?你们恶不恶心?"

我们的报纸满纸"潮语",同样显得轻佻、浅薄。

> 我们反感校长高高在上,却也不能反其道而行之,一味怂恿校长不分青红皂白跟着网络走。

大学校长"昵称"的出现，媒体起了推波助澜的作用——有的网站、报刊抓住校长名字的谐音，搞怪戏谑，作为新闻亮点入题，以吸引读者眼球。但校长如果能在媒体的哄炒中保持相当冷静，在喧闹中保持本色，不随媒体起舞，我想，那些喜欢炒作的媒体，也会觉得无趣，且有所收敛。

2011年7月21日

28/
骂娘又何妨

不久前读了一篇文章，说是现在不少官员、专家、学者，乃至歌星、影星，对网络都避之唯恐不及。似乎网络是洪水猛兽，沾了边，就要倒八辈子大霉。故之，对媒体的一些提问，不要说是敏感问题，就是一般性问题，也往往一问三不知，或答非所问，或顾左右而言他。我看过一名记者写的采访今年全国两会的体会文章，他感叹说，今年与往年的最大不同，就是不少被采访对象，不再像以往侃侃而谈，更毋谈锋芒毕露，言之有物。

追根究源，一个字——"怕"，怕媒体，怕网络。

不可否认，现在，社会上的确存在仇官、仇富现象。网络上，一些网民，往往不分青红皂白，凡涉及官员新闻，无论正面、负面，都要谩骂一通；凡涉及致富信息，无论正当、非法，也都要揶揄一番。

客观地说，这是不太正常。

相比之下，官员面临的压力，比富人更大。

富人可以沉默，可以隐身；可官员不行，他们是公众人物，他们天天都要与群众、与媒体见面，要接受群众的监督，媒体的监督。除非他们尸位素餐，无所事事。

在一个多元的社会中，对一个人、一件事的评价、议论，不可能强求一律，也不可能真正一律。更何况是对作为公众人物的官员。

在对官员的评价、议论声中，有褒扬，有贬低；有赞颂，有诽谤；有中肯的批评，也有恶意的中伤……这些，都是再正常不过的。尤其是网络，稍有差池，动不动就要"人肉搜索"，也是常有的事。

对此，有的官员如临深渊，如履薄冰。这也是应当的。本来，官员本身，就应谨言慎行，严于律己。

但也有的官员如雷轰顶，如临大敌。面对网民的谩骂声，兴师动众，企图让网上的逆耳之言，即刻烟消云散。这就不应该，也不现实了。

后者，我建议他们向广东省委书记汪洋同志学那么一点。

报载，7月4日，广东省委书记汪洋与网民在线交流说：看到很多网民骂我，把我说得一塌糊涂，当然我也看到挺我的，这些都很正常。作为公众人物，应该正确对待各种不同的意见，甚至是骂我们的意见。网络问政首先应该是平等地问、虚心地接受，不计态度、不问来历。为什么领导可以发脾气，群众不能发脾气呢？为什么领导可以骂娘，群众不能骂娘？

汪洋一席话，赢得网民一片掌声。应该说，网络问政要允许群众骂娘，原本是一个常识，因为：不被人骂的人几乎没有，官员亦不会例外，而嘴长在别人脸上，骂娘是别人的自由，就算官员不允许，最多也只是"别让老子听到"而已，但是，堂堂一个省委书记，能够如此平静地看待骂自己的声音，并且将允许群众骂娘视为一种与生俱来的当然权利，实在让人感到些许惊喜——遇到一个可以骂的省委书记，在我们的语境里实属罕见。

事实上，只要是一个成熟的现代官员，而不是一个特权官僚主义者，必然明白防民之口甚于防川的朴素道理，知道群众的骂也是一种诉求表达，同样值得为官者关注和体恤。如果骂得有理，那么就虚心接受，努力改善；如果骂得没理，那么就澄清解释，开诚布公。所以，成熟的现代政府控告传媒或者公民是十分少见的，更别说动辄就以建立黑名单相威迫，甚至动用手中的权力，对媒体记者，或网民，大动干戈。

群众对某领导或某官员"骂娘"，其实并不是真正骂他的娘（当然，个别人不会说理，喜欢骂娘，还是有的），而是表达不满，发发牢骚罢了。别忘了，当年不要说骂娘，就是表示不同意见，也可以置你于死地。现在有像汪洋同志这样的领导，能如此表态，实在难能可贵，要是有更多的官员能如此，党的事业就更有希望了。

当然，让群众骂娘，很好，但不是目的。对群众的骂，且骂得在理的，充耳不闻，娘骂了也白搭；最重要的是，只要群众骂得对，骂得有理，就要按照民意去解决实际问题。不然，积怨日多，民怨沸腾，怨声载道，总有一天要爆发，那天可就真的会塌下来。到那时，骂了，才真的是白搭。

2011年8月4日

当然，让群众骂娘，很好，但不是目的。

29／
打倒老天爷？

出差时，最惬意的事是什么？

别人我不知道，我的体会是正事办完，窝在床上看电视，再惬意不过了。

说来幼稚，但的确如此。可怜的我，平时杂务缠身，在家里，即便坐在沙发上，想看看电视什么的，也经常一个电话，就扰得心不在焉，连个大概都记不住。

出差在外就不同了，可以静静的一个人，看些时事档节目，开阔视野，拓宽思维，启迪心智，不亦乐乎！

比如，前几天，出差时，看了两档电视节目，说的虽不是同一码事，但讲的却是同一个理。

先说说日本的。在日本，无论是细雨霏霏，还是暴雨倾盆；无论是涓涓细流，还是水漫金山，那儿的市民，照样可以穿着皮鞋，在雨中，或者说在水中漫步，而绝对不会湿了鞋子什么的。

为什么？据说，日本城市大街小巷，车道也好，人行道也好，铺设时，都十分讲究。如，车道，沥青是渗水性很强的，不会有任何的积水；人行道，石板材铺设，但每块石板材，都有规则的细孔，雨水一来，就自然排泄；当然，车道、人行道、其地下的下水道，都可防百年，乃至几百年一遇的大水。

> 出差在外就不同了，可以静静的一个人，看些时事档节目，开阔视野，拓宽思维，启迪心智，不亦乐乎！

日本是海岛国家，台风暴雨是常客，且上天是变幻莫测的，所以，日本人的忧患意识与生俱来，凡是能想到的、可能发生的自然灾害，他们都想到了，且想到如何顺应老天爷的喜怒哀乐。

他们说，不能一发生什么自然灾害，就归咎于老天爷，人要想一想，究竟在顺应老天爷的同时，自己做了些什么？如，他们甚至会主动去设想并讨论日本列岛沉没了，他们该怎么办？

再说说美国、英国的。说的是火车的事。

火车是谁发明的？英国人。1814年，放牛娃出身的英国工程师斯蒂芬森造出在铁轨上行走的蒸汽机车，大家才认可，这才是真正意义上的火车。

今天，当一列列火车风驰电掣，从我们面前驶过，我们禁不住发出由衷的赞叹，发明火车的人真伟大，为后人留下这种既快速又方便舒适的交通工具。

从1814年至今，190多年过去了。现在的火车，再也不是当年火车的模样了。

但是，就是在今天，像英国、美国这样老牌的资本主义国家，仍从未放弃对火车安全性能的测试。

在美国，他们花了3000多万美元，对火车相撞时的情形进行模拟试验，最后利用惯性的相互抵消原理，解决了火车追尾产生灾难的问题；这样还不够，火车相撞了，但人在车厢，最容易受伤的区位在哪？他们花了50万美元造了一个假人，这个假人，身体的构成，器官的位置，与真人一样。而后，让这个"他"坐在火车不同位置上，让呼啸疾驰的火车相撞试验，检查"他"受伤的部位，进而改进车厢的设备。

英国呢？征集了20名志愿者，让他们坐进火车，车厢全封闭，而后，也是让火车在疾驰中翻车，再看看20名志愿者是如何自救的。结果，这20名志愿者平均用了7分钟，才从车厢里逃生。结论是，如果不是"制造事故"，而是真正的突发事故，乘客的自救无法在几秒钟内解决，等于无法生还。于是，英国人就对整节车厢的每个细节重新进行设计，不让车厢成为"死牢"。

用文字复述电视上的内容，实在难为我，也显得苍白。

在我们这里呢？我们姑且不说，在动车设计上，是否也像美国、英国，对每个细节都进行模拟试验，单说我们的专家，我们的官员，在电视上，在报纸上，都信誓旦旦地说，我们的技术如何如何过硬，安全如何如何地有保障，可一旦真正发生类似温州动车大事故，调查工作都还没开始，就把责任推给"老天爷"，说要不是打雷，就不会停电，要不是停电，就不会影响信号，云云。反正，千错万错，都是老天爷的错。

那就更不用说城市积水问题了。我们的每个城市，几乎都遇见同样的问题，不要说暴雨，有时就是阵雨，想像日本人那样，依然穿着皮鞋，优雅地从街道走过，那简直就是天方夜谭了；就是汽车，在水中熄火，漂浮，也是家常便饭。北京6月份的一场大雨，催生了不少受人揶揄的段子。因为，相关部门，也是一样的思维，把责任推给"老天爷"，谁叫上苍下这么大的雨？

总的说，在我们这儿，老天爷经常替我们受过。难怪，有人在网上发帖，说要申请上街游行，理由是"打倒老天爷"。

笑话归笑话，一旦变苦变涩，就不是笑话了。

2011年8月11日

30／
历史是一面镜子

年轻时，喜欢读小说、散文、诗歌之类的；年纪大了，阅读习惯似乎也变了，更侧重历史钩沉、人物传记之类的。

因而，我经常说，阅读，也可以划分一个人的年龄。是否如此？待考。

比如，在我每月必读的书报刊中，《炎黄春秋》就是其中之一。

最近，新闻界，当然，在英国，在澳洲，还有政界，闹得沸沸扬扬的事件，可谓英国《世界新闻报》的窃听风波。

说是窃听，其实，不完全准确。准确的说法，应是通过破译他人录音电话密码，以获知别人的隐私。

《世界新闻报》是典型的街头小报，内容大多是娱乐、八卦，尤其关注谁和谁睡觉的事。

据说，以往，《世界新闻报》关注的是娱乐明星跟谁睡觉，默多克收购《太阳报》后，为了避免同质化，就把明星跟谁睡觉的事交给《太阳报》报道，《世界新闻报》则专攻政客跟谁睡觉。

星、腥、性，永远是街头小报乐此不疲的主题，此定律，古今中外，概莫能外。

> 星、腥、性，永远是街头小报乐此不疲的主题，此定律，古今中外，概莫能外。

但，到了后来，《世界新闻报》就不仅仅关心政客跟谁睡觉了，他们似乎更热衷于介入政界。老谋深算的默多克，可谓"司马昭之心，路人皆知"，其目的，就是通过介入政界，见风使舵，今天支持谁，明天支持谁，等到谁谁坐上高位，如首相，谁谁就会投桃报李，在他并购传媒公司时，充当说客。

默多克虽然否认此次风波与其有关，但他的指导思想，与导致压垮《世界新闻报》最后一根稻草的浮现，则有直接关系。

扯远了，再倒回来说《炎黄春秋》第6期的一篇文章。

这篇文章的标题叫"吴满有的两段人生"。

吴满有，何许人也？他是上世纪40年代一个目不识丁的、典型的陕北贫苦农民。

一个农民，能够走进历史，让人惦记、回顾，一定有其特殊的人生经历，这个经历，也许是幸福的，也许是痛苦的。

幸与不幸的交织，写就了吴满有的坎坷人生。

但是，吴满有的幸与不幸，恰恰是当年延安共产党的《解放日报》与南京国民党的《中央日报》的推波助澜、精心谋划的结果。

先说吴满有的幸。他是种田能手，除了自给自足外，还积极向陕北边区交公粮。

他交公粮，应当说是发自内心的。木讷的他，即使《解放日报》记者口沫四溅、费尽心机，想挖掘出他的崇高行为、他的崇高精神，他也说不出一个能够令记者满意的字眼来。

但，奇怪的是，1944年2月11日，在延安大生产运动中，《解放日报》头版显著位置却刊发了吴满有致毛泽东主席的一封信。信的内容，除了表忠心、表决心外，最引人注目的是，他提出为毛泽东代耕，以发动群众，完成边区生产计划。

前面已说过，吴满有目不识丁，所以，这封信，当然是记者策划运作的，就连吴满有的签名，也是记者帮助写好后，让吴满有依样画葫芦的。

一个典型，一面旗帜嘛。从此，在那么三五年的时光里，在延安，吴满有的新闻，要么上一版头条，要么上二版头条，要么上副刊头条，是常有的事。

甚至，毛泽东还把吴满有请到枣园住了一宿；还安排从苏联回国的长子毛岸英跟随吴满有学习农业生产，历时半年，占毛岸英在延安时间的一半。

如果没有后来的不幸，吴满有的人生，应当是一路阳光灿烂，莺歌燕舞，功德圆满。

不幸的是，不幸来了。吴满有要求参军，要求去打胡宗南。可是，在一场不是很大的战役中，吴满有被捕了。

软硬兼施，吴满有毕竟是一个地地道道的农民，投降了。

国民党很快发现吴满有的价值，发动所有宣传工具介绍吴满有在延安的"辛酸史"，替吴满有写发言稿，在《中央日报》大篇幅刊发，模仿吴满有的口音，在广播发表讲话。可见，国民党的宣传工具，无所不用其极。

很快，延安方面认定吴满有投降叛变。解放后，吴满有回到老家，被历次政治运动当做靶子，最终，神情恍惚，双眼失明，郁郁而终。

在两个兵戎相见的军事力量团体之间，在两种矛盾对立的意识形态语境挤压下，一个朴素、无辜农民的真实话语和本来意愿被彻底遮蔽扭曲了。

> 在两个兵戎相见的军事力量团体之间，在两种矛盾对立的意识形态语境挤压下，一个朴素、无辜农民的真实话语和本来意愿被彻底遮蔽扭曲了。

一个今天的默多克，一个过往的吴满有。一个是传媒巨头，一个是老实农民。似乎不搭界，但似乎又很密切。

难道不是吗？

新闻是什么？我们为什么从事新闻？

两个人，都给我们留下无尽的反思。

新闻，是对已经发生，或正在发生的客观事实的报道。

注意，是客观事实，如果违反客观事实，就绝对不是新闻。默多克违反了客观事实，他的传媒王国，为了自身的利益，不惜牺牲新闻的真实性、客观性、公正性，结果，害了自己；当年的《解放日报》、《中央日报》违反了客观事实，为了各自的集团利益，不惜牺牲一个无辜的农夫。

默多克潜入政治，当年的《解放日报》、《中央日报》潜入政治，于是，导致悲剧的发生，无论这种悲剧是个人的，或是集团的，留给历史，留给后人，都是深刻的教训，沉痛的反思。

我们为什么从事新闻？

新闻业的竞争，在今天，极端白热化，极端残酷无情。为了自身的利益，经济的，或政治的，可以放弃新闻从业者的操守，可以践踏公民的权益，可以牺牲新闻报道的质量，已是司空见惯，见怪不怪。

我们为什么从事新闻？这个最简单、最基本的问题，被忽略了。尤其是新媒体高歌猛进的今天。难怪，有人说，我们进入"媒体暴力"的时代。

如果这样下去，吴满有的悲剧，默多克的悲剧，一定还会重演，不是今天，就是明天。

2011年8月12日

> 如果这样下去，吴满有的悲剧，默多克的悲剧，一定还会重演，不是今天，就是明天。

31 / 医者，仁术也

谁都怕跟医院、医生打交道，但谁又都离不开医院、医生。

最近，两则有关医院、医生的新闻一直刺痛我的心。

这两则新闻，我是从《参考消息》上看到的。后来，上网一查，确有其事。

但是，对此的评论不多，只有零星的骂娘，说理的仅个把篇目。

于是，就想，平时"路见不平"的网民，这时候怎么连个泡泡也不冒呢？

看来，不是他们不想说，而是此类事，司空见惯，见怪不怪，说多了，说腻了，也就懒得再说了。

可是，此类事又与普通百姓休戚相关，如果没个说法，没个结果，百姓就会对生活深感绝望，进而对社会深感绝望。

先说近的。刚满20岁的小曾是湖北仙桃人。几个月前，他到武汉一家饭馆打工。8月5日晚，洗盘子时，他右手大拇指和无名指不慎被摔破的盘子割伤。由于伤口较深，血流不止，工友立即将他送往离饭馆一街之隔的武汉市第三医院。手术完，一名身穿白大褂的医护人员交给他一张单子，要求他去交费，共1830元。可他身上只有1000

> 谁都怕跟医院、医生打交道，但谁又都离不开医院、医生。

元,希望院方先垫付1000元,剩余的第二天补上,但却遭院方拒绝:"要么交钱,要么拆线!"小曾只好默默举起石膏还未干透的右手,等着医生把石膏和线拆除。拆线的时候,没有用麻药,小曾疼得龇牙咧嘴,但没有吱声。

随后,他又来到附近一家医院,在那里缝了8针,花了800多元。

再说远点的。

7月27日晚,河北安国市中医院救护车接走一名被撞伤的女性病人。到了医院,医生认定其为流浪人员且有智

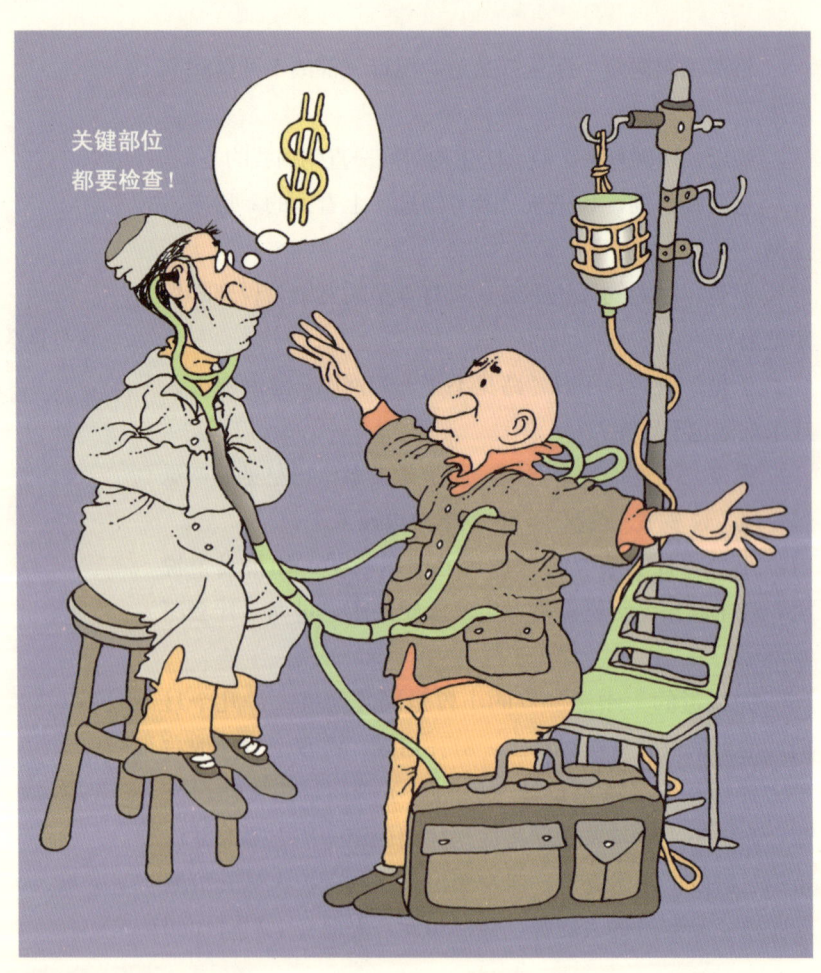

力障碍。于是,在未对其做进一步检查的情况下,值班副院长就令将其丢弃至邻县境内树林且伪造交通事故。顷刻间,智障女成了孤魂野鬼。

有人也许会说,这是个例。

但是,不是个例的呢?

请看一则段子。说是医学院毕业生到某医院应聘。院长问:"某人额头上被蜜蜂蛰了个包,怎么治?"毕业生甲:"很简单,在患处涂抹点消毒液就可以了。"院长摇头,毕业生甲退出。毕业生乙进,院长又问同样的问题,乙答:"至少需要住院治疗一周,分别查血液、脑电图、心电图、彩超、核磁共振……"院长:"就是你了!欢迎你来我院工作。"

段子是现实的写照。难道不是?我相信,大多数的人,伤风感冒什么的,一旦到医院,以上程序正恭候着你。

医生的本职是什么?不就是救死扶伤,最大限度地减轻患者的痛苦吗?而现在相当一部分医院里的医生,不但不尽医生的天职,减轻患者痛苦,相反却加重患者的痛苦,这种痛苦,有身体上的、精神上的,还有经济上的。

作为医生,医术固然重要,但更重要的是医德。如果为医者只有医术,没有医德,那真是不可想象。

武汉那个医生,在给病人做好手术后,在病人钱不够的情况下,竟然强行拆线,其行为让人不寒而栗。

都说是,医者,仁术也。但从列举的新闻看,倒不如说"医者,钱术也"。医院救护车将被撞伤的智障女接到医院,其出发点就是为了"创收",而当认定其为流浪人员且有智障后,将其丢弃至"野猪林",哪管她病轻病重、是死是活!这不是纯粹追求经济利益是什么?

我们当然要从制度上设法以防止类似将智障女病人抛到荒郊野外、防止因缺钱就强行拆线的悲剧重演,但与此同时,作为以救死扶伤为天职的医生不是也应该有个行为底线、医德底线?

> 作为医生,医术固然重要,但更重要的是医德。

113

但现实是，跟那些丧尽天良的医院、医生，谈救死扶伤，谈世上最宝贵的是人的生命，谈公益性质的医院要把社会效益放在第一位，等于扯淡！

那么，法律的层面，就不能缺失。那家强行拆线的医院，至今似乎也没给社会一个公正的说法，而据说那家把智障女抛到"野猪林"的医院，已有5人被刑拘。唯愿那位不知姓甚名谁的流浪女，在天堂里不要再遇见一个冷血的白大褂。

2011年8月18日

唯愿那位不知姓甚名谁的流浪女，在天堂里不要再遇见一个冷血的白大褂。

32 /
两个美国人的新闻

经济已经全球化,世界成了一个村。

村里的新闻,邻里间传得特别快。

传得快的,大多也是家长里短的事。

如8月中旬,两个美国人相继来到中国。中国老百姓谈论的,关乎两个美国人的新闻,不是中美关系今后走向如何,不是人民币会不会升值,不是美国会不会向台湾出售先进武器,也不是中国在美投资和美元债务是否安全……

在中国老百姓眼中,那是国家大事,是北京的事,离自己太远。

离自己近的事,为什么美国官员与中国官员的做派有天壤之别,为什么美国官员更像与自己住在一块的邻里?

两个美国人来华的新闻,为了行文方便,还是复述一遍。

8月12日,微博是这样描述骆家辉抵达北京首都机场时的情景的:骆家辉身着蓝色衬衣,背着一个很不搭配的运动双肩包,手机挂在腰带上,手里还拎着一个看起来很沉的鼓鼓的公文包。骆家辉身后跟随的是小女儿、妻子,以及大女儿和儿子,他们几乎每人都背着背包、提着手袋,随行的美国使馆工作人员并没有主动上前帮忙。

网民惊呼:骆家辉的模样,更像是一个普通华人带着家人度假归来,哪像一个超级大国的大使啊!

> 离自己近的是,为什么美国官员与中国官员的做派有此天壤之别,为什么美国官员更像与自己住在一块的邻里?

紧接着的另一个美国人的新闻是有关副总统拜登的。据说，他的光顾，带旺了北京鼓楼旁的一家京味小吃店，不少北京市民和游客纷纷慕名前往见识"副总统套餐"。

新闻说，拜登一行人是在8月18日中午到这家名为"姚记炒肝"的小店用餐，共花费79元人民币。他们在店里点的菜随后在网络迅速传开：5碗炸酱面、10个包子、凉拌黄瓜、糖拌山药、凉拌土豆丝、玻璃瓶可乐，被中国网民戏称为"副总统套餐"。

新闻还说，拜登是在美新任驻华大使骆家辉的陪同下，于中午时分带着孙女到"姚记炒肝"品尝北京小吃的。由于小店只有7张桌，人满为患，骆家辉的妻子、拜登的孙女在拜登到来前，提前几小时来到店内"占座"。用餐时，拜登也是"入乡随俗"，没有使用刀叉，而是尝试着用筷子夹菜。

"姚记炒肝"店主透露，从18日晚开始，就陆续有人来点"副总统套餐"，有的还特地要了收款条拍照留念。

一个超级大国副总统的午餐如此的寒碜，一个超级大国大使的出行如此的低调，这种寒碜和低调，却给中国老百姓留下如此强烈的印记。

也许有人会不屑地评论，这是一场廉价的政治秀。

但是，如此低调、廉价的政治秀，却很合中国老百姓的胃口。

这就不得不引发我们的思考。

> 我们相信，两个美国人在美国本土的亲民秀与在中国异地出场的亲民展示之间，会有很大的不同。

我们相信，两个美国人在美国本土的亲民秀与在中国异地出场的亲民展示之间，会有很大的不同。

我们管不了本国官员出行时的兴师动众、轰轰烈烈，当然也更无法对本国官员接待时的铺张浪费说三道四，虽然，这都是花着我们纳税人的钱。

无法杜绝，而且愈演愈烈，在这样一种从极度不适应到无可奈何的习以为常中，突然看到平民化的政治家做派，就不免百感交集，且由此发问：人家可以，为什么我们不可以？

已经退休的我国外经贸部前副部长龙永图曾经说起过一件事,有次在某地机场候机厅里,看到一位县委书记出国考察,居然有三四十位下属前去送行,场面十分隆重。而该县委书记神气十足,咋咋呼呼,目中无人,犹如一个不可一世的土皇帝,令人十分反感。

　　其实,龙永图也是"大惊小怪",他遇见的场景可谓俯拾皆是:官员出访、下乡,下属替其撑伞、拎包,只能说是鸡毛蒜皮的事了;官员父母去世,下属充当孝子贤孙哭灵的也已不是什么新闻了。

　　所以,对两个美国人的新闻,中国老百姓与其说是赞赏,不如说是希望,希望有朝一日,咱天朝的官员也可以像这两个美国人一样。

　　希望从哪来?当然,我们不希望,把所有的期待都放在把下一代送出去的无奈中。

2011年8月25日

> 希望从哪来?当然,我们不希望,把所有的期待都放在把下一代送出去的无奈中。

33/
受伤的不仅仅是农村

家在乡下，老父在乡下，得空就回乡下。

说是乡下，有些夸张，家离城关也就五六公里。

但是，乡下就是乡下。一些乡下人的困扰，城里人是无法想象的。

我家所处的村子，算是比较发达的了。环绕村庄的公路，是高等级的水泥路，路灯是清一色的太阳能，路的两侧绿树婆娑。村口还有一条小溪，虽然不及上世纪六七十年代来得清澈，却也是田野上的一道风景。

可是，与此极不相称的是，村道——也可以说是沿路——经常垃圾遍野、苍蝇飞舞、老鼠出没。有那么一个时期，各色垃圾，塑料袋、臭鸡蛋、烂菜叶，等等，经常堆积成山。

每每回家，父老乡亲就义愤填膺，要我帮忙想办法解决。我经常问乡亲，垃圾哪来的，啥人倒的？我担心是村里人自己干的。可他们却信誓旦旦说是城里运来的，且都是深更半夜偷偷拉来倒的。

于是，我将情况反映给镇里、区里，他们倒是很负责任，派人潜伏了几次，终于抓到偷倒垃圾者。果然，都是城里一些工厂的恶作剧。问为什么？据说，土头垃圾，运到垃圾填埋场，花费甚多，为了节省支出，就想出"以邻

> 但是，乡下就是乡下。一些乡下人的困扰，城里人是无法想象的。

为壑"的招数。

靠一时的干预，作用不大，村道两侧，土头垃圾仍然清了又倒，倒了又清。

这还不打紧，更要命的是，最近乡亲又找上我，说是一些在城市已难觅踪迹的"问题食品"，在乡村的小卖部已然泛滥成灾。我一了解，还真的如是。一个批发商就坦白告诉我，"问题食品"是专销农村市场的，"城里有城里的货，农村有农村的货"。

城乡之别，匪夷所思。我经常想，一体化，不知什么时候不再是说在嘴上，写在纸上，挂在墙上。

当然，由于经济条件相对落后，农民"贪"便宜货，加上教育水平普遍不高，农民缺乏食品与健康的相关知识，于是，在城市如过街老鼠的"问题食品"，却在农村找到了"下家"。

除了食品安全以外，乡村在许多问题上都处于"食物链的最末端"。在城市中被药贩子收购的过期药品，也大多销往农村；在城里无处立足的重污染企业也跑到农村建厂，疯狂排污……

经历了30多年改革开放大潮后，尽管乡亲们住上了楼房，用上了电饭锅，看上了彩电，骑上了摩托车，开上了汽车，然而，他们为这些"幸福生活"付出沉痛的代价，连癌症发病率，农民都远高于市民。

可是，城里人可能万万没想到的是，他们把乡村当做排污的去处，却也要为自己的愚蠢行为埋单。

我家村口的那条小溪，过去溪流清澈，鱼儿跳跃，现在不要说这种景致已一去不复返，单看两侧堆满的各种农药瓶子，就够让人触目惊心的了。那些瓶瓶罐罐，有的药水还在往外滴，滴——滴，渗入土地，渗入溪流，污染着城里人喝的水，吃的菜。

更可怕的是，个别农民，已萌生报复心理。老父亲经常叮嘱我：上街买菜，菜豆不要买，茄子不要买，黄瓜不要买……那还能买什么？老父亲说了一件小事，让我觉得不可思议。他说,有次,他看见一菜农,晚上才给菜豆喷洒农药,翌日清晨,那菜农就忙着摘菜豆,忙着运往城里。老父亲制止他不能这样做。你想他怎么说?他竟振振有词:"他们(指城里人)都不怕我们死,我们还怕他们死?"

这是典型的冤冤相报:你让我农村受伤,我也要让你城里人没好果子吃!

这在很大层面上,是社会公德的严重缺失。有的人认为,自己一生行善积德,从不做坏事,却什么好处也没得到;有的人干坏事,不仅没有得恶报,反而活得很快活,日子过得很红火。于是,便认为积德缺德都一样,甚至认为自己干坏事是神不知,鬼不晓,自己不说,别人也不知道。

曾看过一部电视剧,剧名忘了,每次开打之前,一个大侠总要念一首五言诗:"善恶终有报,天道好轮回。不信抬头看,苍天饶过谁。"

每每忆起,便想,那些还在冤冤相报中挣扎的芸芸众生,应当幡然醒悟了。

可是,对那些压根儿不相信善恶有报的人,想让他们弃恶从善,无异于缘木求鱼。

所以,强调自律是要的,但法律更是不可或缺。

说的是乡村的事,其余亦然。

2011年9月3日

> 所以,强调自律是要的,但法律更是不可或缺。

34 / 拉票者戒

今年是省、市、县、乡的换届年。新年伊始,中纪委、中组部等就三令五申,严禁换届中的拉票行为。

这还不够,中纪委、中组部还通过处理个案,警醒那些权令智昏者。

中纪委、中组部的禁令,能否起到震慑作用?还不好太早下结论,因为,换届工作要延续到明年年初。但是,可以下结论的是,个别人肯定会变换手法,为自己的命运一搏。比如,我就看到湖南的一位副县长,在网络上透露心扉,说是为了"有机会",天天陪酒应酬,搞得身心俱疲。用他的说法是:"陪了,不一定有机会;不陪,肯定没机会。"

这些,不是我今天要说的。

我要说的是,拉票这玩意儿,由来已久,且已渗入社会生活的方方面面。

尤其是,当下,凭借网络的独特优势,拉票更是对社会起着越来越大的干预作用。

网络平台短信,可谓网络的衍生品。可你别小瞧这衍生品,有时会把你搅得六神无主。

比如,8月下旬,一纸共青团云南省保山市委"特急文件",要求"全市广大青少年发送短信支持段林希"的图

片就在网上闹得沸沸扬扬。此前,保山市政府办也以短信形式号召全市民众投票,支持来自保山的"快乐女声"选手段林希。

对此,我有如下质疑:一是,一家电视台的娱乐节目,政府有必要兴师动众如此捧场吗?二是,一名"快乐女声"选手难道就能激活一个地方的经济吗?三是,一个短信平台难道就能显示公平公正吗?

说实话,保山市政府办、团市委,完全没必要愚蠢到动用公权，为一档娱乐节目虚张声势；据说，那位叫段林希的参赛者，其母是政府办的工作人员；如果"据说"属实，那么这样的拉票行为，千夫所指，就更是无可厚非了。

不过，利用网络平台，为某种评选拉票，在今天，已是司空见惯了。

最近，我就发现，一些场所，贴出一纸通知，要求大家到网上，为几位省级道德模范候选人投票。

我认为，这也是公开的拉票行为。

我就不明白，道德模范难道是靠拉票就能拉来的吗？

我们不妨先问问，道德模范的标准是什么？各地有各地的标准，但大抵离不了职业道德、社会公德、家庭美德这三把尺子。

那么，我们不妨再问问，这三把尺子应当交给谁？

我想，应当交给最熟悉候选人的人。比如，职业道德如何，只有其所在单位、部门、地方最有发言权；社会公德如何，只有其邻里最了解；家庭美德如何，恐怕也只有其妻儿最知情了。

但是，我们的评选却偏偏搞什么网络投票，这究竟意欲何为？

发起单位可能会辩解说，这只是其中一环，基层推荐，专家评选，最后定夺、公示，一个都不能少。

但是，我还是要说，这样的网络投票，是典型的形式主义，典型的弄虚作假。

比如，你要不要公开投票情况？不公开，有猫腻之嫌；要公开，也有难言之隐，如某候选人网络投票遥遥领先，独占鳌头，结果，该候选人却名落孙山，那么，群众会怎么看，发起单位该作何解释？

再说，网络投票本来就不靠谱，据说，只要一个软件，就可以成千上万往里"灌水"。

可见，拉票行为，不得人心，其造成的影响恶劣，绝不能掉以轻心。无论是为了当官，或为了评模；无论是政务，或商务；无论是网络，或短信。

> 可见，拉票行为，不得人心，其造成的影响恶劣，绝不能掉以轻心。

因为，拉票行为具有较强的危害性。首先，拉票行为破坏了社会风气。相比较其他不正之风，拉票行为具有公开性或半公开性，群众更容易产生从众心理而竞相模仿，一旦放纵这种有恃无恐的行为，对社会风气破坏更大。其次，拉票行为破坏民主作风。比如，干部任用工作的民主化、群众化，是干部人事制度改革的方向，如果群众的选举权和推荐权被收买，这就背离了民主制度的初衷，导致民意的失真。最后，拉票行为影响公正规则。让拉关系、搞逢迎的投机钻营者不当得利，让踏踏实实干事的老实人吃亏，将导致选人、用人上的严重失误。

虽然，靠拉票并不一定就能当上什么，或选上什么，但无数事实表明，在拉票风气猖獗的地方，如果不拉票，优秀而又老实的人肯定吃亏；更不用说，有些拉票行为，已明显地与各种利益挂起钩，追求庸俗的小团体利益。

放任拉票行为泛滥成灾，破坏的是社会的风气，影响的是党和政府的形象。

所以，我们要坚决地对拉票说"不"！

2011年9月8日

35/

挑刺·把脉·批判

为什么中国人永远只能是"一盘散沙"?

为什么中国人永远瞧不起中国人?

为什么中国人讲"礼"而不讲"理"?

为什么中国人重做人而不重做事?

这一个个"为什么"的提出,颇似柏杨先生《丑陋的中国人》里的片段;而其实,这几个"为什么"是号称"思想狂徒"、"哲学乌鸦"的黎鸣先生《问人性》一书的部分章节。

那么,两本著作,有何异同?

同,不必说,剖析的都是国人的丑陋。异,柏杨是从国人的劣根性切入,有点像鲁迅,用"柳叶刀",切割国人的灵魂;黎鸣则是从更宽的层面、更深的领域、更新的角度,用类比手法,从地缘的、政治的、人文的、经济的、精神的层面,从人类原恶切入,进而透视国人的丑陋。

也许作为哲学家的黎鸣,他的笔触,更深入、深刻,思想也更深透、深邃,读后也更令人深省、深思。

比如,他在分析"为什么中国人永远都只能是'一盘散沙'"这一问题时,直截了当地说:"之所以中国人如'一盘散沙',且永远都只能如'一盘散沙',其根本

> 也许作为哲学家的黎鸣,他的笔触,更深入、深刻,思想也更深透、深邃,读后也更令人深省、深思。

原因，即是'儒家文化'对中国人长期以来的精神垄断所必然造成的恶果。"这个文化的宗旨，就是要让中国所有人的心中，只认"亲亲尊尊长长"、只认"君君臣臣父父子子"、只认"天命的血缘的宗法的人治的极权专制的政治"，而根本不能够"凝聚"陌生人心灵的道德（公道、公理、公德）的价值。

但是，一个民族、一个国家的强大，首先应是这个民族和国家文化（精神）凝聚力的强大，再就是其经济力量、政治力量、军事力量的强大。如果是倒过来排列，即使强大，也是一时的，不可能长久。那么，我们的凝聚力强大了吗？未必。

如是，我们的凝聚力何在？

同样的，为什么中国人永远瞧不起中国人？在黎鸣先生看来，也是极权政治的结果。在极权政治下，国人唯一、真正"瞧得起"的只有一个东西，那就是"权力"，就是"官位"；而如果说这是就文人而言，那么，至于中国广大的老百姓，作为社会的最底层，他们瞧得起的也只是"权"、"钱"，顶多再加上一个"名"。

说白了，中国人瞧得起的不是人，而是"物"，这个"物"，可以是权，也可以是钱。一旦这个"物"没了，也就人走茶凉了。

如是，我们的凝聚力何在？

还有，为什么中国人讲"礼"而不讲"理"？翻遍中国历史、经典，非常遗憾，压根儿找不到"真理"二字。

中国人的"理"，是"天理"，而不是"真理"。而"天"，就是"权"，所以，皇帝都是金口玉言，都是"一句顶一万句"。

中国人的"礼"，看似温文尔雅，看似礼尚往来，而其实，骨子里仍然是贵贱尊卑，是利益交换。柏杨也说过："我最大的心愿是：愿中国最早成为礼仪之邦。这话听起来有点刺耳，一位朋友吹胡子曰：'依你的意思，中国现在是冒牌的礼仪之邦啦。'柏杨先生曰：'我可不是这个意思,我的意思是,中国现在还没有资格当冒牌的礼仪之邦,而简直是原始的蛮荒之邦。'"

如是,我们的凝聚力何在?

最后,我们再问问,为什么中国人重做人而不重做事?

中国人的做人标准是:讲面子,讲假话,戴假面具,做伪君子;如果还有一点真情的,只有孝悌。

如果你不会做人,仅仅会做事,老老实实做事,权力、金钱、地位,永远与你无缘。

所以,当你发现官场小人得志,蝇营狗苟,乌烟瘴气,尔虞我诈,你就大可不必过于痛心疾首,那是你不会"做人"。

如是,我们的凝聚力何在?

我们的丑陋,来自我们不知道自己丑陋。柏杨先生以"恨铁不成钢"的态度,强烈批判中国人的"脏、乱、吵"、"窝里斗"、"不能团结"、"死不认错"等,指出中国传统文化有一种滤过性疾病使我们的子子孙孙受感染,到今天也不能痊愈。

我们的丑陋,还来自我们从不承认自己丑陋。黎鸣先生以"无可救药"的态度,深刻追究中国人"一盘散沙"的成因,指出所谓儒学,就是奴学,就是完完全全的愚人之学。只要儒家文化存在,官场文化存在,中国"一盘散沙"的顽疾,就永远不可能痊愈。

良药苦口。柏杨也好,黎鸣也罢,或许他们仅仅是一家之言,但是,他们几十年如一日,坚持不懈地对一切腐朽事物进行批判,不畏强权、不谋名利、不计得失、不怕清贫的精神,则值得每一个有良知的中国人敬仰、学习。

2011年9月12日

> 我们的丑陋,还来自我们从不承认自己丑陋。

36/
美国很行?

最近,中国现代国际关系研究院研究员江涌在《环球时报》上刊发文章,提出一个颇有意思的问题:为什么不少国人向着美国?

江涌先生先是说明什么是"异质化思维"。作为学者,他没有"掉书袋",而是用鲜活的例子说明。他认为,在古代,隔江犹唱后庭花,是秦淮营生歌女的异质化思维;直把杭州作汴州,是南宋苟安官僚的异质化思维;宁给友邦,不与家奴,是慈禧老佛爷的异质化思维;曲线救国,则是汪精卫的异质化思维。

这些传统的异质化思维,在今天更是"大放异彩"了。如一些人成天喊,越开放就越安全;救美国就等于救中国;对美国、美债的信心比对黄金还足;凡是外国在华注册的企业都是中资企业,它们的创新就是中国的创新,它们的成就就是中国的成就……

在分析了"异质化思维"后,江涌笔锋一转,说我们在感叹一些中国人思维异质的同时,不得不要佩服美国思维"同质化力量"的强大。二战期间,德国纳粹政府想联合美国黑手党,干掉眼中钉罗斯福总统。纳粹的特派员密会黑手党:"我们一起干掉这个狗娘养的,如何?"黑手党冷静地回答:"不错,罗斯福是个狗娘养的,不过他可

> 这些传统的异质化思维,在今天更是"大放异彩"了。

是我们的狗娘——养的,知道不?"黑手党在关键时刻尚且不会出卖自己的国家利益。

更关键的是,同质化思维是美国强大的重要体现。远的不说,今天,美国华尔街金融家们就发扬光大了这种同质化思维,"找到一个比你更傻的",然后把标有3A评级实际形同垃圾的金融产品卖出去。于是,在华尔街的吆喝下,来自世界各地的投资者,尤其是东方的投资者如获至宝。

江涌呼吁,当我们在关注美国强大的军事、科技等"硬实力"的同时,不要忽视美国善于利用他国异质化思维而实现同质化的强大"软实力"。这种实力的神力在于,它能够让一部分中国人,津津为中国说话,实实为美国办事。

我复述江涌先生的部分文字,似有抄袭之嫌,但我想说的是,江涌先生问的是"为何不少国人向着美国",可我通篇读完,仍然没有找到任何答案。因而,我狗尾续貂,便有了如下文字。

首先,我想说,江涌先生的"不少国人"这个概念含糊不清。我孤陋寡闻,但我经常看到网上一些文章,对买美国的垃圾金融产品,义愤填膺,怒发冲冠,骂娘跺脚。可是,这边厢骂娘,那边厢照买。甚至,骂娘者还被斥为"愚昧无知"、"狭隘民族主义"。

可见,江涌先生说的"不少",肯定是错的,只能说是"少数",顶多也只能说是"一些"。

而"国人"的界定,也泛了些。在我看来,只能说是"决策者"——当然,我们不能说这些"决策者"就不是"国人",但有的也不完全是。

在我看来,只能说是"决策者"——当然,我们不能说这些"决策者"就不是"国人",但有的也不完全是。

难道不是?一般平民百姓,首先考虑的是怎么才能填饱自己的肚子,他们哪有空去高谈阔论什么"越开放越安全",什么"救美国就是救中国"?即便他们真的有那份闲工夫,他们也未必有那个水平;而即便有那个水平,他们何来权力左右要不要买,要买什么样的金融产品?

所以，我想，认美国为爹的，不外乎这么几种人。一种是他们手中有大把的美钞，甚至有可能在美国银行有大量私家存款。这种人，当然生怕利益受损，当然要持"异质化思维"了。还有一种人，妻儿移居美国，资产转移美国，自己在国内做"裸官"。这种人已当上美国"爷爷"或美国"外公"，难道你还指望他为国人"思维"？

这两种人，说白了，倒是有"不少"是高官、高管，当然，也有"不少"是贪官、赃官。

这些人，理所当然要说："美国银行，很行！"

当然，也有些青年才俊，这些年被哈佛、芝加哥、斯坦福等大学的所谓"干部培训班"直接"洗脑"。回来后，他们成为美国的宣传组、工作队、播种机，把美国"很行"的神话撒播到中华大地。

这些人，往往自诩为能人，其实，是罪人。

国家利益、人民利益重于泰山。我们的教科书都是这样说的，我们的官员在公开场合也都是这样说的。但是，现实是，我们的国家利益、人民利益往往被他们出卖了。这还不打紧，卖国贼们还要用一些冠冕堂皇的、深不可测的理论来忽悠我们的人民。

2011年9月15日

> 但是，现实是，我们的国家利益、人民利益往往被他们出卖了。这还不打紧，卖国贼们还要用一些冠冕堂皇的、深不可测的理论来忽悠我们的人民。

37／
地沟油为何屡禁不止

地沟油这玩意儿，已不是什么新鲜东西；其危害，也不是一年半载。

对此，不要说一般百姓深感无奈，职能部门、职能部门的官员，也往往束手无策。

有报道说，广州一些质检、卫生部门负责人，公务车后厢自备食用油，每到酒家应酬，总是要求用自备油。

近日更有报道说，浙江部分权力部门，更是选择生态环境优越的远郊，开辟农产品"特供渠道"，以保证其部门和单位内部供应。

如果不是这些新闻，不是公安部最近破获了一起特大生产销售食用地沟油案件，地沟油这个话题，恐怕也不会再浮上水面。因为，几年，十几年都过去了，媒体顶多也就再抨击一通什么道德沦丧、什么利欲熏心、什么监管不力，云云，似乎也理屈词穷，苍白无力。

只是这次不同。这次公安部在浙江、山东、河南破获了这个集掏捞、粗炼、倒卖、深加工、批发、零售等环节的生产销售食用地沟油的集团，共查获用"地沟油"提炼的食用成品油100余吨，已灌装为假冒品牌食用油100多箱。

这个信息警示我们，生产销售地沟油，已成为一个

> 地沟油这玩意儿，已不是什么新鲜东西；其危害，也不是一年半载。

集团,这个集团已全国联网,产供销一条龙,此其一;其二,过去地沟油顶多也就在一些小餐馆偷偷摸摸使用,可现在,经过包装,俨然成了品牌产品,名正言顺,堂堂皇皇登堂入室了。

来自官方的消息进一步说明,地沟油的泛滥已到了无以复加之程度。官方媒体披露,国人1/10的食用油来自地沟油。有关专家估计,民众每年消费200万~300万吨的地沟油。

不知道这些数据是如何得出的?但一般的情形是,凡是阴暗面的东西,民间的、实际的数据,往往大于官方的统计。

公安部有关负责人表示,最近破获这个生产销售地沟油团伙,是深化打击食品安全领域犯罪工作开展实施的成果。

可是,人们有理由怀疑,仅仅靠这种突击式、运动式的手段,真能遏制食品安全领域的犯罪行为吗?

现实的例子是,2008年,添加三聚氰胺的毒奶粉事件,震惊中外,导致至少6名婴儿死亡,30多万名儿童生病,事件中2名首犯被处死。可是,事发以来,毒牛奶等食品安全问题,不仅没杜绝,反而已成蔓延趋势。

难怪,有识之士纷纷发出无奈叹息:有毒、有害的地沟油,进入餐馆和百姓人家的餐桌上,说明中国社会道德伦理已跌至五千年来最低水准。

俗话说,种瓜得瓜,种豆得豆。深层次的原因是,既然一些腐败官员可以为了自己的、集团的高额利润而不择手段,蚕食鲸吞民众的利益,那么,上梁不正下梁歪,整个社会聚齐效仿,铤而走险,也就不足为怪了。

在利益链的驱动下,对于经济利益片面的、狂热的追求,腐败官员必然忽视监管;加上社会上行贿受贿、贪赃枉法等屡禁不止,必然导致漠视生命、健康的现象,在整个中国蔓延。这已经是不争的事实。

事态到了无可救药之地步,这些官员才不得已出门自带食用油,在家自辟菜园子,真可谓"躲进小楼成一统,管它春夏与秋冬"。可是,作为政府部门,尤其监督部门,只顾保障自己吃好喝好,就必然把民众焦虑的食品安全监管置之脑后。

只是,这样的躲,难道就真的能确保自己高枕无忧吗?怕也是,躲得过初一,躲不过十五。不信,我们拭目以待!

2011年9月22日

38/
"抓小放大"的背后

有的新闻,你可以一目十行,了解个大概即可,如歌功颂德之类的;而有的新闻,在你不经意间,却透露出些许内幕,这时候,你可就别随意溜过。

《人民日报》8月31日有消息说,日前,河南省审计厅公布了全省100家房地产企业2010年度税费征管情况,结果显示,抽查的15家房地产企业,共查出偷逃税887万元;而对27家房地产企业进行调查,共查出少缴纳土地增值税2527万元。

这条新闻中揭露了房地产商逃税的五大手段,第一条就是"伪造报价"。

可是,伪造报价的是房地产商;认可的却是税务部门。郑州市税务部门竟认定该市商品房每平方米是673元!

对一二十家房地产企业审计出的问题,我想,没有人会感到惊讶,但是,认定郑州市商品房每平方米仅673元,却是一地眼镜碎片。难怪,民众纷纷认定郑州市是全球"最宜居"的城市,纷纷提出迁徙郑州的申请。

不知郑州的税务部门对民众一边倒的骂声该作何感想。

民众不满的不仅仅是税务部门的"放大",因为此类事甚多,国家都无法统筹解决,民众又能奈其何?

民众真正不满的是,税务部门"放大"了,却"抓小"。

> 这条新闻中揭露了房地产商逃税的五大手段,第一条就是"伪造报价"。

"放大"，民众知情权有限；"抓小"，则与他们日常生活息息相关。

难道不是？最近闹得沸沸扬扬的婚前房产加名税、月饼税等，就再一次刺痛民众的神经。

其实，只要我们稍微留神，就会发现，在农贸市场，在餐饮商店，税务官们经常"不辞辛苦"地一元一元地收税。

税务部门言之凿凿，说是征收婚前房产加名税、月饼税，是依法办事；民众不理解，是他们"井底之蛙"，人家北欧等地，税率高过我们几倍、十几倍。

可是，最近，《南方周末》的一篇文章则说，2000年以来，中国出台的19个税种中，只有2个由全国人大通过：个人所得税、外商投资企业和外国企业所得税，其他的17个，都是通过空白授权，由政府制定暂行条例征收。

所以，所谓的婚前房产加名税、月饼税，之前的燃油税等等，都属"越权收税"。

把我们拿去跟北欧国家比，更是揣着明白装糊涂。因为北欧国家的高福利，地球人都懂；即便福利没北欧高的东欧、西欧，很多地方也是从幼稚园到大学毕业，学费全免的。当然，还有其他福利，如医保。

那么，为什么在房地产税收的监管上，可以一下子松掉几千万、上亿元，对工薪阶层一年吃一次的月饼的几十元税收却抓住不放？

问题主要在两方面。一个是否有群众观点的问题。朱镕基在他的《朱镕基讲话实录》一书中，深情地说："作为总理，如果不去关心人民的疾苦，我当什么总理！我每晚必看《焦点访谈》。看完了，必定打电话，不是打给部长，就是打给书记。尽管我知道打电话只是针对几个农民或者几个老百姓的问题，但是我能为这几个农民、几个老百姓伸冤，能够解决问题，我觉得好受一些，大事办不了，办一点小事也好。"想想，如果我们的大小官员，都能有朱镕基这样的群众情怀，哪会在"大"上慷国家之慨、在"小"上抢民众之利？遗憾的是，像朱镕基这样的官员少之又少。

再有一个是否猫腻的问题。整个征税的操作是在一个封闭空间进行的，甚至连有关规定都不完全公开，这就使得幕后交易有可能避开公众视线。如果《人民日报》不说，民众哪会知道郑州市房价"被便宜"到673元一平方米？

婚前房产加名税被否决了，报纸调侃说，这是"丈母娘的胜利"，是中央听到了"丈母娘的声音"，可是，月饼税问题仍然众说纷纭，有的地方仍然坚持征收，网民调侃说，月饼税，那就用月饼抵吧。

可是，比婚前房产加名税、月饼税更需要解决的根本问题，还是群众观点的问题，惩治腐败的问题。这些问题不解决，各种莫名其妙的苛捐杂税，还会三不五时冒泡泡的。

2011年9月29日

39 / "快女"的盛行与"焦点"的衰落

快女者,快乐女声也。也可以说,是一档娱乐节目。

此档节目,肇始于湖南电视台。但其实,湖南台也是从美国佬那学来的。

但国人,模仿能力极其惊人。如今,几乎各地电视台,类似节目遍地开花。即便《非诚勿扰》之类的,也是其翻版罢了。

不过,前不久,湖南台说,自明年起,不再办"快女"了。当然,也有消息说,不是湖南台不想办,而是广电总局不让办。广电总局认为,此类节目低俗、庸俗、媚俗。

要是搞个民意测评,我肯定站在广电总局一边。

有人会说,当下社会,生活节奏加快,生活成本加大,民众心理、生理压力前所未有。电视台娱乐娱乐受众,有何不可?

问题是,如果电视台把娱乐当主打,让娱乐唱主角,就不仅仅是娱乐受众了,而有可能是误导受众。

媒体的责任是什么?恐怕见仁见智,很难有个一致的表述。但是,恪尽职守,为端正党风、政风、民风尽其所能,真正做到像经济学家胡鞍钢所言"第一向中央说话,第二为贫民说话",当属应有之义。

这样的媒体,才称得上是党的喉舌,人民的喉舌。

> 问题是,如果电视台把娱乐当主打,让娱乐唱主角,就不仅仅是娱乐受众了,而有可能是误导受众。

这个道理，恐怕没有一个媒体人不明白。

明白了，为什么不去践行？

这，才是问题的要害。

最近断断续续读了朱镕基同志《朱镕基讲话实录》一书的部分内容，加深了我对这个问题的理解。

世无完人，朱老爷子亦然。他的功过是非，历史自有公论。但他的一些话，以典型的"朱氏风格"，一针见血，一剑封喉，切中时弊，则是不争事实。

记得1998年10月7日，朱镕基到中央电视台考察，与《焦点访谈》节目组工作人员座谈。

《朱镕基讲话实录》中《和〈焦点访谈〉节目组座谈时的谈话》一文就披露了当时谈话的主要内容："过去我们经常说，宣传工作要'以正面报道为主，以宣传成绩为主'，这是正确的方针，但这种观点也束缚了我们。什么叫以正面报道为主？是指99%都应该正面报道吗？98%、80%就不行吗？我看51%不也行吗？大部分节目以宣传成绩为主，有这么一两个节目来指出我们前进过程中的问题，动员全党的力量去解决它，这样做的效果比仅仅宣传成绩好得多。"

他说，"现在，《焦点访谈》现象越来越普及，不只是中央电视台有一个《焦点访谈》，许多电台、电视台也有类似的节目"。对于《焦点访谈》所谓的揭露，朱镕基的态度更是十分鲜明，"这是一个很好的现象，把老百姓的疾苦反映出来，把政府的毛病揭露出来，马上就改。有错就改，这才是共产党人的姿态，对人民群众的鼓舞很大。现在把问题揭露出来，改正以后就给人民带来极大希望，真正把人民群众凝聚起来，就有了信心"。

他甚至调侃说："大家要习惯这种批评。你们哪一天找出我的毛病，来采访我，我一定接受批评，改正自己的错误。我们做了很多决定，国务院的重大决定都是从我这里出去的，难免会有一些毛病，找一找，指出来，改正它。"

在那天的座谈中，朱镕基还挥毫为《焦点访谈》写下

> 现在把问题揭露出来，改正以后就给人民带来极大希望，真正把人民群众凝聚起来，就有了信心。

题词"舆论监督，群众喉舌，政府镜鉴，改革尖兵"。

白岩松在采访中称："朱镕基总理在《焦点访谈》题字时，我站在他的身后，当他写下'舆论监督'后，站在后面的我使劲鼓掌，他扭头冲我一乐说'还有'。写完下来的时候，他坐在我对面，我问他说：总理，您这是即兴之语还是想了很久？他说，我想了一宿，今天早上我一量，血压都高了。"

我抄袭了朱老爷子文章的相当一部分内容，是突然想到：昨日"焦点"今何在？

在，还是在的。每天晚上七点半多，央视一套的《焦点访谈》还是雷打不动地出现在观众面前的。

只是，昨是今非。今天的"焦点"，变得温顺了，温顺得像一只小绵羊了。往日的激情，往日的锋芒，往日的辉煌，已一去不复返。

"焦点"鼎盛时期，也有不少地方台，祭起为民说话的大旗，办了不少类似节目。

那时候，民众解气啊。虽然，有的问题，依然如故，但媒体成了民众的解压器、宣泄闸，民众还是举双手拥护的。

可如今，地方台已难觅"焦点"踪影了。

不能怪地方台。一个现实是，如今，几乎所有媒体都接到过各方神仙的指令：以正面报道为主，以宣传成绩为主。

一"为主"，其实就是扼杀其余。

如是，媒体惹不起，躲得起。为了收视率，为了阅读率，媒体就全盘娱乐化了，尤其是电视。

娱乐化盛行，"快女"的出现，就不足为奇了。

我经常痛苦地想，我们的媒体究竟是在唱正气歌，让民众挺直脊梁，还是在唱靡靡之音，让民众患软骨症呢？

如果是前者，就必须有"焦点"，如果是后者，就多些"快女"；如果没有前者，就必然会有后者：今天不是快女，明天就是快男，后天就是阴阳人。

2011年10月8日

40
第一向中央说话，
第二为贫民说话

提起胡鞍钢这个名字，相信大家的反应是，如雷贯耳。

的确，在当今中国知名的经济学家中，胡鞍钢无疑是颇具传奇性的一位。

1993年5月，他与王绍光合著的《中国国家能力报告》出版后，引起中央高层的高度关注。据了解，1994年之后的中国财税体制改革，就是以该报告作为参考，报告的内容大部分也被采纳并得以实施。这一研究奠定了胡鞍钢在学术界，特别是在中国的政治经济学研究领域里，无可争议的地位。

最近，胡鞍钢又与王绍光、韩毓海等联袂出版了《人间正道》一书。

这本书是京港沪三地学者共论中国道路与中国共产党，以国际视野审视中国道路，探讨中国共产党的胜利之路，提出重建民族自信、体制自信和文化自信等重大问题。

所以，书中用很大篇幅讲中国体制的优点，包括中国的民主政治之道、人民社会。

作者认为，这是由于许多人对社会主义制度的优越性，不但存在认知上的糊涂，腰杆子也不硬，所以，还需要讲自己体制的优势,以破除对"(西方)普世价值"的迷思。

但是,作者更清醒地认识到,这并不是说我们现行体制已经尽善尽美了,共产党可以高枕无忧了;相反,我们的体制还存在许多不尽如人意的地方,需要我们高度警惕,不断地加以克服。而"办好中国的事,关键在于党",反之,党不能建设好,中国的事就难免要搞砸。

所以,书中尖锐地指出,目前,不少投机分子、反党分子混入党内,不将这两类坏分子清理出去,共产党就无异于慢性自杀。

作者从胡锦涛总书记在建党90周年大会上的讲话切入,认为,党的建设除了面临的四个危险——精神懈怠的危险、能力不足的危险、脱离群众的危险、消极腐败的危险,还面临着两大潜在的危险,一是它的规模,二是它的构成。

真正的学者,其可贵之处,在于见人之所未见、发人之所未发、言人之所未言。只有如是,其著述才能真正表达自己的独立思考和见解,主题才能深刻、新颖。要做到这一点,不仅要勤于积累,还要勤于思考。

以此观之,《人间正道》一书,融入了作者的大量心血。

作者分析共产党的规模,直接用数据说话。截至去年年底,中国共产党党员总数为8026.9万,相当于欧洲最大国家德国的总人口。

在分析中国共产党党员的构成时,作者更是显得忧心忡忡。

作者说,近年来,共产党组织出现了精英化趋势。如新党员中,以社会名流、私营企业主、专业技术人员等为主;工人、农民比例则逐年下降,目前工人的比例只有8.7%,农民的比例也只有30.5%,两者只占党员总数的39.2%,已经大大低于两者占总就业人口的比例(保守估计两者占总就业人口的比重在70%左右)。

> 截至去年年底,中国共产党党员总数为8026.9万,相当于欧洲最大国家德国的总人口。

作者进一步分析说，不仅在党员成分上出现精英化趋势，而且，各级领导干部的行为方式也出现精英化的趋势，一些人与有钱人拉拉扯扯，却对普通百姓的冷暖不闻不问，漠不关心，严重败坏共产党的声誉。

作者居安思危，对这种趋势甚感忧虑，担心共产党已经患上"虚胖征"、"富贵病"。

作者的忧虑不是没道理的。大家都知道，上世纪八九十年代之交，苏联东欧剧变的前夜，这些国家党员占人口的比重都相当高，一般在6%以上，其中，罗马尼亚的比重最高，达16.1%，也即6个人中，就有1个是共产党员，但是，当时垮得最惨的也是罗马尼亚，政权尚未瓦解，这些共产党员的信念与意志早就先行土崩，他们早就作鸟兽散，各奔前程了。

究竟是为什么？原因很简单，虽然一些人拥有共产党员称号，但这并不意味着这些人都是真正的共产党员。

作者认为，中国目前面临着同样的问题。一部分人是投机分子，将入党作为捞取政治资本的手段，为的是升官发财、牟取个人不正当利益；一旦潮流有变，他们就变成随风倒的墙头草。另一部分人是混进党内的反党分子，他们说的、干的都完全违背了党的宗旨，明里暗里骂起共产党来、攻击社会主义来比任何人都凶；一旦天下有变，他们对曾经宣誓效忠的党及其代表的正义事业，不但丝毫不会加以捍卫，反而会弃之如敝屣，甚或反戈一击。

因而，作者呼吁，中国共产党要保持其肌体的健康，一定要切切实实地"从严治党、从严管党"。要瘦身，不要虚胖；要先锋队，不要精英党。

> 何人当先锋？我认为，胡鞍钢就是很好的典范。

何人当先锋？我认为，胡鞍钢就是很好的典范。作为学者，他自觉地将自己的人生之路与时代的背景、国家与民族的号召联系在一起。下岗失业问题、社会保障问题、农民收入问题、少数民族地区的贫困问题、通货膨胀问题等社会公共问题，都是胡鞍钢长期以来关心的。他也强烈抨击中国电力、电信、铁路、民航和公共事业出现的部门垄断、地方割据的"利益集团"。他的一些惊世骇俗的言论，也常常招致利益集团的反击，但他义无反顾，勇往直前。

所以，有人曾这样评价胡鞍钢：第一向中央说话，第二为贫民说话。

所以，我认为，分析规模也好，分析构成也好，虽有一定的典型意义，但并不是全部；关键是，作为一个组织、一名党员，理想何在？信念何在？能否真正做到来自人民、根植人民、服务人民？

2011年10月12日

> 所以，有人曾这样评价胡鞍钢：第一向中央说话，第二为贫民说话。

41 / 中国为什么出不了乔布斯

过去几天，数百万中国人在其微博上发帖，表示对美国苹果公司前CEO乔布斯去世的哀悼之情。

同时，人们也提出一个问题：中国为什么出不了自己的乔布斯？

国内一家知名网站调查显示，63.3%的人认为，目前中国不会出现乔布斯式的人物；28.9%的人认为，中国根本不可能出现；只有7.8%的人认为，20年甚至更长时间才有可能出现。

虽然这个调查不能说明什么，却也值得我们深思。

深思的结果是，媒体纷纷发文，认为出不了乔布斯，是中国缺乏创新土壤、创新条件。

可是，这样的文章，这样的论调，我们并不少见，也不少听。

虽是老调重弹，却也按捺不住对乔布斯的怀念，涂鸦几句。

我认为，一个好的、能够给人们提供创新土壤的社会，有赖于一种健康的社会生态。

但中国要出现一个乔布斯这样伟大的创造家，却受到诸多制约或干扰。也就是说，恰恰缺乏一种良好的社会生态。

比如，国人普遍感到生存压力太大，很少有人会为了兴趣，专心致志地去做一件事情。

一种好的社会生态，首先就是要给更多人提供生存的机会。

我看过一篇文章，说是上海浦东开发伊始，上海人就说，如果住在浦西老城区，即便一家两口没什么收入，一天煮百把个茶叶蛋，把它们卖出去，一家老小生计就有了着落；而搬到浦东，住房条件是改善了，但茶叶蛋却卖不出去了，一天二十来个蛋，只卖出去五六个，家里生计没着落了。这说明新旧城区，给人们提供生存机会的社会生态是不一样的。虽然，现在浦西、浦东差距在缩小，但差别还是在的。

反观现在各地城市化进程，城市是越来越漂亮了，但人们要找口饭吃，却越来越不容易了。

这个问题不解决，城市化进程的加速，只能培养房地产大亨，而培养不了乔布斯式的发明家、创造家。

还有，对知识产权保护不力，一些创造者辛辛苦苦多年，投入大量精力、财力，好不容易研究出来的成果，却很快被人剽窃了。

有人讲过这样一个故事：有个百年油坊的第三代主人，因造假被查处。他很不服气地说，他爷爷经营油坊时可以发家致富，他父亲不需造假就能养家糊口，而他要是不造假，就得赔本。

这样的社会生态，就不是用简单的"道德沦丧"所能概括的了。业界生态比烂，非制度化生存现象就必然泛滥成灾。

更重要的是，苹果的一个显著特点是，不需要靠政府扶持，就能成为全球市值最大的企业，而中国国有企业的行政性垄断，滋生了特定的业界生态，即限制竞争，产业技术升级落伍，社会资源配置效率降低，市场竞争秩序混乱。总之，这样的业界生态，培养的是懒人、庸人，乃至贪腐分子。

145

这些也许就是中国出不了乔布斯的根本原因。

中国科学界泰斗钱学森在生命的最后阶段，发自肺腑地问道："中国为什么老是培养不出杰出人才？"这便是著名的"钱学森之问"。

如今，乔布斯走了，国人也在热切地呼唤："中国的乔布斯在哪里？"

刚刚收笔时，收到一则短信，也许可以回答这个问题："乔布斯生在中国的八种可能：（1）当选全国政协委员；（2）忙于接待领导视察；（3）与政府勾结强征农民土地；（4）获五一劳动奖章等；（5）坐在春晚第一排；（6）在央视访谈中讲催人泪下创业细节；（7）宣布进军房地产；（8）死后一个星期内被忘记。"

但仅仅呼吁，仅仅调侃，是徒劳的。

2011年10月13日

如今，乔布斯走了，国人也在热切地呼唤："中国的乔布斯在哪里？"

42/
可怜的驴

大千世界，无奇不有。

林子大了，什么鸟儿都有。

眼前就有一例：据英国《都市报》报道，一头名为"马可"的驴，已经被新保加利亚党提名，参与今年10月23日的保加利亚瓦尔纳市市长竞选。

写这篇短文之际，还不到瓦尔纳市市长选举日，马可是否当选？不得而知。但依世界其他地方之惯例——如美国新墨西哥州的地方选举的过往例子，阿猫阿狗、鸡鸭牛羊什么的，也曾被当做候选人——最终当然不可能当选。

修改这篇短文，已过了瓦尔纳市市长选举日，到网上一查，马可落选已成事实。

对一个于我而言遥不可及的地方的选举，自然不可能过于关心，或有什么兴头。

感兴趣的只是马可——也即那头驴——成了选举的花絮。

人都有八卦情结。

我就想，设若马可果真当选，当地市民，不知要以何种方式、何种姿态，与之和平共处，或俯首称臣？

一个可怕的设想是，重回原始社会，重过茹毛饮血、鸡同鸭讲的洞穴生活。

但，时光不可能倒流，世界不可能逆转。

> 一个可怕的设想是，重回原始社会，重过茹毛饮血、鸡同鸭讲的洞穴生活。

可见，这样的选举，在一个标榜民主的国家，也只是搞搞笑，或弄个噱头什么的，而已。

但这样的搞笑，也非"无厘头"。

推荐马可作为市长候选人，理由就是：马可虽是驴，但与其他候选人相比，它不偷盗、不说谎，优点明显。

讲的是驴，说的自然是人。

人与动物有何区别？古希腊有则笑话：一位哲学家发表自己的观点说，人是无毛的两足动物。另一位哲学家深不以为然，用手举起一只拔光了羽毛的鸡，对着众人说："这就是某某所说的人。"众人大笑。

可见，人是动物，但不是一般意义上的动物。比如，人会考虑逻辑性很强的问题，可是动物不会；人会利用感情达到某种目的，可是动物不会；人会不懈努力打拼做人上人，可是动物不会；人会创造和发明生存必需品，可是动物不会；动物只会想今天要吃些什么，可是人不只想这些；动物喜欢就是喜欢，不喜欢也不会装作喜欢，可是人并不是这样；动物只会做它想做的事情，可是人不只做这些……

够了。人的无休止的"进化"，带来的则是可怕的"异化"。这方面，体现在一些政治人物身上，尤其明显。看看最近中东几个专政国家大变局后，其总统府里堆积如山的金银财宝、俯拾皆是的美人裸照，你就可以想象，政治强人的偷盗行为，到了何等的令人发指之程度了。

> 够了。人的无休止的"进化"，带来的则是可怕的"异化"。

偷盗是一面，撒谎又是一面。一些政治人物，往往台上谈及民众福祉便慷慨激昂，信誓旦旦，表示要如何如何，台下往往蝇营狗苟，四处搜刮民脂民膏，极尽美丽之谎言，以掩饰自己男盗女娼之行径。台湾的阿扁，就是典型的案例，民众福祉叫得山响，可海外的私人账户，存的尽是台湾人的耻辱。

偷盗与撒谎，于一些政治人物而言，是一枚硬币的两面。一个所谓民主的国家，都无法磨平这肮脏的两面，最终也只能寄厚望于一头驴；而一个非民主的国家，这两面只会越发绚丽夺目，绝不会黯然失色，因为，在这样的国度，连拉一头驴出来秀秀的机会，都没有希望。

可见，与其说是驴的可怜，倒不如说是人的可悲。

2011年10月27日

> 可见，与其说是驴的可怜，倒不如说是人的可悲。

43／

"另类官员"辩

不知什么时候，"另类"成了流行语。

查了《现代汉语词典》，并未收入这个词。

没有收入，不等于就是"偏房"。很多词语，都是由于民间的大量使用，约定俗成，才被收入词典的。

不过，我还是很想找到一个比较准确，或比较接近的解释，来理解何谓"另类"。

于是，我想到了"另册"。

词典对"另册"的解释是：旧时户口册的一种，统治者把盗匪、坏人的户口登记在上面（跟"正册"相对）。

说的是旧时，其实，现时也经常引用。只是，指的不一定是盗匪，或坏人，如你在一个单位，一个团体，不是很合群，尤其与领导不是很合拍，人家就会说你被打入另册。

从这个角度说，另册与另类，就似乎很接近了。

写此短文，不是为了咬文嚼字，而是想到当下，不少媒体，都在报道不少地方，存在一些另类官员。

所谓另类官员，就是他们的言行举止，与他人迥异，不合时宜。

记得上世纪末，山西省长治市市委书记吕日周，就要求当地的日报不刊发歌功颂德的文章，要求媒体把大量篇

> 写此短文，不是为了咬文嚼字，而是想到当下，不少媒体，都在报道不少地方，存在一些另类官员。

幅腾出来报道官员的不作为、乱作为现象，记得有一次，还在报纸上公开点名批评一位分管教育的副市长。

当时，几乎所有的舆论都聚焦到吕日周身上，都说他是"另类官员"。

还记得原江苏宿迁市委书记、现云南昆明市委书记仇和，在宿迁为官时，他就大刀阔斧搞改革，以铁腕治吏闻名；到了昆明，他更是雷厉风行，对官场慵懒现象采取"霹雳"行动。他把全市领导干部的手机公布到媒体上，让老百姓有事直接给他们打电话。结果，搞得领导干部寝食难安，甚至可以说是"惶惶不可终日"。

仇和同样被视为"另类官员"。

最近的例子是，湖南省纪委干部陆群，因对长沙县动用警力非法处置手无寸铁的民工表示不满，在微博上公开与县委书记、公安局长叫板，因叫板程度之激烈，引起各地媒体之关注。比如，陆群在微博上写道："如果经公正调查，证实民工诉求不合理，我立即辞职以谢天下。请问长沙县委书记杨懿文同志，亲自部署诱捕民工的长沙县公安局长曾卫国同志敢说'如果这些民工的诉求合理，我立即辞职以谢天下'吗？"此言一出，立马成了网上名言。

回过头来看，我以为，称这些官员为"另类官员"，实在有失公平、公正。难道我们的报纸天天莺歌燕舞、只种花不栽刺才叫正常吗？难道我们的官员天天纸醉金迷、尸位素餐才叫正常吗？难道我们的民工天天生活在水深火热中、社会对他们不闻不问才叫正常吗？

既然不正常，我们的官员理直气壮站出来纠偏，就再正常不过了。

可是，再正常不过的东西，反而成了另类，实在是悲哀。

悲哀是会传染的。一位县委书记曾对我说过一件事：他到任后，潜心抓工作，同僚认可，群众好评。但有一回，他出访期间，一个外商送了几万元红包给他。回来后，他立即把红包交给纪检部门。结果，此事传了出去，同僚却从此对他敬而远之，视他为另类。他百思不得其解。后来，人家告诉他，你出访了，红包上交了，而别人呢？别人收的红包怎么办？你不是叫人家难堪吗？人家今后还怎么与你共事？

可见，一个社会，如果把正常的当另类，只能说明这个社会已经反常，甚至可以说是病入膏肓。

所以，如果一个官员，他能把人民利益高高举过头顶，真心实意为群众说话、替群众办事，即便他的言行举止有出格之处，也绝对不能将其视为另类，打入另册。

当然，更重要的是，我们的社会要为那些身处逆境却能身体力行高尚道德操守的人民公仆创造良好的舆论氛围、从政氛围，因为，只有这样的人不孤单、被重用，我们的社会才有亮色，我们的人民才有盼头。

以此观之，吕日周悄然隐退了，仇和干劲依然，而陆群呢？群众拭目以待。

2011年11月3日

> 可见，一个社会，如果把正常的当另类，只能说明这个社会已经反常，甚至可以说是病入膏肓。

44 / 是公益，还是亵渎？

自毛泽东提出向雷锋同志学习开始，每年的3月5日，便成了约定俗成的学雷锋的日子；在这个时候，突然提起"雷锋"，你是否觉得恍如隔世？

不是我不知今夕何夕，而是最近雷锋又招人惦记。10月23日，网上一段"深圳卖腿女献大腿给路人签名，呼吁文明"的视频相当火爆。视频内容说的是，两位性感美腿女郎在深圳街头奉献自己的美腿给路人签名，目的是呼吁大家多做公德，拒绝冷漠，做一个"活雷锋"。

雷锋被人惦记，实在难得。

因为，多年来，或者说几十年来，一直困扰我们的问题是"雷锋出国了"、"雷锋精神过时了"、"学雷锋太傻"……在离开雷锋的日子里，社会似乎就不记得助人为乐，不记得拾金不昧，不记得见义勇为舍己为人……甚至不记得中华民族应有的种种公共美德了。

所以，有人，尤其是年轻人，愿意站出来倡导学雷锋，我们理应为之高兴，为之鼓掌，为之加油。

只是，鼓掌之余，又觉得有些不对劲，有些别扭。比如，倡导学雷锋，干吗非要到大街小巷"卖腿"呢？

为正本清源，我们不妨先重温下什么是雷锋精神。其实，雷锋精神的核心，就是为人民服务。"雷锋"二字，

> 比如，倡导学雷锋，干吗非要到大街小巷"卖腿"呢？

已不再是一个名字符号，而成为人们心目中热心公益、乐于助人、扶贫济困、见义勇为、善待他人、奉献社会的代名词。

那么，两个"卖腿女"果真热心公益吗？看似是也，其实非也。

不要说何谓"雷锋精神"于她们而言不甚了了，即便问雷锋是何人，怕是她们也答不出个所以然来。

那么，就再清楚不过了，她们的所谓"热心公益"、倡导学"雷锋"，其实是醉翁之意不在酒，而在通过"卖腿"标榜自己，炒作自己。

这不是我强加于她们的。因为，在视频中，这对"活宝"一出现，立马招来众多的围观路人，用手机拍照的人更多。但是，真正上前写"腿书"的只有两三个男人，留言也是牛头不对马嘴，让人哭笑不得。如一小伙写道"够辣，顶！神马都是浮云"，一大叔写道"真给力，河南人×××"。后来，不知是"卖腿女"嫌在她们腿上"盖楼"的人太少，还是站久了腿疼，脸上已写满不耐烦。

所以，你能说，这种在女人大腿上求签名的举动是"热心公益"吗？答案显然是否定的。

标榜自己，炒作自己，只要遵守社会公德，不损人利己，外人也无权干预。可是，这两个"卖腿女"不是。她们穿着印有雷锋头像的T恤，裸着大腿，扭着屁股，哼着曲子，一副"学雷锋"非我莫属的样子，这就不是一般的炒作，更谈不上什么公益，而是对雷锋精神的亵渎，对雷锋形象的侮辱了。

要知道，雷锋的人生观最光彩夺目的是，他正确地解决了"为谁活着，怎样做人"的问题。他把"生为人民生，死为人民死"作为信条，在这样的人生观指导下，雷锋始终保持着昂扬的精神状态和勇往直前的革命干劲，在平凡的岗位上做出不平凡的成绩，用生命践行自己的誓言。"卖腿女"的恶搞举动，貌似一种号召，一种文明，骨子里却是伪号召，伪文明。正如有网友指出："想夺眼

> 要知道，雷锋的人生观最光彩夺目的是，他正确地解决了"为谁活着，怎样做人"的问题。

球可以，但不要借机在我们的伤口上撒盐！学雷锋，最需要的是切实的行动，而不是这低俗的作秀！"

遗憾的是，当下，恶俗、低俗、庸俗的作秀无处不在。大街小巷"献吻女"、"卖腿女"层出不穷，荧屏银幕上，"女声"、"男声"也是你方唱罢我登场。这种把恶俗当有趣、把媚俗当时尚的做法，已引起全社会的强烈不满。

以超恶俗的方式博出位的行为，无论是集体的，还是个体的，实则反映了这个社会的浮躁和一些人的媚俗心态，这不能不引起相关部门的重视！因为这种恶俗的炒作，常常充斥人们的视线，在污染人们视线的同时，也污染着社会的肌体，是到该找找原因的时候了……

2011年11月10日

> 遗憾的是，当下，恶俗、低俗、庸俗的作秀无处不在。

45／

读，不容易；做，更不容易

《朱镕基讲话实录》（下称《实录》）一书发行已有些时日，但"《实录》热"仍在持续。据说，各大书店，均已告罄。

"《实录》热"，实是"朱镕基热"。

一些报章评论说，"朱镕基热"的背后，体现了社会本身对于以往改革的瞩目乃至反思，对于现状的不满及对于未来的失望。

但我要说，作为一名普通读者，阅读《实录》，其感受只有八个字：只讲真话，不讲套话。

为什么？打开四卷本的《实录》，翻阅这些时隔多年的文稿，人们仍能清晰地感受到这位耄耋老人力透纸背的怒意。当时担任国务院总理的他，不忿官场的陋规恶习，直斥走私泛滥的危害，大骂以竹筋替代钢筋的防洪工程为"王八蛋工程"……再回首，我们才惊讶地发现，这个脾气倔强、性格率直的湖南"伢子"，从未离开过；我们今天想骂的，他当年都已骂过。

当年，在他手中，他不同意京沪高速铁路项目上马，他说，他给这个项目泼冷水。理由是，不能总搞锦上添花的事，中国这么大，应先雪中送炭。

早在1994年，他就指出，现在有些城市不顾后果，大

> 但我要说，作为一名普通读者，阅读《实录》，其感受只有八个字：只讲真话，不讲套话。

量卖地，大量拆迁，置拆迁居民于不顾，这样搞下去，是要影响社会稳定的。

他对权力过分集中十分反感：党的一元化领导，不能变成个人领导。

对借城市化名堂，大搞房地产开发，他怒不可遏：现在我们在许多方面，特别是在城市建设方面，存在一种浮夸、铺张浪费、不顾实际情况之风。"安居工程"没有解决，很多房子老百姓还是买不起的。一万多块钱一平方米，盖了给谁住？这种很危险的倾向，现在发展得越来越厉害。

甚至对出租车公司，他也不放过：出租车公司是靠剥削司机、靠偷税漏税发家。他骂他们简直是"把头"，是上海解放前戴黑眼镜、穿香云纱的那种人。

对他熟悉的金融业，他同样忧心忡忡：银行系统存在不少问题，秩序混乱、纪律废弛，已到了何等惊人的程度啊！

对司空见惯的飞机晚点，他直言不讳：如果连这个都抓不上去，这个国家是没有前途的。

他一概反对领导人四处题词、参加剪彩：领导人要停止参加剪彩活动，不题词、提名。当然，他也不忘幽默地说：在信封上签名的例外。

有人说他是语不惊人死不休，虽有点夸张，但也切合实情。他对造假账深恶痛绝：如果我们这一任政府做了一件事情，就是中国不做假账，那我就死可瞑目；如果做假账的话，我就死不瞑目。

食品安全问题，由来已久，为什么成了顽疾？他一针见血地指出：光靠罚款没有用，光撤职也不行，有的人被撤职了还会异地升官。对违法犯罪分子就得抓起来依法判刑！

我对四卷本的《实录》断章取义，实在有悖读书人的原则。

但我的意思是说，"只讲真话，不讲套话"才是《实录》的真正内涵。

但愿我不会曲解朱镕基的本意。因为，他在今年4月22

他一概反对领导人四处题词、参加剪彩：领导人要停止参加剪彩活动，不题词、提名。

日清华大学校庆回母校,向师生们介绍这书时,就说过:"这个书里面收集了我的批语和我的信件,亲笔写的,字不太好,但都是真话。我把我的经验送给你们,请你们看一看,我这十几年讲的是真话、胡话还是老实话,请你们鉴定。"

可见,"深刻、简单、直接"是朱镕基讲话的风格,是《实录》一书体察国情、体恤民情的特色。

只讲真话,不讲套话,实属不易。当下,我们经常在各种场合听到很多假话、大话、空话、套话。究其原因,有些领导、有的人,水平实在不敢恭维,一开会,一讲话,就离不开秘书,离不开讲稿;秘书、讲稿,也是"天下文章一大抄",翻来覆去,就是那么几句话;偶尔有点"出彩",也是讲排比,讲修辞,做表面文章,换汤不换药,依然是空话、套话。此其一。

其二,属下的阿谀奉承、溜须拍马。诗人阿城写过一篇文章,说是他参加过一些会议,台上领导人讲得口沫四溅,台下的群众听得频频点头。于是,台上的越讲越兴

奋,越讲越激动,讲得离题十万八千里,还浑然不知,且还摇头晃脑、津津有味。其实,台上的讲的还是老话,甚至胡话。但台下的一点头,台上的就如打鸡血似的。可见,台上的,往往被台下的惯坏了。

其三,不少人认为,讲真话会给自己带来麻烦。但现实是,现在讲真话,绝对不会像在"文革"时期那样,有性命之忧。可为什么很多时候,还是有人不愿讲真话,尤其是知识分子?一个根本的原因是,现在知识分子大部分是既得利益者,如果讲真话,可能自己的现实利益会有所损失。当然,一些知识分子也会辩解说,即使自己说了真话,也改变不了现实,还不如保持沉默。

如果要说危害,第三种现象危害更深、影响更坏。因为,在一个"报喜不报忧"的时代,很容易造成整个社会的错觉,导致领导人自我膨胀、自高自大,民众莺歌燕舞,麻木不仁。

还是用朱镕基在《实录》中说的一件事,来印证"从乡骗到县,从县骗到国务院"的"民谣"吧:"我到某省会城市考察下岗职工再就业服务中心。原来是一个大仓库,空空荡荡的,他们在几天之内把许多个体户都搬进去,里边人山人海。我去参观的时候,那欢呼啊!人人都想跟我握手,挺有劲儿的,热情得很。我一回北京,就收到一封人民来信,说那些都是假的,不信现在你再去看看,一个人也没有了。我就派国务院办公厅的同志去微服私访,果然来信反映的情况属实。现在,你要下去视察工作,都事先安排好了。固定的点,都是笑脸相迎,热情招待;汇报的人都挑好了,都是对答如流。这些你能相信吗?所以,你听不到真实的意见,怎么为政呢?政策怎么出来呢?"

打住。建议读者诸君还是读读《实录》,体会肯定比我更深。尽管读也不容易,120万字,可是,朱老爷子说了:要照着这个做,就更不容易。

尽管读也不容易,120万字,可是,朱老爷子说了:要照着这个做,就更不容易。

2011年11月12日

46 / 标语的命运

中国标语之盛行，世界上恐怕绝无仅有。

我也算到过一些国家，人家那儿更多的是广告，广告的画面简洁，线条疏朗，主题突出。自然也有涂鸦的地方，但大多是些流浪汉在墙旮旯"到此一游"，不入流。

可在我们这儿不是，标语成了我们社会的特色、时代的特征。

大家印象最深的当推"文革"时期的标语。那时候的标语，创意之大胆、场面之壮阔，怕也是史无前例。

我幼时所在的山村，周遭尽是崇山峻岭，村子窝在一条小溪旁。"文革"那年，平静的山村，顿时热闹了起来。缘由是县里来了一支队伍，队伍在山头安营扎寨，夜以继日，挖山不止。最终，"挖"出"毛主席万岁"、"农业学大寨"几个大字。说"大字"，大到什么程度？实在无法形容。据说，大到坐飞机从万米高空俯视下来，仍然耀眼夺目。当然，那几个大字，是用几十吨白灰抹上去的。

今天，提起此事，恍若隔世。

十来岁，山村修了水库，我也随父老乡亲远走他乡。有一年，父亲带我回去扫墓祭祖。我在脑际搜索着童年的印记，当年的"主席"、"大寨"，今安在？

可是，只有浩渺的烟波、如黛的山色、盘旋的飞鸟，在我眼前缓缓飘逸。

回观我们生活的城市，面对色彩斑斓、五花八门、无所不在、无奇不有的标语，无论是传统的，如用油漆刷在墙体上的，或现代的，如电子显示屏，我的第一反应，不是它的内容正确与否，而是这些标语的生命力如何？

最近看新闻，说是有读者提出，北京天安门广场新华门门前的标语"战无不胜的毛泽东思想万岁！"该换成具时代精神的内容了。

读者的观点是，标语外观上是一种文化形式，内容上则反映文化精神，功能上在于文化引导和思想引领。所以，应从破除文化愚昧、解除思想禁锢出发，及时撤换新华门前不合时宜的标语。

这条标语在中南海出现，与我童年经历的一样，完全因"文革"而来。

但应当说，"文革"结束以后，在全国，带有极"左"色彩的标语大多被废弃，尤其是1981年6月，党的十一届六中全会审议通过《中共中央关于建国以来党的若干历史问题的决议》，明确提出彻底否定"文化大革命"以后，全国各地还专门组织了清理标语、语录、口号等具有"文革"痕迹的工作。

据说，这是经过特批保留的。是否如此？我们不是研究历史的，没必要追根究底。

从那以后，全国所有的公共场合，"文革"标语基本绝迹。

然而新华门却成为例外，今天仍存赫然在目的"文革"遗迹，成为一道独特的风景！

据说，这是经过特批保留的。是否如此？我们不是研究历史的，没必要追根究底。

对新华门门前的这条标语的去留，有两种意见，一种是要彻底清除，越快越好，历史博物馆才是它的归宿。而另一种则建议要将其作为"文革"的历史遗物加以保护。理由是，在杭州的岳飞庙里有奸人秦桧的铸铁像，来杭旅游到岳飞庙玩的人，都朝这个奸人吐口水。保留这条标语的目的是让成千上万的在"文革"中受迫害的人来吐口水，教育后人在中国的历史上曾经发生过的事。

社会处于转型期，各种观点都可以争论。

我的看法是，历史的东西，只要修史者能如司马迁，虽遭遇宫刑，仍能秉正著述，留下些历史的烙印，也未尝不可。

但是，我还是要说，当下的现状是，各地有各地的标语，各地有各地的口号；这些标语、口号，又大多是主政者的主意。似乎没有了这些标语、口号，他们的政绩就无从体现。甚至出现一些主政者，在一个地方提出的标语、口号，到了另一个地方，照搬照套，就像一个懒惰的老师，一册备课本，要用一辈子。

铁打的组织，流水的官。这"官"一"流"，前任提出的标语、口号，随之烟消云散；后任提出的标语、口号，随之粉墨登场。如是周而复始，没完没了。

于是，想起安徽《桐城县志》的记载，说是康熙时期，文华殿大学士兼礼部尚书张英的老家人与邻居吴家在宅基地问题上发生争执，家人飞书京城，让张英打招呼"摆平"吴家。张英回馈给老家人的是一首诗："千里修书只为墙，让他三尺又何妨？万里长城今犹在，不见当年秦始皇。"套用张英的诗，也涂鸦如下："一方为官不为墙，不写标语又何妨？万古江山系民心，不见当年秦始皇。"

所以，好标语、口号者，可以休矣！

2011年11月17日

这"官"一"流"，前任提出的标语、口号，随之烟消云散；后任提出的标语、口号，随之登堂入室。

47/
校园不是秀场

新近读报纸、看电视,发现这个时候,很多地方的学校,无论是大学、中学,还是小学、幼稚园,都在搞校庆活动。这也许与我们很多学校,新生都是秋季入学有关吧?

搞搞校庆,对凝聚共识、争取支持、打响品牌、提升影响等,大有裨益,所以,不能说不对。

但也不能说全对。理由是,时下的一些校庆活动,俨然演绎成"秀场"。

秀什么?粗略算了下,大凡有这么几项。

一是政客秀。不少校庆,翻箱倒柜,查遍"族谱",罗列出"母校"培养出几多部级领导、厅级领导、处级领导,小点的学校,知名度不高,影响力有限,就连科级、股级干部也不放过。一所学校,似乎没培养出几个一官半职的领导,就无颜见"江东父老"。

对此,我极为反感。鄙人也忝列所谓"领导",也参加过几次校庆。母校依到场官员大小,确定谁上主席台。一次,我也"被"上主席台。结果,看到台下交头接耳的昔日同窗,不少是全省各地教坛精英,我如坐针毡,感到浑身的不自在。

二是商人秀。物化社会,唯钱为大。所谓"清水衙门"的学校，也不例外。学校出了科学家之类的，似是情理之中，不值一提，不足炫耀。倒是出了几个富豪级校友，那可是要去捧臭脚的。别说富豪，只要怀里揣有几个钱，校方的眼睛也瞪得牛眼似的。所以，走进一些校园，经常会发现，只有寺庙里才看得见的"功德榜"，校园里却比比皆是。捐建一栋楼，要立个"功德榜"；捐修一个公园，也要立个"功德榜"。学校巴不得把墙旮旯都挖出来，让校友来认捐。有的更直截了当，教学楼、实验室等就以捐资人或企业命名。

三是明星秀。校庆来临之时，就是明星风骚之际。歌星、影星、笑星，助阵、助威、助乐。只是，媒体似乎忘了主宾关系，聚焦的尽是明星们的风姿、风采、风骚，一些小报，更是极尽挖明星私情、隐情之能事，把校庆主题抛到九霄云外去了。

校庆到处有，世界各地都不例外，但校庆的目的是什么，怎么庆，则值得深思。看过一篇文章，说是日本的一些著名大学，校庆主题多与批判性、反思性有关。如京都大学百年校庆的主题是"京都大学与殖民政策——反省百年京大犯过的错误"。

这样的主题，于我们而言，简直是不可思议。要么会被认为不讲政治，或与主旋律不符，甚至会被认为学校领导哪根神经搭错位，才会使出这样的"昏招"。

但恰恰相反，京都大学的师生们则认为，一所百年学校，不可能没犯过错误，不可能没有失误，不可能没走过弯路；借校庆之机，将评判的眼光转回自身，才真正符合百年老校的身份、传统，才真正能确保自己与他人之间的不同，才真正能使自己的学校走进下一个百年。

中国不乏百年名校，但这些名校的校庆大同小异，如上所述，要么营造官僚氛围，要么突出商业功能，要么借助明星助阵。所以，中国大学的官僚化、商业化就在所难免，要改变这种现状，不是一年半载就能见效的。

什么时候，我们的学校，校庆之时，也能让自己的老

> 所以，中国大学的官僚化、商业化就在所难免，要改变这种现状，不是一年半载就能见效的。

师、学生清楚自己的学校该坚持什么，摒弃什么，反思什么，弘扬什么，少些"沾沾自喜"，多些"岌岌可危"，那么，中国的学校就真正有希望了。

2011年11月24日

48 / 一波三折的温州动车案

用一波三折这个词来形容温州"7·23"动车事故,是再准确不过了。

一折,关于赔偿金。先是说,对死亡者,每个赔偿50万;后又说,经核准,赔偿金额提高到每个91.5万。

这一改,据说有"玄机",有的说是闹出来的,有的说是大领导发了话,定了调。

逝者长已矣,为了几个钱折腾他们,实在有悖仁道,让他们早日入土为安,才是上策。

二折,关于事故调查结果公布日期。先是说,9月底前公布;后又说,为准确、慎重,推到9月以后。

这一改,就真的有"玄机"了。都快到年底了,难道事故真相的公布,也要拖到明年?

一般而言,事故原因,无非有二:设备缺陷,或管理缺位。

也就在这二者徘徊间,出现了三折。

三折的起因是:事故调查组专家组副组长、中国工程院院士王梦恕,11月21日接受《京华时报》记者采访时说,当地的铁路管理部门没有将设备进行很好的管理和使用,造成设备损坏出现故障,加上出现故障后人工操作不当,酿成最后的惨剧。

> 一般而言,事故原因,无非有二:设备缺陷,或管理缺位。

报道说，调查结果颠覆了此前铁路官员关于信号技术存在缺陷导致事故的说法。

至目前，大陆微博用户已达3亿。所以，王梦恕的说法，经媒体报道，经微博转发，立即引起轩然大波。

但是，三折来了。

报道见报当天，王梦恕随即回应称，他接到一名记者的电话，询问"7·23"动车事故调查情况及调查报告迟迟不公布的原因。我回答："不要着急，国务院事故调查组将会正确、全面地公布事故调查结论。"

他表示，自己因工作繁忙并未全程参加事故调查，对事故调查的全面情况，尤其是最终结论及事故调查报告是否上报的情况并未掌握。他又说，看到媒体的报道和网上相关消息后，自己感到吃惊和不安，"因所报道内容与我个人看法不一致，也不属实"。

让我们就第三折作些分析。

第三折的出现，有三种可能。

一种是记者说假话。也就是我们平时说的虚假报道。

如果是这样，那问题有些严重。因而建议，王梦恕先生完全不必与媒体纠缠，不必急于表白，最好是直接投诉到中国记协，让那个记者吃不了兜着走，让那家报社公开刊登道歉，这样，您王先生蒙的"不白之冤"，也就自然不存在了。

第二种是王梦恕先生讲假话。讲假话也有两种。一是他的确对记者说过，事故真相是管理缺位，但舆论压力之下，他不堪重负，于是"翻悔"了；二是他的确没参加事故全程调查，他的管理缺位说，只是道听途说，信口雌黄。

如果是这样，作为工程院院士的王先生，就有些草率了，或者说，有违一个科学家实事求是的本色了。

第三种是王梦恕先生说出了事实的真相，记者的报道也是真实的，只是来自多方压力，王先生只好改口。

我的看法是第三种可能性大。因为，王梦恕先生翻悔后,《京华时报》马上表示,该报记者是在21日下午致电王梦恕办公室作电话访问,与王对谈20余分钟,全部引语均有录音,报道内容确凿。

我们都知道,大凡对事故的定性,事关对当事人、责任单位的问责追究。依过往的惯例,一般是大事化小,小事化了。实在"化"不"了",就推。推给天灾是优先。反正老天爷无语,你再怎么栽赃,他也无法抗议;老天爷宽容,你再怎么诬陷,他也大肚能容。所以,什么"桥塌塌"啦、"墙歪歪"啦、"城淹淹"啦,统统都是老天爷惹的祸。

当然,什么都推给老天爷,也容易偷鸡不成蚀把米,弄不好,也会把自己扯进去。于是,就得找个替死鬼。这替死鬼,也不很好找。要有些基本条件的,比如,临时工、包工头之类的,且最好是外地的。

说了这些,是要说,王梦恕先生先前说的是真话,但替死鬼没找到,他的真话,只会给相关领导、有关部门惹麻烦。所以,他必须把真话收回去,换成假话。

据相关报道,王先生是中国工程院院士,是高级知识分子,是专家,是科学家。有这么些头衔的王梦恕先生,却也不敢坚持真理,实在有悖院士精神,有辱院士称号。但,这能仅仅怪他个人吗?

2011年12月1日

49 / 解决问题第一，
　　舆论引导第二

先说一件事。

我所在的城市，六年前的同一天，连续发生三起公交车在斑马线上撞死、撞伤数名学生事件。

事件发生后，民怨沸腾，舆论哗然。

对此，市领导高度重视，召开紧急会议，与会者有交通、交警、媒体等相关部门、单位。

会议还没切入正题，交通部门就大为光火，把一肚子怨气发泄到新闻单位头上：都是媒体小题大做，捕风捉影，误导市民，才闹到今天这种地步。

见此，主持会议的市领导拍案而起：今天是请你们来查找原因，反思过失，承担责任，而不是叫你们来指责他人，推卸责任的。没有你们的事故在前，何来新闻媒体的报道？新闻媒体总不至于无中生有吧？！

这位市领导虽然退休了，但我们这些吃新闻饭的，平时遇见类似的事甚多，所以还是常常叨念他的。说要是我们的领导，都这么明理，这么支持舆论监督，这个社会乌七八糟的问题，恐怕就会少一些。

遗憾得很，这样的领导犹如凤毛麟角。

更多的时候，媒体是"替罪羊"：一个地方社会治安不好，是媒体阴暗面的报道太多；一个地方工作上不去，

> 遗憾得很，这样的领导犹如凤毛麟角

是媒体正面宣传太少……反正，都是媒体惹的祸。

这还算是客气的了。不客气的是，你敢对一个地方所谓负面的东西披露过分，轻者通报批评，重者撤职降级。要是外来媒体胆敢说三道四，动用专政手段，四处追捕记者，也是常有的事。

当然，我们不排除个别媒体身上的确存在唯恐天下不乱、操弄民意的现象，但绝大多数媒体还是本着"铁肩担道义"的良好愿望，实事求是地报道新闻的。

对前者，完全可以通过法律渠道解决，没必要滥用公器；而对后者，则应旗帜鲜明地支持，绝不能公器私用。

这些都是老生常谈。只是最近读报，得知广东省东莞市的一些新举措，颇为欣然，就有了如上感叹。

报道说，最近，东莞市委市政府出台了文件《东莞市关于进一步加强新形势下媒介素养，提高舆论引导能力的意见》，要求东莞各级政府和公职人员，要在新媒体环境下处理事件，要把"解决问题放第一位，舆论引导放第二位"。

文件规定，东莞各级政府和公职人员要学会新闻执政，自觉运用媒体来提升政府形象和执政公信力；做好新闻发布，主动回应公众关切和质疑的问题，客观公布事件进展、政府举措、公众防范措施和调查处理结果。

处理突发事件的原则是按照"真相第一、技巧第二"、"查清多少公布多少"，通过传统媒体和网络，以滚动方式不断发布新信息，尽量减少公众和媒体因得不到真相或者真相滞后而作不实片面推测。

另外，还要充分借助新型的网络平台，开拓网络问政新渠道；加强与网民沟通，增强服务媒体的能力；着重关注弱势群体的表达渠道和利益诉求，收集听取网络上"沉没的声音"。

文件还提出，东莞各级政府和公职人员要做好新闻处置统筹保障工作，现实事件处置时把解决问题放第一位，舆论引导放第二位，既要避免出现掩耳盗铃式地回避问

> 不客气的是，你敢对一个地方所谓负面的东西披露过分，轻者通报批评，重者撤职降级。

题，又要摒弃"都是媒体惹的祸"的认识，更要避免"搞定就是稳定"、"摆平就是水平"的错误观念和推卸责任的错误做法。

我们实在有理由为东莞市委市政府的开明做法击节叫好。好就好在他们与时俱进，好在他们实事求是，好在他们头脑清醒，好在他们说了大家都明白但大家都不愿意挑明、更不愿意付诸实践的大实话。

当然，这样的大实话，或许可能只是做做样子，或许本届党委、政府头脑清醒，说到做到，而下届党委、政府又揣着明白装糊涂，开倒车，也是常有的事。

但无论如何，总算有一个地方的党委、政府站出来说了，且还不是一般的官样文章。

这相当不容易，是一个了不起的进步。

2011年12月8日

50/
读杨继绳的阶级分析

"认识"杨继绳先生，是《炎黄春秋》杂志牵的线。先是知道他是杂志社副社长、执行主编，后是读了他在杂志上发表的许多解密性的文章，这些文章多是对"文革"的反省、对改革的反思、对时局的反诘。

作为一名新华社高级记者、一名有良知的高级知识分子，杨继绳满腔的忧国忧民情怀全都倾注到他的著述中。新近，他的《中国当代社会阶层分析》一书，更是引起读者的广泛关注。

据说，这本书，曾有四个版本，其中一个还是盗版的，且有四个书名。在正式出版之前，四个版本在祖国大陆和港澳台地区均有流行。还据说，书的正式出版，是一波三折，吃了不少苦头。可见，书中内容也有一定的敏感性。

阶层分析，在中国经历了一个从式微到复归的过程。上世纪90年代，特别是90年代的中后期，伴随着国有、集体企业的改制，城乡差异和地区差异不断扩大，一些作家，如梁晓声，一些政治学者，如朱光潜，开始用社会分层的方法分析中国，在社会普通公众中产生广泛影响。作为资深新闻记者的杨继绳也不落伍，他独辟蹊径，独立调查，独到分析，因而也独具价值。

这充分说明，阶层问题是全社会十分关注的问题。

新近，他的《中国当代社会阶层分析》一书，更是引起读者的广泛关注。

应当说，这些书都各有千秋。梁晓声才华横溢，他的阶层分析一书，以讲故事为主轴，形象地描述了不同人群的状态，他的作家才华在书中发挥得淋漓尽致。而以朱光潜领首的20多位专家、学者参与著述的阶层分析一书，则通过集体的调查研究、课题分析反映上世纪末这个时间截面中国的阶层状态。

杨继绳则不同，他的优势是既有新闻记者的敏感性，又有新闻操守的真实性，但他也有自己的劣势，即形单影只，势单力薄，缺乏行政资源、财力资源的支撑。但他毫不气馁，不抛弃，不放弃，运用各种权威资料和各路专家的研究成果，透过大量的数据的理性分析，对改革前后两个不同历史时期，每一个社会群体的社会地位、生存状态发生了什么样的变化，阶层总体结构产生了哪些嬗变，保持社会稳定的机制出现哪些危机，社会分层标准和决定分层的因素出现什么"核反应"，而上述的种种变化又是怎么发生的等等，条分缕析，步步深入，让人受益匪浅。

作者认为，他的这本书，与其说是社会学著作，不如说是历史学著作。他的观点是：毛泽东1926年写的《中国社会各阶层分析》，是在革命战争年代，是为了分清"谁是我们的敌人，谁是我们的朋友"，是为了阶级斗争；而如今是和平建设年代，我们搞阶层分析，则是为了寻求阶层和谐，是为了缓和阶层冲突。

书中给我印象最深的部分，是对阶层冲突成因的分析。作者认为，当下，中国人不得不面对两个现实，一个是权力不受制衡的上层建筑，另一个是资本没有被驾驭的经济基础。在这种情况下，权力的贪婪和资本的贪婪，是一对罪恶的孪生兄弟，这对孪生兄弟的恶性结合，便是当今中国一切罪恶的渊薮。

由于这个罪恶的渊薮，中国当前出现两大矛盾——官民矛盾和劳资矛盾，这两对矛盾是针对权力和资本的。官民矛盾的主要方面是不受制衡的权力，从而出现"仇官"；劳资矛盾的主要方面是没有被驾驭的资本，从而出

> 在这种情况下，权力的贪婪和资本的贪婪，是一对罪恶的孪生兄弟，这对孪生兄弟的恶性结合，便是当今中国一切罪恶的渊薮。

现"仇富"。作者认为,当下数量日益增多、规模日益扩大的群体事件,正是这两对矛盾不断激化的表现。

"权力不受制衡,资本不被驾驭"的制度,是典型的"权力市场经济"制度。在这种制度下,就会产生社会不公问题。改革期间的社会不公正的主要表现是,对改革的代价承担和对改革的收益分享错位。改革使"蛋糕"做大了,各级掌权者及其亲戚朋友得到"蛋糕"的大部分,而工人、农民得到的最小。但在承担改革的代价和风险方面,后者又比前者重得多。因此,贫富差距不合理地拉大,社会上出现了强势群体和弱势群体。

社会公正是社会和谐的基础。两个群体的对立,说到底是社会已无公正可言,因而,要追求社会和谐,犹如缘木求鱼。

作者沿着两个现实、两大矛盾、两个群体的思路,得出的结论是,今天,我们经常说,我们的经济是什么什么经济。显然,肯定不是过往的计划经济,不是完全的市场经济,也不是我们常说的"社会主义市场经济",而是典型的"审批经济"。审批的权力掌握在掌握权力的官员手中,手中有审批权,就等于有了发财的筹码,得到批文也就得到财富。这与经济学家吴敬琏从国外引进的"寻租"的概念是一码事。

作者在这方面着墨甚多,认为近些年官员犯罪呈现的几个特点,就是"审批经济",也即"权力寻租"带来的恶果。这几个特点是:第一,官员犯罪人数逐年增加,职务级别越来越高。第二,群体腐败愈加突出。第三,腐败现象已由经济领域发展到人事领域、司法领域。第四,腐败已进入政策制定和改革过程之中。第五,大批贪官携款外逃。第六,"包二奶"现象相当普遍。

实话不好听,所以人不爱听,更不爱信。人最爱听的是忽悠,所以忽悠盛行。让人坐立不安的话,通常是实话;而让人通体舒畅、温水煮青蛙的话,则是忽悠。作为一名有良知的知识分子,坚守的是前者,鄙视的是后者。

社会公正是社会和谐的基础。

如果一种制度、一个政党，反其道而行之，打压前者，抬高后者，那么，离寿终正寝肯定不远。

杨继绳先生这本书得以正式出版，说明我们的体制还不至于走到迷失的边缘。但更关键的是，有了药方，就要果敢地服药，否则，药方也终成废纸一张。

2011年12月12日

51

别再造神

造神运动，就说不是中国首创，怕也是中国的一大特色。

媒体虽不是造神运动的始作俑者，怕也对造神运动起到推波助澜的作用。

回忆不都是幸福的。留下深刻印记的，往往是痛苦的。"文革"时期，造神运动登峰造极，留给千千万万国人的记忆，绝对是痛苦的。

现在，虽然没有了明目张胆、大张旗鼓的造神运动，但媒体字里行间、镜头内外，造神的影子，仍然挥之不去。

一般而言，国人对政界的造神运动印象深刻，对造出来的神顶礼膜拜；而对其他各界，如学界、商界诸神，你方唱罢我登场，似没几个能够留下刻骨铭心的印象。

尤其是当下，网络世界，鱼龙混杂，泥沙俱下，"神"出"鬼"没，一些自己标榜，或别人标榜的神，也往往各领风骚没几天，大多成过眼云烟尔耳。

然而，有人不甘寂寞，都想借网络这个平台，提升人气，炒作自己，以期达到造神之目的。

这也就罢了，网络空间自由，只要不与现行法律相抵牾，谁人也干涉不了的。

但是，如果觉得网络不过瘾，要占用公共资源，利用公共媒体，为自己，或为他人造神，就难免要触及大众的神经了。

最近的例子是，芙蓉姐姐居然上央视。

近日，网络红人芙蓉姐姐做客央视大型励志脱口秀节目《奋斗》。央视为了这档节目，算是煞费苦心：节目组精心设计了三个篇章——"芙蓉前身"、"芙蓉传奇"、"芙蓉未来"来讲述网络追梦人芙蓉姐姐八年的奋斗历程。

在节目中，央视给予芙蓉姐姐三种身份——励志女神、网络神话、企业总裁。

第一种身份，名副其实是造神。央视用这样的语言形容芙蓉姐姐——"如今，历经八年的抗战，她从最早的疯狂谩骂和嘲讽，摇身一变，成了正牌明星。她不再抓住曾经那一片谩骂来证明自己的存在感，而是再次把握住了时代的风向标，开始瘦身、拍电影、出单曲、开公司、做慈善，变得知性、高贵、典雅。完成了瞩目的蜕变，成为了现在的励志女神。"

我们反对"血统论"，英雄不论出身，但是，我们也反对"造神论"，用过度渲染、喧嚣的语言来抬高某个人。什么"时代的风向标"啦，什么"知性、高贵、典雅"啦，这样的语言，都给人造神的感觉。

其实，芙蓉姐姐很清楚，光靠网络，无论是网络成就了她的恶名，还是网络承载着她的荣誉，都无法完成她造神的梦幻。她的终极目标，就是走进央视这样的国家大台。

央视帮她圆了这个梦。央视说她创造了"网络神话"，其实，央视谦虚了，是央视帮她圆了"造神运动"之梦。

央视的"造神运动"，惹恼了大多数观众，观众是火眼金睛，一眼就看穿芙蓉姐姐的动机。

芙蓉姐姐动机何在？诚如她所言，"'芙蓉姐姐'不再指我个人，而是一个品牌"；"是一盏灯，为千千万万

> 在节目中，央视给予芙蓉姐姐三种身份——励志女神、网络神话、企业总裁。

草根指明方向而已"。

所以，现在的芙蓉姐姐已不是过往的"低俗、庸俗、恶俗"的代名词，而是"企业总裁"，是"灯"，要照亮他人了。

央视造神的结果，是赋予芙蓉姐姐"企业总裁"称号。但是，有网友很冷静、很客观地说："从一开始在论坛发各种奇怪的照片，到突然减肥变身，直至现在上了央视的访谈节目，芙蓉的成功绝对不是一个人的力量，她的走红应该是有一个专业的幕后团队在操控，而且，只是瘦身成功，应该还达不到'励志女神'的程度吧。"

就是"达不到"才要"造"，如果达到了，"造"，就多余了，费劲了。然而，造出来的神，终究经不起风吹雨打，一旦风吹草动，"神"是要坍塌的。

话又说回来，如果一个人要成功，只有靠恶炒自己，就不是芙蓉姐姐一个人的悲哀，而是全社会的悲哀。

在新闻界开展"走基层、转作风、改文风"活动中，央视"走"进芙蓉姐姐，是别样的风景，但却给观众留下苦涩的回味。

2011年12月15日

52/

"性罢工"的背后

我们的宪法明文规定，公民有集会、罢工的自由。当然，前提是必须经过申请。提出申请，没有获批，就等于非法，就要被取缔。

由是，在我们这，集会、游行、罢工之类的不常有；常有的，几乎都是非法的。

但国外，或说境外，此类事甚多，有如家常便饭，三天两头，要么这里游行，要么那里罢工。给人的感觉，那些地方很乱。

其实，并不完全是那么回事。就像我们过去看香港影片，好像香港是黑社会的天下，大街小巷，黑帮横行霸道，为非作歹，无恶不作。后来，我们才知道，香港社会的治安，比内地不知要好多少倍。

国外，或境外，有集会、罢工的自由，这集会、罢工的形式，也就五花八门，有时让我们这些看客眼花缭乱，但这些"乱象"，却往往也给我们启迪。

比如2011年10月，哥伦比亚共和国纳里尼奥省一个叫巴瓦科阿斯的小镇，就结束了一桩举国瞩目的罢工事件。

与其他罢工事件不同的是，这次发起罢工的全部是女性。她们的口号是"交叉双腿"——停止与丈夫或男友的性行为，直到政府答应修建一条长约57公里的公路，将拥有

> 与其他罢工事件不同的是，这次发起罢工的全部是女性。

3.5万人口,然而与世隔绝的小镇和省府所在地连接起来为止。

罢工从6月底开始,为期3个多月,以胜利告终。

这次"性罢工"的发言人是当地一位女法官。她说:"我亲眼看着一位怀了孩子的23岁母亲在路上死去——因为救护车在泥泞的路上被堵住,没法抵达首府的医院。"不仅如此,因为政府10多年来无视对修建公路的要求,许多患急症的人死在通往首府帕斯托的这条路上,同时镇上的物价也因此比首府高出10倍之多。法官说:"那时,我就知道我们必须得做点什么了。不过,我们要选择一种和平的抗议方式,和人们平常在哥伦比亚所做的要有所不同。"

一个仲夏夜,该法官参加一次当地女性的聚会,话题再次落到镇上这条多年来无法修完的公路,抱怨男人们总是畏畏缩缩,不愿出来当头,没有担当。聚会中有人提议举行"性罢工"。刚开始,响应者寥寥,尤其是男人们哑然失笑,乃至恼怒——对充满血性的非裔哥伦比亚男人来说,被妻子拒绝性要求无异于一种侮辱。

但到后来,随着运动获得全国乃至国际媒体的关注,男人也渐渐成为女人的支持者。在接受媒体采访时,镇长乔斯表示非常乐意提供关于这次罢工的证明,他说:"我太太睡到了隔壁的房间里。"

罢工坚持了100多天后,政府终于让步,许诺拨款2000万美元用于兴建公路。10月初,妇女工运领袖专门开车到丛林中,监督公路破土动工,然后才宣布罢工结束。

初战告捷,妇女工运领袖表示,将把修建医院以及供水系统作为下一个斗争目标——因为,直到今天,小镇居民仍在使用雨水作为日常用水,如果雨水不足,他们就不得不使用受过污染的河水。

这就是说,目前,新一轮"性罢工"又在酝酿之中,哥伦比亚政府又得小心翼翼了。

写下这些文字,免不了有好奇之心。因为,乍看《南

罢工从6月底开始,为期3个多月,以胜利告终。

方周末》有关这则新闻的标题时,以为是哪个地方的"性工作者"不满政府的"禁娼"而采取的搞笑行为。

看完新闻全部,才知道,看似搞笑的"性罢工"背后却有着严肃的主题。

哥伦比亚面临着急遽的城市化进程带来的种种问题:农村人口大量涌入城市,而交通、医疗、学校、住宅等基础设施的建设远未能满足需要。

同样的,在中国,城市化似已不可逆转。城市化,意味着生产和消费的更集中、更大规模、更社会化和更高的生产效率,意味着现代化。城市化程度越高,现代化程度就越高。

但是,城市化,或者说现代化建设,要多少淡水、多少土地、多少能源、多少食物、多少住房、多少交通设施才能支撑?

这些最基本的问题没有得以解决,伴随城市化的进程,就是矛盾日益激化的过程。

而这些,政府准备好了吗?百姓想好了吗?显然都没有。

因而,诉诸暴力的诉求,不断升级。

对此,哥伦比亚的妇女,以平和温婉的手段,发动看似针对自己的男人,骨子里却是针对政府的"性罢工",其力量当真不能等闲视之。

同样值得肯定的还有哥伦比亚政府。它不把"性罢工"当搞笑,不对罢工动粗,而是顺从民意,该是政府的事,决不推诿扯皮。

当然,如上所述,城市化问题层出不穷,靠头痛医头脚痛医脚的办法,还是解决不了深层次的矛盾。

> 当然,如上所述,城市化问题层出不穷,靠头痛医头脚痛医脚的办法,还是解决不了深层次的矛盾。

2011年12月22日

53 / 哀莫大于心死

我家楼下的电梯口，悬挂着一台户外电视，专司播放广告的。

我是做媒体的，每次经过，特别留意哪些厂家又推出哪些广告。其中，印象比较深的，就有我们福建的长富牛奶。这厂家的广告词说："在历次牛奶质量风波中，长富牛奶一尘不染。"

虽然这广告有点王婆卖瓜，有点幸灾乐祸，但我还是乐见有这样的厂家出来"扛大旗"。

医生说我有糖尿病，建议我少喝粥，多喝牛奶，可是，前几次的牛奶质量风波，已让我对中国牛奶彻底失去信心。长富牛奶广告一出，似一剂强心剂，让我重燃信心。我的邻居，门口挂了个长富牛奶箱子，挺精美的。看了广告，看了奶箱，我跟太太说，就是长富了。

太太最近忙于家里装修，顾不上我的要求。

不过，还得感谢太太。

因为，今天一大早——快过年了，时间表准确些：公元2011年12月26日——打开网络，我吓得差点没尿裤子：新闻说，蒙牛纯牛奶致癌物超标140％！

质检总局发布的检测报告称，蒙牛乳业此批次超标产品是由国家加工食品质量监督福州检验中心检出的。其祸首是，黄曲霉毒素M₁，而此物为已知的致癌物，具有很强的致癌性。

报告还称，另一款福建长富乳品有限公司生产的长富纯牛奶（精品奶），也被检出黄曲霉毒素M₁不合格，超标80%。

我冒着血糖升高的危险，喝了一碗粥，就了几根80多岁老父亲自腌制的萝卜干。这是我父亲不知从哪得来的秘方，说是喝白粥，配腌制的萝卜干，可以预防糖尿病。在此，将此秘方公开，也算积点德。不过，我父亲一再交代，萝卜干要自己腌制。为什么？干净！

从家里出来，下了电梯，长富的牛奶广告依然在"一尘不染"着，那个小女孩，依然笑得很灿烂。

我恨不得有条飞毛腿，把那个电视踢个稀巴烂，却又怕伤及那个天真无邪的小女孩，尽管她被借去拍广告，也是无辜的。

但想想厦门是个"三连冠"的文明城市，个人再有天大的委屈，也得忍耐吧？

到了办公室，想看看网络对蒙牛、长富牛奶含致癌物有何评价，却也平静得吓人。

再想想，也不奇怪，俗话说，哀莫大于心死。一次次的风波，一次次的折腾，一次次的处理，一次次的反复，从终点又回到起点，可怜的消费者从初始的愤怒，到后来的无奈、消沉、麻木，似一只被屠夫一刀扎下去，哀叫一声的权利都没有的羔羊。人为刀俎，我为鱼肉，说的就是这回事。

过了不久，网络跳出另一条新闻，说是美国佬担忧中国逆向工程复制隐形无人机。因为前不久，伊朗击落美国RQ-170隐形无人机，伊朗大秀其战果，惹得美国佬坐立不安。美国佬压根儿就没把伊朗放在眼里，他们担忧的是，中俄对隐形无人机"虎视眈眈"。

再联系不久前，有报道说，中国的第一艘航母第三次出海试航。此类事多着呢。更不用说神八天宫对接成

> 但想想厦门是个"三连冠"的文明城市，个人再有天大的委屈，也得忍耐吧？

功了。

凭中国当前的发展势头,就是不"抄袭"美国佬的"作品",创造出让美国佬不得不折服的"作品",也是指日可待的。

对此,我们没理由不高兴、不自豪、不欢欣鼓舞。但是,想到当下,一个小小的牛奶问题,几年了,几个回合了,都解决不好,都要让我们这些平头百姓忧心忡忡、战战兢兢,又实在高兴不起来、自豪不起来。

难道解决一个牛奶问题,比解决航母问题、神八天宫问题、隐形无人机问题更难?

实在不行,"剽窃"美国佬有关食品的标准,进而严格执行,总比"剽窃"隐形无人机来得容易吧。

关键是不为,而不是不能为。

不为的关键是不屑。认为那是小事,不值得小题大做。当然,这也与个别人长期享受"特供",不知老百姓正因为食品安全问题处于水深火热之中有关。

殊不知,老百姓恰恰是从这么一件件小事,来感受党风、政风、民风,进而感知我们的国家是否真正以人为本,是否真正将他们的柴米油盐放在心坎上的。

看过一个材料,说是近年来,富人们热衷移民至发达西方资本主义国家,一个最大的理由是,人家食品安全没问题。

看了这个理由,心里五味杂陈,一时竟不知说什么好。

2011年12月29日

> 看过一个材料,说是近年来,富人们热衷移民至发达西方资本主义国家,一个最大的理由是,人家食品安全没问题。

54/

公众质疑为哪般?

去年是换届年。各地的一大特点,是干部普遍年轻化了。此当属好事,"长江后浪推前浪",任何事业,培养接班人至关重要。

对此,应无任何异议。

有异议的是,这年轻化的背后,是否公平、公开、公正?

我们厦门同样有年轻化举措。比如,我们一个区的1978年生的年轻人,就走上副区长岗位。媒体做了报道,网络也做了跟帖,但公众心平气和,更多的是赞赏。

为什么?因为,那位年轻干部履历完整,其任用未违反相关干部任用提拔条例。

可有的地方,就有些问题。比如湖北,去年,一些县区干部的提拔任用,就闹得沸沸扬扬,广受网络关注、网民抨击;直至2011年最后时刻,还被网络曝出,一小学老师直接升任一个县级市副市长的新闻。

为什么?因为一些地方提拔的年轻干部,经不起推敲。

新近的例子是,出生于1985年的范洁,自2008年大学本科毕业后,就直接担任湖北省江陵县滩桥镇党政综合办公室副主任、团委书记,在不到四年的时间里,升迁四次,在今年年底换届中,升任江陵县委常委、统战

有异议的是,这年轻化的背后,是否公平、公开、公正?

部部长。

此消息一出,公众称其为"最牛女县委常委",戏称她坐上"升职机"。不少网友纷纷在网上发出质疑。

质疑的声音已不仅仅局限在范洁本人,而是对一种现象的忧虑:一是对一些地方官员的"官二代"得到非正常提拔现象的愤慨,二是对大多数寒门子弟上升空间越来越逼仄的感慨。

公众的质疑,不都是理性的,言词偏激者不在少数。

难道,偌大的网络空间容不下一个26岁的女官员?

其实非也。公众对这个话题探讨的意义,远超过"最牛女县委常委"事件本身。

因为,公众质疑的是:这种提拔后面,有无特权作祟的背景,这个"最牛女县委常委"是不是权力世袭褓褓里的宠儿?

要消除质疑并不复杂,只要有关部门晒一晒这个"最牛女县委常委"的家庭背景,展示一下她的工作业绩,即使她是个"官二代",那公众可能也无话可说;若她出生于平常人家,说不定还会成为许多人的励志偶像;或者,那就更没有质疑的理由了。

因为,有人提出范洁母亲的"身份"问题。

遗憾的是,我们的有关部门对公众的质疑则是不闻不问,一副事不关己高高挂起的模样。起码至目前,没有任何部门作出丝毫的解释。

> 公众的质疑,不都是理性的,言词偏激者不在少数。

究其原因,一是与有关部门长期的衙门做派有关系。他们从来就不把公众的意见放在眼里。一次出差,参加一个饭局,我就听一名相当职务的领导同志说:群众有意见?有意见怕什么?有意见说明我们做了不少工作嘛。此话不能说全错。比如,的确,有的领导,做了不少工作,且大多也是为了群众的。个别群众出于自身利益,出现"刁难"现象,也属正常。但是,我们的干部也要设身处地想想,如果能够牢固树立群众观点、站稳群众立场,怀着对群众的深厚感情做好各项工作,群众难道都不通情达理吗？

二是与有关部门长期屁股不干净，在用人、任人方面不公开、不透明，甚至任人唯亲有关。"官二代"得到非正常提拔，近些年各地都有，可就是不见哪个地方有过处理意见。

任何时候，坚持群众观点，绝不是一句空话；群众不是拿来当挡箭牌的，群众的眼睛是雪亮的；坚持阳光透明，也不能是一句空话；阳光是最好的防腐剂，及时发布干部任用情况，及时解答公众的质疑，不藏着掖着，坦坦荡荡，有利于我们更好地做群众工作，有利于年轻干部健康成长，何乐而不为？

2012年1月5日

55/
喜欢汪洋的一个理由

我喜欢汪洋——中央政治局委员、广东省委书记的汪洋，不是他的官大，他的官再大，与我也是八竿子打不着。

我喜欢他的一个理由——只能说一个，其他的不了解，谈不上喜欢不喜欢——就是他的有别于其他官员的讲话风格。

一些官员的讲话，让人厌恶的一个共同特征就是：大话、空话、套话、废话，很少讲自己的话，甚至很少讲人话。

而汪洋从不，他的讲话，无论是大会，或小会，都极少打官腔、讲大话。

记得有一次，他谈到新闻报道如何掌握分寸的问题时，他希望媒体——包括广东自己的媒体——要敢于监督广东省各项工作，同时，他也说，他的80岁老母亲，每次从老家给他打电话，总要叮嘱说："汪洋，你出门可要小心啊，别被坏人盯了。"为什么？因为有的媒体只讲广东的负面，而不讲广东的正面。他认为这样有失偏颇。

你瞧，他就是这样，把一个别人可能色厉内荏、横挑鼻子竖挑眼的问题，用他老母亲的话给说明白了。

元旦刚过，汪洋在省委全委会上，不是照本宣科，而是撇开稿子，针对去年以来，换届后一大批"新官"走马上任的情形,提出,要做人官,而不要做狗官。

在我的印象中,好像还没有哪位省委书记,提出过这个问题。尽管这个问题——人官,或狗官——客观上是存在的,且很突出。

汪洋提出了,我佩服他,喜欢他,拥戴他。

何谓人官?又何谓狗官?汪洋没专门解释。但他在讲话中点到的"官"念,已回答了这个问题。

在汪洋看来,一个心胸狭隘、阴险狡诈、利欲熏心、缺乏道德、不讲信用的人,是不能做好官的。

换言之,这样的官,就是狗官。再通俗一点的说法,所谓狗官,也就是那些吃人饭却不讲人话,不做人事的畜生。

汪洋说,这种人也会做一些事,但不是人事,因其出发点和落脚点都是为了自己做官。做事是给人看的,而且主要是给决定自己升迁的领导看的。这种人前倨后恭,对领导、对群众判若两人,他们一旦达不到做官的目的,便牢骚满腹,怨天尤人,消极怠工,没了方向和做事积极性;一旦做了更大的官,就趾高气扬、不可一世,把为群众办事当做对群众的恩赐,更有甚者,利用职权干起了权钱交易、权色交易、以权谋私的勾当。

汪洋的这些个性语言,已把狗官的丑陋嘴脸刻画得活灵活现,入木三分。

同样的,汪洋心目中也有人官的标准。

在他看来,把做"官"看作做更多事的条件,做更大事的天地,就会增强责任感、使命感和义务感,就能用好党和人民给予的权力,扎扎实实、善始善终地做事;就能在道德上有更高的境界,大公无私、乐于奉献;在工作上有更高追求,勇挑重担、勤政爱民;在能力上有更高要求,统揽全局、务实创新;在行为上有更严的约束,廉洁自律、两袖清风,力求成为广大干部群众的标杆和表率。

人民群众对狗官深恶痛绝,对人官衷心拥戴。我们共产党的用人标准,肯定也是要选拔人官,而杜绝狗官的。

> 汪洋的这些个性语言,已把狗官的丑陋嘴脸刻画得活灵活现,入木三分。

但是，为什么现实中，还是不断地冒出这样那样的狗官？

在全委会上，汪洋没有进一步解读。

狗官的产生，自有其特殊的土壤。

在古代，狗官们最怕造反的民众，也怕上级官吏；而在当下，狗官们怕人民吗？很多时候，他们是不怕的，因为，人民很难决定他们的运命。那么，他们就怕上级官员吗？说怕，也不怕。怕，是上级官员往往决定着仕途；不怕，是他们的狗性，往往是由其更高一级官员教化而成的。

所以，这个特殊土壤，就是干部任用制度存在的缺陷。

对此，汪洋应该是明白的，要不，他就不会说，狗官做事是给人看的，而且主要是给决定自己升迁的领导看的这样的大实话。

但是，明白是一回事，要铲除滋生狗官的特殊土壤又是另一回事。但愿汪洋——希望更多的汪洋——在这方面也有所建树，如是，则人民幸甚，国家幸甚。

2012年1月12日

56/
看吴思如何盖"房子"

你可能不一定知道吴思是何人，但你大概知道一本过去热门、现在依然热销的书。这本书叫《潜规则》，书的作者，就是吴思。

吴思新近的著作叫《我想重新解释历史》，乍看书名，以为是什么鸿篇巨制；读了，才知道其实是他的一些访谈录集萃。

不过，在这个集子里，吴思仍然沿袭他原有的风格，通过新概念的诠释或论证透视社会现实。

吴思将他的新概念看作理论创造，又将理论创造比作盖房子。他说："创造理论好比盖房子。我的创造过程不是成竹在胸，拔地而起；而是先有两三砖瓦，慢慢积累构件，因材顺势，一边盖一边改，至今还在施工。当代的中国文化建设也应该是如此，添砖加瓦，共襄大事。"

这个比喻很生动。我们来看看他是如何诠释"潜规则"的。

1982年，吴思大学毕业后，被分配到《农民日报》当记者。有一次，他到报社群工部看来信。有来信说，开封农民买不到"挂钩肥"。当时还是计划经济年代，所谓挂钩肥，是指农民平价向国家交售棉花、化肥、小麦等农产品后，国家就得将化肥平价卖给农民。而结果却是，农民

> 吴思将他的新概念看作理论创造，又将理论创造比作盖房子。

老老实实将农产品低价卖给国家，但却买不到计划内的平价化肥，只能到市场买高价的。

吴思与同事就此事进行调查，自上而下、一层一层地调查下去。结果发现，农资的分配另有一套规则，不像文件里说的那样。于是，报纸做了系列报道，报道中用了一个词，叫"内部章程"。这就是后来"潜规则"的前身。

报道见报后，中纪委、商业部等组织了联合调查组调查此事。吴思以为，自己立了大功，为农民兄弟说了话，办了事，把一个不正之风、腐败现象给遏制了。但后来，又下去一看，一切照旧，啥也没改变。就那么一两个人运气不好，撞到枪口上，被撤职了，新上任的，继续那么干。

吴思说，这件事对他刺激很大。首先，他知道中国体制，冠冕堂皇一套，骨子里又是另一套。不注意这点，就别想认识中国。另一方面，想解决"另一套"，光凭道德、热情，非但于事无补，反而容易适得其反。

采访结束，他隐约触到那个处处可见却又摸不着形状的东西。当时，他称之为"内部章程"，"那是我第一次努力把这个东西表达出来。我们清楚地看到它在，知道它如何运行，它的支配范围是什么，但是就是表达不好。'内部章程'这个词不够，我发现这是一个规则，各种词组合来组合去，最后就成了'潜规则'"。

在描述了造就"潜规则"的力量后，他继续追究隐藏在各种规则深处的规则。黑煤矿引发的一系列矿难事故，因事故而起的赔偿纠纷，不时见诸媒体。吴思很好奇，他希望能从更独特、更冷静的角度给予解释。于是，他开始计算煤炭工人的命价问题。"关于美国煤炭工人的命价，中国煤炭工人的命价，还有血和汁的兑换率。就是血酬的计算。"把"血酬定律"推广开去，吴思提出"血酬史观"。

"潜规则"的"房子"盖起来了，引起广泛关注；"血酬定律"的"房子"盖起来了，市场的反应不如"潜

> 在描述了造就"潜规则"的力量后，他继续追究隐藏在各种规则深处的规则。

规则"。但吴思不气馁，他又忙着盖"官家主义"的"房子"了。

何谓"官家主义"？吴思说，中华人民共和国建政之初，刘少奇就说到一种现象："有人把自己负责的地区和部门，看作个人的资本和独立王国。"50多年过去了，这些"个人的资本"和"独立王国"的官爵已经在一些地方进入"市场"流通了。为了诠释"官家主义"，吴思从2005年黑龙江省绥化市马德"卖官"案切入，联系到清王朝的纳捐制度，进而说明，在"官家主义"的机制里，人们只能指望官员凭借自身超强的道德对抗利害趋势。而这种对抗效果如何？马德出事后，就连自己也认为，效果不佳。马德甚至建议纪检官员下去进行破坏性试验，看看他们能否顶住买官和送礼潮流？

当然，也建议吴思在修改"官家主义"这个"房子"时，能够深究下近些年来"官二代"得到频频提拔后面，有无特权作祟的背景，是不是权力世袭襁褓里的宠儿？

吴思说，这样的"房子"，他盖了七八个。

这几个新"房子"，就是几个新概念。

在吴思看来，他的每一个新概念，都是对大家熟悉的某个对象、事物、现象的描述。

为什么要造新概念？因为过去的概念不准确。

于是，他想通过自己的不懈努力，拿出一个解释给大家看，如果有启发就可能走得比较远，没有启发就会被淘汰。

但概念只是原材料，诠释，或者说论述，才是盖"房子"。

吴思一再强调盖"房子"，"地基"很重要。

在他看来，这里的"地基"，就是"读史"。他认为，"读史好比下棋"，但"下棋"必须有"棋谱"，脑子里没有"棋谱"，"史"是读不下去的。他说他大学毕业不久后看历史，读《资治通鉴》，那个时候最大的困惑是看不懂，一堆概念，一堆时间，一堆地点，看不出道道来，就是外行看热闹看的一些故事。

看不懂，是因为脑子里没有棋谱，不知道棋怎么走。于是，他就下大力气研究"棋谱"，摸索"棋谱"；等到看得懂了，就觉得越来越精彩，而且很多的步骤，很多的规则，是前人没有描述过的，但是它又不断地在你眼前出现，于是创造概念的冲动就出现了，就给补一个概念，这个叫马后炮，或者叫将军抽车。

吴思盖"房子"的过程，就是这样一个过程。

吴思说，从"潜规则"到"血酬定律"到"官家主义"，他试图建起一栋更大、更漂亮、更结实，也更适宜人居的观念大厦。

当然，也有人说，面对"观念大厦"，吴思也只能空叹息而已，因为，一个无权之人，纵有如炬目光，徒为聊资罢了，之外又有何益？

吴思承认，做这事远在他的能力范畴之外。但话说回来，他做学问，从一开始就不是为了完成什么任务，而是出于一种自我的需要，更确切地说，是为了寻找一个答案。

我想，有个答案，总比没有来得强，即便答案还不完备。

2012年1月12日

> 吴思说，从"潜规则"到"血酬定律"到"官家主义"，他试图建起一栋更大、更漂亮、更结实，也更适宜人居的观念大厦。

57／
官员伤身，百姓伤心

春节前，在福州参加省政协会议。

在参加界别讨论时，省直党工委常务副书记朱清谈起不久前，他带队到闽西检查工作，提出了"五不"要求，即不喝酒、不坐小车、不上水果、不贴标语、不吃大餐。他说，一周下来，大家觉得无比轻松；他还说，孙春兰书记得知后，专门表扬了他们的做法，认为省直部门就应在转变作风上为基层做榜样。

大家说，"五不"中，能做到不喝酒，实属不易。大家举例说，1月10日，《人民日报》发表文章《"酒文化"酿出了什么》，对当前官场的所谓"酒文化"提出严厉批判。

巧的是，正当大家对官场"酒文化"群起而攻之时，接到会务组的一个内部通知，通知说，此次参加会议的一名政协委员，报到当天晚上，外出应酬喝酒，酒精中毒，送医院抢救，尚未出院。怕是无法"参政议政"了。希望各位委员自觉遵守大会纪律，不外出、不应酬、不喝酒。

可见，《人民日报》的文章相当有针对性。

现实中，热衷"酒文化"的官员，不在少数。他们用纳税人的钱胡吃海喝已成常态，肝病也成了他们的第一职业病。据《武汉晚报》不久前报道：武汉大学中南医院体

> 现实中，热衷"酒文化"的官员，不在少数。

检中心日前发布的湖北省公务员健康体检统计报告显示，九成公务员身体存在不同程度异常。其中，发病率最高的是肝脏系统疾病，约34%的公务员患有脂肪肝、肝囊肿、肝内胆管结石等肝病。《人民日报》在批判官场"酒文化"时也做了一个链接报道。报道说，某地有位副乡长，由于饮酒过度，时常感到身体不舒服。2011年国庆节后去医院检查得知，肠胃出了问题，需要手术治疗。这位副乡长悔恨交加地说："没想到副乡长就是个酒囊饭袋，陪吃陪喝比工作还累。政府部门官大一级压死人，为了保证主要领导不喝醉，酒桌上要硬着头皮抢着喝，替了书记替乡长，酒一个劲儿地往肚子里灌。实在受不了。"

官员吃喝伤身，百姓伤心。如今，官场喝酒竟成"重要工作"。喝酒还有很多"理由"，且看民谣，"能喝八两喝一斤，这样的同志党放心；能喝一斤喝八两，这样的同志可培养；能喝白酒喝啤酒，这样的同志要调走；能喝啤酒喝饮料，这样的同志不能要"；"公家出钱我出胃，吃喝为了本单位"；"领导干部不喝酒，一个朋友也没有；中层干部不喝酒，一点信息也没有；基层干部不喝酒，一点希望也没有；纪检干部不喝酒，一点线索也没有"。

如果这些民谣是一些地方官场的真实写照的话，那么，就像《人民日报》指出的那样，这种官场恶习的"潜规则"带有严重的愚昧之态、诟谀之风。

春节将至，各个单位、部门各种"考核"多如牛毛，各种"验收"泛滥成灾，各种"饭局"接二连三。这就使得一些官员端起酒杯，忘记口碑。

官员的一言一行，百姓都看在眼里，记在心上。如果一个干部，对吃吃喝喝劲头十足，而对百姓期盼的事不闻不问，必然有损自己的形象，影响自己在群众中的口碑，最终损害的是党和政府的威信。

禁止公款吃喝，老调重弹，空喊多年，不但没有被刹住，反而还有愈演愈烈之势。其主要原因：一是监督

> 官员的一言一行，百姓都看在眼里，记在心上。

严重缺位。公款吃喝，很多时候，上级也是剧中人。如是，他们又怎么去监督下级？而老百姓又与监督权根本不沾边。二是吃喝不犯法，也不存在被问责的问题。官场的一种普遍心理是，只要没有贪污受贿，吃吃喝喝不涉及违纪违法。事实也是如此，有网友就说，前不久中纪委提出的"八个严禁"，就没有提到大吃大喝问题。三是各级财政，每年的预算中，就有招待费一项，很多地方，招待费不足，还可以追加，或通过其他变通形式，将其他款项变为招待费。可见，就连经费都明确了，还有什么不可？

根除官场"酒文化"之危害，重在割断"酒文化"与官场利益之间的联系，严格规范公务接待，让掺杂种种私利的吃喝应酬远离官场，否则，光靠党报"义愤填膺"，仍然于事无补。

2012年1月19日

58 "教化"谁?

"百姓是教好的,不是养好的,就像溺爱的孩子不可能是孝子,溺爱的百姓也可能比较刁民。"

如果这句话出自某个官员之口,一般人不会感到吃惊。因为,类似的雷人雷语,俯拾皆是,也不差这一句。

颇为意外的是,此话却出自一个普通的人大代表之口。

要感谢网络,让我们知道她。

她叫方明,是佛山市南海区石门中学语文教师,也是佛山市人大代表。

她在1月10日佛山市人大会议期间,参加分组讨论时说了这番话。

她的此番言论在微博上引起争议,有网友说:"此人不适合做教师,否则误人子弟;更不配当人大代表,说话的腔调无一丝民主意识。"更有网友呼吁"刁民"们罢免她的代表资格。

据说第二天,方明在分组讨论中澄清自己的言论:"孔子当年教化百姓有错吗?难道传播一种思想,让百姓勤勉、向善是坏事吗?"她说:"教化,把好的东西给他,叫'教';把他身上坏的东西去掉,叫'化'。"而她所说的"溺爱",是指"如果市民提出的不合理要求被政府满足了,这才叫溺爱,如果不合理的要求被满足了,

> 据说第二天,方明在分组讨论中澄清自己的言论:"孔子当年教化百姓有错吗?难道传播一种思想,让百姓勤勉、向善是坏事吗?"

那会有更多人提出更多不合理的要求"。

方明不愧是位语文老师。首先，作为语文老师，她引经据典，对《论语》中的一段话，进行阐释。

行文需要，我也不妨掉掉书袋。孔子周游列国，他的学生冉有给他驾车。

到了卫国，孔子说："好多的人啊！"冉有问："人口已够多了，该怎么做更好呢？"孔子说："让他们富裕起来。"冉有又问："富裕了以后，又该做什么呢？"孔子说："教育他们，富而知礼。"

可见，孔子的确提出要教化老百姓。

但是，这里有个前提：要让百姓富裕起来。

作为一名语文老师的方明，她当然明白孔子"教化论"的由来，不过，她更谙偷换概念的技巧。

她的偷换概念有二：一是把孔子的"富之，教之"的顺序给弄颠倒了；二是把"教之"的范围局限在一般百姓。

也许方明觉得，如今百姓已富得冒油了。

对此，必须两面观。改革开放30多年来，由于经济的快速发展，物质财富得到了较大丰富，人民生活水平的确得到了较大提高。但是，我们也应清醒地认识到，生活水平有没有提高，不能完全看量的增加，还必须看质的变化。而恰恰在质的变化上，还存在不少问题。

首先，工资增长缓慢，工资增长速度低于经济增长速度，居民收入占国民收入分配中的比重不断下降。这无论如何没法证明人民生活水平到底有多大提高。

其次，生活水平有没有提高，还得看购买力如何。如果有丰富的物质财富，又有较强的购买力，才真正称得上生活水平提高。而事实是，就一般群众而言，其购买力与物质财富的增加极不相适应，购买力增强速度要远低于物质财富的增长速度。

再次，贫富差距拉大。一个公认的事实是，目前，少数人对社会财富的占有，像滚雪球一样，越滚越大，20%的人占有社会财富的80%。而大多数普通劳动者，却像背盐过

可见，孔子的确提出要教化老百姓。

水一样，越背越少。80%的普通劳动者，只占有社会财富的20%。这80%的普通劳动者，特别是在中小企业，在生产第一线的工人、农民，包括一些小个体户，他们的收入更低，工资增长更慢，更没有足够的购买力。

还有，群众的后顾之忧增多，对生活的预期较差。读书难、看病难、买房难这新的三座大山，已经成为广大群众意见最大、反响最强烈的问题。

可见，政府对大多数普通民众，不是"溺爱"过头了，而是尚有不足。对此，作为一名人民教师，尤其是一名人大代表，怎能睁大眼睛说瞎话？

我们不排除个别群众对政府提出的要求，有不合理的成分，但是，从各地反映出来的情况看，绝大多数群众的诉求是合理的，采取的一些过激行为也是无奈的。要不，广东省委在处理乌坎事件时，就不可能站在村民一边。难道你方明就比广东省委高明？有远见？

再说，提到"教化"的问题，从某种意义上说，"教化"官员，远比"教化"百姓重要。

孔子是不会这么说的。孔子的"三纲五常"是从维护封建统治出发的。

常言道，上梁不正下梁歪。当下很多社会问题，并非是百姓"教化"不够引起的，恰恰是官员"教化"缺位、失效引发的。

> 当下很多社会问题，并非是百姓"教化"不够引起的，恰恰是官员"教化"缺位、失效引发的。

人民政府为人民。替政府说话，或替百姓说话，本是高度一致的。但在个别官员眼里，替政府说话和替百姓说话却是对立的。

人大代表如果缺乏民本意识、民主意识，只懂得拍个别没有"教化"的官员的马屁，实在有辱代表身份，实在有必要补上"教化"课。

2012年2月2日

59／
源头，还是源头

说来惭愧，当了一届市人大代表，真正以自己名义提的建议，仅一个，时间为2010年；其余的，都是附议。

不过，我提的关于城市饮用水源安全问题的建议，市人大常委会城建委倒是高度重视，先后召开不下六次会议，责成政府有关部门落实。且因当年办理不甚理想，城建委不予通过，直至延后几个月，才算办结。

写下这段话，并非表明自己的建议有多重要，或有什么与众不同；恰恰相反，我提的建议，其实是老生常谈。

记得2009年夏天，我到漳州南靖县采访，住在县城宾馆里，想买矿泉水泡茶。宾馆服务员颇为得意、自豪地告诉我："我们宾馆里的水，都是从山上接下来的山泉水，比矿泉水好啊。"试饮，果然不一般。服务员言犹未尽，又补充说："我们县城居民，都是饮用山泉水呢。"

但我也纳闷，南靖县属九龙江流域，水资源十分丰富，何必多此一举，花九牛二虎之力从山上接驳自来水呢？

县里领导是不会告诉实情的，他们的解释是，山里人，习惯用山泉水。而实情是，九龙江的水质，已被严重污染，污染源之一，就是包括南靖县在内的不少养猪户，沿江建起大大小小养猪场，养猪场的污水直接排入九龙江。南靖县领导目睹身边的江流成污水，他们敢喝吗？

他们不敢喝，但是我们下游的居民，没有选择，不喝，喝什么？

据悉，福建省、厦门市每年财政都要各切出一笔钱，补贴九龙江流域所谓的养殖户损失。

可是，九龙江流域的养殖户并不因拿到补贴就放弃生猪养殖，随着肉价渐涨，生猪的营生更是如火如荼。

对此，上游沿江当地官员，大多睁一只眼闭一只眼。

如此，九龙江流域的治理，便成恶性循环：治了污，污了治。

今年我照样作为一名省政协委员、市人大代表参加一年一度的省市"两会"，一些人大代表、政协委员照样提出治理九龙江的建议、提案。

而我，已失去信心，不再就这个问题发表任何看法。因为，这些建议、提案，与前些年相比，了无新意。

如是，再写这篇文章，也就有点多余；只是近来两件事，又按捺不住，再唠叨几句。

两件事，一喜一忧。

先说喜的。去年，国家副主席习近平专门就我省长汀水土流失治理经验作出重要批示。福建省委高度重视，召开常委会认真传达贯彻落实，省委书记孙春兰还带队深入长汀调研。

说是喜，因为我们有理由相信，福建省一定会举一反三，抓住长汀水土整治契机，进而对福建江河治理起到推进作用。

我们厦门也不能"坐以待毙"，长泰枋洋水库，作为厦门第二水源，工程已列入今年开工重点项目。

当然，我在人大会上讨论时也说，建设要与保护并重，如果建设伊始，不注重保护，等到污染了，才着急，虽然也可"亡羊补牢"，但毕竟晚矣。

再说忧的。1月15日广西龙江发现重金属镉超标，位于事发地的河池市和下游的柳州市，立即启动应急预案，组织人力物力全力处置。面对新闻媒体，两个城市，却是

因为，这些建议、提案，与前些年相比，了无新意。

两种不同的态度。河池市向媒体提供新闻通稿，没有提及该事件的事发原因、污染源、环保数据等关键信息。而处于污染河段下游的柳州市，在污染发生后，一直利用当地报纸和电视公布事件进展及水质情况。由于担心饮用水源被污染，柳州市官方利用网络论坛、官方微博、手机短信等多种渠道发布权威信息，每两小时向市民公布柳江水质检测数据，同时邀请媒体参观当地自来水厂、应急物资储备等地。由于信息得到详尽公开，大量的信息经媒体传播后，柳州市民的恐慌情绪得到平定。

有新闻说，河池、柳州两地官方对信息公开的态度直接考验着政府的公信力。在互联网时代，政府及时、公开、坦诚地使权威信息第一时间抵达公众，有助于赢得对事件处置的主动权，有望树立正面的信誉和形象。

但新闻报道忽略了一个关键问题，即上游与下游两个城市态度为什么截然相反？假设，处于上游的是柳州市，它会及时、公开、坦诚公布权威信息吗？

我提出这个问题，因为我们厦门处于下游。一旦，上游的九龙江被污染了，厦门市的信息再怎么及时、公开、坦诚，上游无动于衷，或依然故我，甚至隐瞒信息，我们也很难有所作为。

因为，源头，还是源头。源头出了问题，下头再怎么使劲，都是白费。治水如此，其他亦然。

2012年2月9日

60 /
圈子·段子·日子

孤陋寡闻如我,十三叔是谁?还真的不知道。查了百度,跳出一大堆,有古人,有今人;有武人,也有文人。

而我要查的是《圈子·段子——京城富人那些事儿》一书的作者,其余的,不关心。不过,查了也白查。该书作者,用的是笔名。虽然他也开了博,但真人不露相。但,鸡蛋好吃,有必要问哪只母鸡下的吗?

当然,没必要。

那么,该书好在何处?窃以为,好就好在,通过搜集隐秘、变态、足以撬动京城的段子,进而揭秘、剖析江湖大佬、行业领袖、隐形富人的圈子,启发人们在多样、多元、多变的社会形态中如何过好日子。

说说圈子。

十三叔写的圈子,好几个,无法一一道来。这里略举三个。

先说商圈。十三叔卖了个关子,要读者"智力抢答"两个问题:(1)柳传志、任志强、王文京、陈东升、王中军……他们有什么共同特点?(2)北京大富大贵、名望在外的富人,什么李彦宏、潘石屹、冯仑……除去几个搞特殊的"边缘人",如黄光裕、黄俊钦兄弟,他们十有八九跳不出哪两个圈子?

> 窃以为,好就好在,通过搜集隐秘、变态、足以撬动京城的段子,进而揭秘、剖析江湖大佬、行业领袖、隐形富人的圈子,启发人们在多样、多元、多变的社会形态中如何过好日子。

十三叔列的这些圈子里的人，有的我们耳熟能详，有的我们相对陌生，但京城里的人，可就不陌生。

十三叔的资料颇为齐全。他把以上富人称为"92派"，因为他们大多是1992年下海经商的：王文京原是国务院机关事务管理局财务司的，陈东升原是国务院发展研究中心的，王中军原是国家物资总局的，任志强原是国企华远经济建设开发总公司的，柳传志则来自中科院。

十三叔的结论是：这些人凭借得天独厚的身份位置，先知先觉的预判，从体制内跳到体制外，发家致富。他们的财富路即便坎坷，也理所应当要比常人好走许多。

一个体制外的人，要做他们创业初期做的事，是异想天开。背靠大树好乘凉，无根无蒂、无依无靠的是棵草。所以，同是"92派"的黄光裕等，不属于这个圈子，属"草根派"，是体制外的。所以，他们必栽无疑。

十三叔写了两句振聋发聩的名言，"无靠山或靠山不牢的人，你们想混在京城，你们伤不起"；"体制与身份、商业与权力，自始至终是北京财富圈的与众不同和京城财富史中最大的秘密。所有的东西在先天的默契下固化、定型、定性，大小财富圈就这般在潜移默化中匍匐前行"。

至此，我们才回答了一个问题。第二个问题的答案是，李彦宏、潘石屹、冯仑等，他们十有八九跳不出两个圈子，一个是房地产，一个是互联网。

而决定房地产、互联网成败的，还是在于体制。

因为，十三叔说："北京几乎每一块被开发的土地背后，都有一段值得说，却不敢说的故事。"

再说文人圈。十三叔说他很久以前曾在某国家机关当小弟，曾亲手整理过海岩、刘震云等报给中国作协的个人材料。海岩是个不折不扣的体制人，身份挂靠公安部；刘震云的"组织关系"则归农业部。除此之外，这文人圈，还有不少是"大院子弟"，父辈都是响当当的干部。如北岛、顾城、田壮壮、李少红、陈凯歌。他们的优势，在于

背靠大树好乘凉，无根无蒂、无依无靠的是棵草。

他们看过别人没看过的文艺作品，当他们写作和拍电影时，就显得与众不同。

难怪，文人们死活要抱住体制不放，抱住身份不放。

也有人不，如王朔。但他虽然也写了不少作品，也写了不少剧本，最终，还得投靠到"大院子弟"圈子里去。用王朔的话来讲："确实挺不公平的，你个傻帽，他们就不是。"

还有一个圈，不太好归类，姑且叫"忽悠圈"。

京城称他们"装货"。这种人不是骗子，但言必称某某大人物是自己的好朋友，让人听着有点别扭。叫他们"装货"，指他们是超级能装逼的二货。

装货，重点在一个"装"字，而且装起来就要忘乎所以，入戏很深。说出来的话连自己都能被感染。话说多了，假的变成真的，虚的变成实的，让人不信也得信。

> 还有一个圈，不太好归类，姑且叫"忽悠圈"。

但在十三叔看来，也不一定是装得好，有时候，外地来的官员、老板先入为主地认为，在北京，遍地都是神奇的官员。

十三叔还认为，装货有的已达到"骨灰级"了。这类人的演技并不是一颦一笑，而是一种看不见的气场。他们的头衔一般是真的，也确实能办大事，而且洞悉外地老板希望巴结大人物的心理。他们的演技一流，超凡脱俗，有时也胆战心惊，令人不禁捏把汗。他举例说，有次，某首长在人民大会堂接见官员，有位"骨灰级"位列其中。少顷，首长来了，和官员们一一握手。别人毕恭毕敬，而"骨灰级"则双手放在背后，冷冷地看了首长一眼，转身离去。

首长愣住了，半天才回过神来："对不起，最近很多事情，刚才有些心不在焉，请见谅，也请将我的歉意转告刚才离开的那位同志。"

当时在场的人，都认为"骨灰级"背景深不可测，要不怎么敢对首长摆谱？从此，"骨灰级"到各地去，那派头不亚于首长级别。

想想，此类事，常人能想得到、做得来吗？难怪我们这些外地的、圈外的，常常感叹不已："京城的水深不可测啊。"所以，接到"010"开头的电话，大家一个同感是：避之唯恐不及！惹不起还躲不起吗？

说完圈子说段子。

人人都爱八卦，这是富人圈和穷人圈的共同之处。不同的是，穷人圈喜欢段子，是为了消遣，自娱自乐，打发日子；富人圈喜欢段子，除了消遣，还有一个重要功能，即通过段子，联系圈子，联系圈子，为了银子，有了银子，就可过好日子。

用十三叔的话，叫："圈子聚起一拨拨同道人，讲'老少皆宜'的段子；段子又串起一个个'人以群分'的圈子。时间如水流，金钱却不似粪土。人活自其中，这就叫日子。"

最后，用十三叔讲的一个段子结尾："十三叔以前有位同学，家中财富数不胜数，但上学期间不露富。大家一直以为他就是一普通人家，甚至有点寒酸。终年就那几件数得过的衣服，连个女朋友都找不到。但毕业那天，喝多了，他默默地把三十号人聚餐的费用结了，然后跟关系最好的十三叔说，其实他父亲是京城巨富，小时候他被绑架过，所以平时刻意低调。听罢，十三叔不禁替他心生感慨——当个有钱人，容易吗我？"

是啊，我们闽南人说的一句话也很到位："有人万金，没人清心。"

所以，我们草民百姓，传传段子，取个乐子，过好自己的小日子，何必羡慕这个圈子那个圈子？

2012年2月12日

> 是啊，我们闽南人说的一句话也很到位："有人万金，没人清心。"

61 / 热官与冷官

所谓热官、冷官，指的是在热门岗位和冷门岗位任职的官员。

这两个词，是民间的说法，词典上是查不到的，组织部门的文件也是看不到的。

当然，民间判断热或冷，自有一套标准。比如，所谓热官，大概有这么三热：其一，热门，手中有权，为官者门庭若市。其二，热点，显赫耀眼，引人瞩目。其三，热捧，有利可图，阿谀奉承者相伴左右。大凡如税务啊、金融啊、石油啊等部门，因为资源多，人脉广，权力大，不热都不行。

所谓冷官，则恰恰相反：有位无权，门可罗雀，甚至受人冷眼，代人受过。比如环卫处、节水办、老干局、修志办，皆属"冷板凳"。我有个朋友，原本在一个热门部门任职，后来不知什么原因，突然被调整到市党史办。结果，他老大不高兴，逢人便自我调侃。人家问他在哪供职，他总要提高调门："等死办！"别人听不明白，他还有意解释一通："党史办都是为死人修志，等到人家死了，才有活干。干到退休，等死。这，不是等死办，是什么？"

由此可见，热与冷，在一般人眼中，有着天壤之别。

殊不知，热与冷，只是相对，并非绝对。这就要看官员个人从什么角度去解读了。

略举一例。你说，城市执法管理局职位，是热，或冷？一般人都认为热。为什么？城市建设日新月异，城市管理日益规范，这些，离得开他们吗？实在离不开。

离不开，就有人要找上门，找上门，往往就有好处。当然，小摊小贩是不会向他们行贿的，但当下屡禁不止的违章建筑，就有很多猫腻。每逢拆迁什么的，违建者都要绞尽脑汁，托关系走后门，力求或不被拆，或多获赔偿。这样，执法部门的门槛，经常要被挤破头。送条烟，送瓶酒，小事一桩，不值一提，送钱行贿，已成不争事实。

但是，偏偏这个职位，在基层，如县区一级，就没人愿意干，有的躲瘟神似的，避之唯恐不及。我的一个远亲，组织上认为他比较正派，能力比较强，政府换届时，拟把他放到执法局局长位置上。稍有传闻，他紧张得寝食难安，差点要患抑郁症。他恳求组织，说宁可到冷门岗位，也不愿到这个热门岗位。

用他的话说，现在说情风盛行，往往一件事情还没办，一个晚上接到说情电话就有十几个，有的来头不小，按原则办不是，不按原则办也不是；再有，有的说情者，往家里送钱送物什么的，收了不对，不收，上缴了，也不对。因为，上缴了，自己就很难在一个地方立足。长此以往，哪天掉进陷阱，自己还浑然不知。他举了一个例子，说他们那儿，有个官员，本来各方面都很优秀，组织上也有意要培养他，结果，把他放在一个热门岗位上。这位官员，刚开始也很严谨，但后来，行贿者无孔不入，让他防不胜防，结果，自己不知不觉犯了罪。他说，与其如此，还不如到一个冷门岗位以求平安。

可见，有的热门职位，虽然炙手可热，可以呼风唤雨，可以庇荫亲朋，可以光宗耀祖，但责任大，风险高，不见得就有多少幸福感。

说热和冷，是相对的，还有层意思，即热官要冷做，冷官要热做。

热官冷做，冷者，并非尸位素餐，得过且过，而是要心静如水，把官不当官，把官当事做。这个中的含义，全靠各自的感悟和定力。位高权重时，要时刻保持清醒的头脑，面对那些奸诈者，要横眉冷对；面对那些奉承者，要从容冷静；面对欲望冲动，要多浇冷水。立身唯清，清则无欲，坚持这样的清，这样的冷，就会在热位上平安无事。

不过，肥缺热官，求得难，守住更难，心中常驻一个"冷"字，更是难上加难！那些对官位看得太重，对权力利用得过度的人，虽一时发热发紫，但不见得就善终。

身处冷官职位，也大可不必灰心丧气，自暴自弃，只要自己不是饱食终日、无所事事的庸官，在任何单位、任何部门，都有为人民服务的机会。冷官不等于是庸官，只是坐在冷板凳上而已。冷官要的就是冷，要冷静地看、冷静地听，用冷静的头脑去思考。进而尽其所能，在自己的职权范围，满腔热情，勤勤恳恳，兢兢业业，埋头苦干，为人民干好事，办实事。如是，虽然有的人认为你是冷官，但老百姓心中自有一杆秤，他们把你放在心坎上，那不也是一种热吗？且是一种高尚的热，永恒的热，何乐而不为？

2012年2月16日

不过，肥缺热官，求得难，守住更难，心中常驻一个"冷"字，更是难上加难！

62 / 也说蔡奇的微博

蔡奇是从我们福建走出去的干部,如今官拜浙江省委常委、组织部长。

上世纪80年代末,蔡奇是时任福建省委书记陈光毅的秘书,那时,我也在福州供职。常听人说,蔡秘书为人温和、谦逊,没"大秘"架子。可惜,我"认识"他,他不"认识"我。

上世纪90年代中后期,蔡奇仕途一帆风顺,尤其从我们三明市长位置上交流到浙江,更是顺风顺水,屡获重用。

蔡奇的政绩如何,不是我要议论的,也没资格议论,人家浙江人精明得很,自有他们的结论。

我对蔡奇的好奇,或者说有些好感,是他在不少官员还视网络、视微博为洪水猛兽时,他就率先试水,先是开了博客,后又开了微博。如今,官员微博、政府微博,如雨后春笋,"一地鸡毛",已不是什么新鲜事,但是,微博能持之以恒地开下去,且开出名堂,开出影响,当下的官员,怕是还没人敢与蔡奇PK。

据说,蔡奇是首个拥有过百万粉丝的省部级官员。

关于微博的影响力,自不必赘言。不过,蔡奇的两句话,对我影响还是蛮深。一句是,有1万粉丝,等于办一本

> 常听人说,蔡秘书为人温和、谦逊,没"大秘"架子。可惜,我"认识"他,他不"认识"我。

杂志；另一句是，有10万粉丝，等于办一份报纸。

我是办报纸的，蔡奇的话，对我可谓警钟长鸣，有时也颇有"西边的太阳就要落山了"的惶惶不安的感觉。

想想，蔡奇等于办了一份"人民日报"。这是何等了不起的丰功伟业啊。

可是，办报、办杂志与开微博是一码事吗？

我的回答：是，但也不尽然。说是，是因为读者、粉丝有一定的重叠度。而在我们这个什么都讲"特色"的国度，如果让蔡奇办报、办杂志，他首先考虑的读者，一定是两个方面的，一个是官员，一个是知识分子。他不可能把普通公民、草根百姓的诉求放到首位。如果他一定要那样，他的报纸或杂志，一定"夭寿"。

但如果微博呢？我常常想，如果微博的粉丝也是官员、也是知识分子，内容也是政令的上传下达，或政策的通俗解读，与时下的党报如出一辙，这微博还有生命力吗？

可是，蔡奇的微博还就是有生命力。难道蔡奇的微博如有神助不成？因为，蔡奇是把微博当成政策宣传的平台，试图以通俗的方式解读政策，宣讲道德，仅此而已。

如果仅仅如此，我们的报纸其实早就力求这样做了。

那么，蔡奇的粉丝都是些什么样的人？

如果是普通的粉丝，或说网友，他们登录蔡奇的微博，绝对不是为了冲浪娱乐的，他们更多的是生活上遇到各种"疑难杂症"，想通过蔡部长的微博引起重视，进而得以解决。但从蔡奇的微博内容看，这方面的功能有，但不是太多，且蔡奇的微博对此也往往"王顾左右而言他"，并不回应公众的诉求。

可见，草根并不是蔡奇粉丝的主体。

这样，蔡奇粉丝的主体，就只有两种了。

一种是拥护他的官员，尤其是下属官员，而这些官员在现实中，已形成语言共同体；到了网上，上了微博也容易习惯成自然，形成语言共同体。这种语言共同体，是现

> 难道蔡奇的微博如有神助不成？

213

实的自我封闭在微博上的反映。如果这样,则不但无助于官员与网民的沟通,还会设置与网民沟通的障碍。

还有一种是意识形态分子,他们把蔡奇当成宣传的标本、宣传的榜样,通过蔡奇的事例,说官员如何地亲民、爱民。这也与原来的宗旨相悖,因为官员上网,是为了让官民更好地互动,而不是树立亲民的典型。

更何况,蔡奇自己也承认,他的微博,有一个管理团队,因为他公务繁忙,是无法做到即时更新内容的。这可以理解。看看照片上的蔡奇,满头白发,憔悴不堪,怪可怜的。既然是一个团队,这个团队一定会用一把尺子丈量微博内容的。一个模子印出来的东西,也就那么回事。尽管"网来网去",语言表达略有不同,但看多了,新瓶装旧酒,味还是那个味。

不想问蔡奇部长的微博能走多远,只想说蔡奇部长也好,别的官员也好,对自己的粉丝数蒸蒸日上,不要过于沾沾自喜,有时,该挤挤水分,也别心疼。

2012年2月23日

63／
从会场冷清说开去

> 春天来了，抓水土保护，抓绿化工作，正当其时。

近日，省里召开视频会议，部署全省水土保护工作，省委书记孙春兰、省长苏树林等亲临会议。应当说，这是个十分重要的会议。一年之计在于春。春天来了，抓水土保护，抓绿化工作，正当其时。

但是，据当天到会的《厦门晚报》记者观察，全省一些会场冷冷清清，甚至空无一人；还有一些会场的参加人员，要么玩手机、看报纸，要么交头接耳开"小会"。对此，孙春兰书记甚为生气，当场提出严厉批评，要求"查清楚，给予通报"。

记得去年年底，国家副主席习近平在《人民日报》一篇有关长汀治理水土流失的报道中作出重要批示，要求福建省认真总结长汀的好经验、好做法，做好水土保护工作。对此，福建省高度重视，层层开会贯彻、落实，孙春兰书记还亲自带队到长汀调研。

是不是因为有了习近平副主席的批示，省里才重视？我觉得，是，也不完全是。说是，国家领导人那么重视我们省里的大事，我们自己不重视，当然说不过去，也交代不过去。说不完全是，据有关领导透露，习近平曾对福建省领导说，福建重视水土保护，并不是从他（曾任福建省长）开始，老书记项南同志主政福建工作时，就非常重视

215

福建的水土保护。正是一茬接一茬，一任接一任，把青山绿水理念贯穿福建改革发展始终，福建水土保护才有了今天的业绩。

不过，话说回来，这么一项造福子孙后代的工程，光是剃头担子一头热，是干不成的，即使一时的热，也是持续不下去的。可见，起码可以说，相当一个时期，福建省大多数地方的干部群众是非常注意水土保护这项工作的。

注重环境保护，注重治理水土流失，就是为自己、为子孙、为后代，也是为人类、为将来。

可是，到了今天，项南老书记、习近平副主席、孙春兰书记，他们的执政理念能否再持续下去，各级领导干部是否真正重视树立绿色GDP理念？从当日视频会议的状况看，可以说，不能过于乐观。

按理说，一个这么重要的会议，与会者本应认真对待，十分积极，踊跃参加。为什么却出现令人失望的现象？分析起来，有这么几个原因：一是短视官员所为。一些地方官员，短期行为严重。他们有一定本领，有一定能力,但在他们看来,水土保护,是项长期工作,不是一年半载能见成效的,甚至有时是吃力不讨好的,而自己任期有限,想在有限任期内,要凸显政绩,靠治理水土流失,是不靠谱的,也是不现实的;唯有抓工业,抓招商,抓项目,抓GDP,才能立竿见影,才能步步高升。二是势利官员所为。一些地方官员,形式主义严重。领导批示了,他们跟着依样画葫芦;领导下来了,他们跟着走马观花;领导走了,他们依然故我,我行我素。他们的所作所为,很多时候是做给上级看的,而且是做给能决定他们仕途的领导看的。三是慵懒官员所为。一些地方官员,得过且过心理严重。他们尸位素餐,当一天和尚撞一天钟。他们自以为,坐到一定位置上,不是靠德勤绩廉得来的,而是靠所谓运作得到的。所以,他们工作无所用心,成天想的是一些旁门左道,与组织要求、群众期待相去甚远。

> 真正到了那一天,就不必靠领导的一两次发火生气来督促干部,不必靠一两次会议来推动工作了。

要使各级领导干部上对得起组织,下对得起群众,一是要树立正确的政绩观。谈起官员政绩,地方官员最津津乐道的莫过于经济增长速度和招商引资额等一串串数字,因为这是影响他们升迁的关键因素。因此,一些地方盲目追求一时的经济发展速度,不顾本地实际和资源、环境的承受能力,甚至还产生了"官出数字、数字出官"的怪现象。要真正让中央提出的以人为本、科学发展等施政理念逐步得到落实,地方官员必须由片面追求GDP增长向实现经济、社会、环境协调发展转变,以促进地方走全面、协调和可持续发展之路。

二是要完善群众监督机制。在干部考核任用上,要真正让群众有参与权、知情权、发言权、监督权。领导干部的考核任用,不能走过场,不能搞形式主义,不能由少数人说了算,要真正把权利交给群众。

真正到了那一天,就不必靠领导的一两次发火生气来督促干部,不必靠一两次会议来推动工作了。我想,这才是最根本的。

2012年3月1日

64 / 政治雷锋与生活雷锋

每到3月，都是学习雷锋的特定月份。

今年也不例外，但今年又有些不同。不同的是，中央再次强调学雷锋，而且要常态化。如何才能常态化？中央文明委想了个办法：将学雷锋与全国文明城市评比结合起来。说白了，就是文明指数测评，要融入"雷锋"元素。

是不是这样做了，就可确保学雷锋常态化？窃以为，不一定。为什么？我到过一些地方，就听当地一些官员说，他们不愿意参加文明城市评比。因为，其中的一些指数，过于烦琐，有些虚化。

是不是这样，我不是行家，不好下结论。但确实，并非每个城市都申报参评文明城市。那么，没有参加文明城市评比的地方，是不是就可以不学雷锋？

可见，这里就有个连带的问题，即学雷锋，光靠行政命令，或下达硬指标，恐怕不行。这方面，我们已有过教训。

掐指一算，自从1963年3月5日，毛泽东同志提出"向雷锋同志学习"至今，头尾也有50个年头了。毋庸讳言，50年来，一方面是号召学雷锋，一方是质疑学雷锋。当然，在没有互联网的时代，质疑学雷锋只能在私下场合讲讲，即使如是，也得十分谨慎，弄不好，给你个"反动"

帽子戴，也是常有的；而到了今天，有了互联网，质疑学雷锋，似乎也常态化了。

为什么？我觉得，这里有个政治雷锋与生活雷锋的区别。

何谓政治雷锋？看看当年的一些题词，就不言而喻了。不说毛泽东的，也不说刘少奇的，我们看看朱德的，他的题词是："学习雷锋，做毛主席的好战士。"再看看林彪的："读毛主席的书，听毛主席的话，照毛主席的指示办事，做毛主席的好战士！"还有我们耳熟能详的歌曲："学习雷锋好榜样，忠于革命忠于党，爱憎分明不忘本，立场坚定斗志强；学习雷锋好榜样，艰苦朴素永不忘，愿做革命的螺丝钉，集体主义思想放光芒；学习雷锋好榜样，毛主席的教导记心上，全心全意为人民，共产主义品德多高尚；学习雷锋好榜样，毛泽东思想来武装，保卫祖国握紧枪，继续革命当闯将。"更有当年出版的《雷锋日记》为证，比如他在日记中说，"能使人民群众更加热爱党，热爱毛主席，热爱解放军，这就是我感到最幸福的"；"毛主席说过：'我们的同志不论到什么地方，都要和群众的关系搞好，要关心群众，帮助他们解决困难。'想起毛主席的教导，浑身有了力量"；"我们的国家还很穷。可是党和人民对我们却还这样无微不至地关怀，使我从内心感激党和人民的关怀"；"我们吃饭是为了活着，可活着不是为了吃饭。我活着是为了全心全意为人民服务，是为人类的解放事业——共产主义而斗争"。这样，学雷锋，就被贴上鲜明的政治标签。在那个特殊年代，一个活生生的雷锋，成了高不可攀、令人生畏的政治雷锋。

我们都知道，大凡政治，都要通过运动的形式加以强化。形式是要的，但形式主义了，就无法持之以恒。有人戏言："雷锋叔叔没户口，3月来了4月走。"这话并不好笑，听起来还有些沉重。

> 形式是要的，但形式主义了，就无法持之以恒。

为什么每年的学雷锋活动，多是走走过场，临时抱佛脚？雷锋精神的精髓，为何不能抵达人们的灵魂深处？因为，正是很多时候，我们把雷锋政治化了，神化了，雷锋，变成刻板的政治符号。

其实，生活中的雷锋，不仅仅是一个助人为乐的好榜样，用如今的眼光来看，他当时还是一个时尚青年。

以前，我们读《雷锋日记》，大多是断章取义、生搬硬套。日前到书店，看到华文出版社出版的《雷锋全集》一书，匆匆翻阅了一遍，这本书汇集了雷锋22年人生历程中所写下的文字，包括日记、诗歌、小说、讲话、书信、散文、赠言等，很多内容首次面世。

从书里描述看，雷锋英俊潇洒，很爱美。在鞍钢工作时，他花了两个月的工资去买一件时髦的皮夹克、一条深蓝色的毛料裤子、一双黑色皮鞋，还有一瓶"雪花膏"。雷锋穿着这身行头，专门去照相馆拍了张照片，作为纪念。

因为爱美，雷锋很爱照相。从湖南去鞍钢的途中，要在北京转车，雷锋利用中间的几个小时，特地跑到天安门前照相。刚拍完一张留念照，他看见广场上有辆摩托车，赶紧跑过去借来，跨着摩托车拍了一张很酷的照片。

书中还披露，雷锋曾怀揣作家梦并付诸实践。在部队里，为了实现作家梦，他有一本学习笔记，专门收录他学习诗歌创作的体会，上面记录了诗歌的分类、民歌的特点等。书中还收录了雷锋创作的几篇小说，其中有3个小说创作的片段，都没有最终完成。其中还有一篇没有标题，没有结尾，但小说的开头很有韵味："三月间，一个晴朗的日子，姑娘们你伴我、我叫她，成群结队地奔上山冈，到处寻找各种野花，她们是多么快乐啊……"在1958年，雷锋18岁的时候，已经写下2篇小说、5篇散文和9篇诗歌。

作为一个普通人，雷锋也有性格上的弱点和行为上的过失，而且，作为一个年轻人，他也有过朦胧的爱情，书中就披露了他与一个叫"黄丽"的"姐姐"的情感。雷锋曾给她写过这样一条赠言："愿你的青春像鲜花一样，在

因为，正是很多时候，我们把雷锋政治化了，神化了，雷锋，变成刻板的政治符号。

祖国的土地上发散这芬芳！"

　　书中这些细节的披露，更多地让我们看到一个生活的雷锋。他像我们的同桌、同事、邻里，和我们一样，有血有肉，丰富多彩。

　　但是，政治的雷锋让我们看不到一个鲜活的生命，只看到一个形象高大的、近乎符号的榜样。

　　其实，这是对雷锋的不公，也是雷锋精神越来越被看淡，甚至被质疑和讽刺的原因所在。

　　雷锋不是神，他仅仅是那个时代一个积极向上、热心助人的普通青年，但他身上体现出来的"雷锋精神"——不为名利、甘于奉献、乐于助人、善待他人等，在任何时代都是需要的，尤其是在物欲横流、道德沦丧的今天，更是需要弘扬雷锋精神。

　　所以，只有还原生活的雷锋，才更能让人亲近、贴近，学得来，做得到，他作为榜样的力量才更为强大，也更加深入人心。

2012年3月12日

65/
相对真理与绝对权力

吴松者，云南大学原校长也。

2010年1月15日，作为学者，吴松华丽"转身"，当选为云南省保山市市长；2012年1月10日，保山市政府换届，吴松再次当选市长。

对吴松是学者，是校长，或是官员，是市长，我并不感兴趣。

想起他，是这两天，连续收到好几条段子，内容"照单全收"如下："有人问云南省保山市市长吴松：'你做过云南大学校长，那和做市长有什么差别吗？''有啊！'吴松笑了，'做校长，你说得再对，教授们也可能说你错了，因为真理是相对的；做市长，你说得再错，他们也肯定说你是对的，因为权力是绝对的。'"

我对吴松这句话，有点儿兴趣。

吴松果真说过此话？到网上一查，吴松的这段话，其实去年年初，就在微博上广为流传了。可是，吴松是否说过此话，在什么场合说的，原话是怎么说的，等等，不得而知。但有一点，吴松肯定说过类似的话的，要不，怎么不见他有任何声明？当然，网上的版本，断章取义的几率也很高。

但不管如何，吴松的话，能够从去年流传到今年，说

> 但有一点，吴松肯定说过类似的话的，要不，怎么不见他有任何声明？

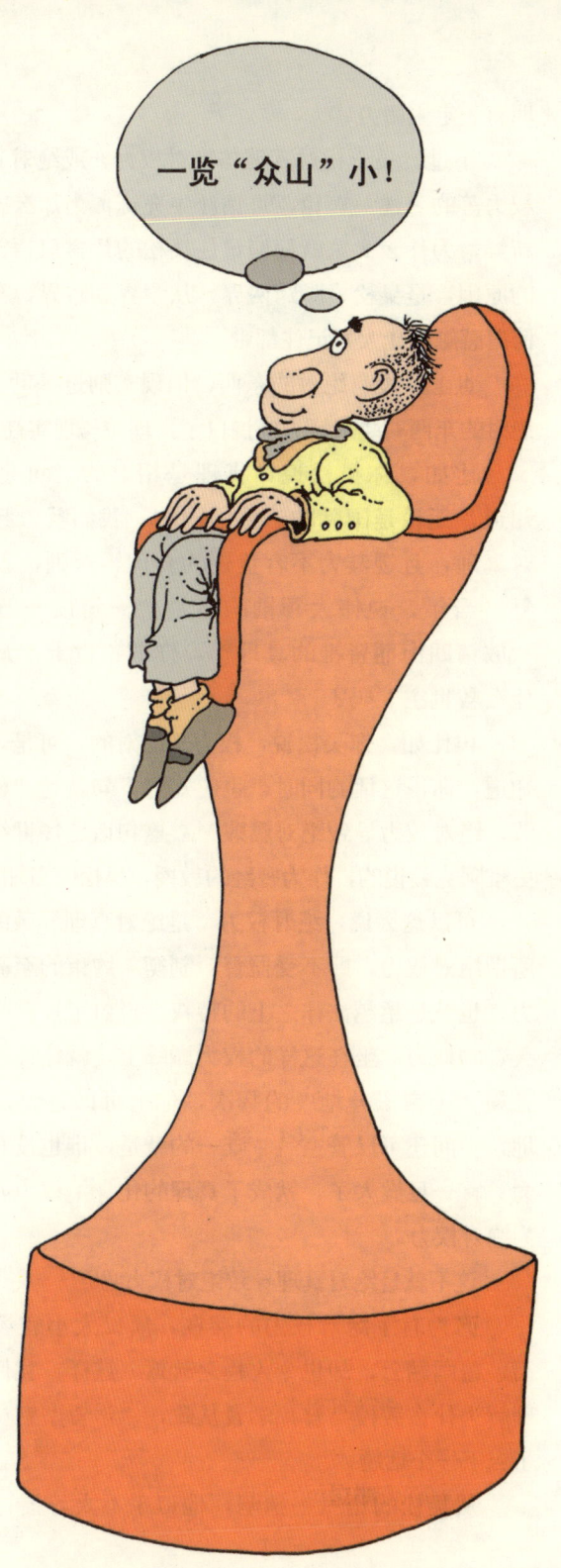

明有一定生命力。

不过，关于相对真理与绝对权力，或绝对真理与绝对权力等的著述、言论，可谓汗牛充栋，为什么就没人觉得新鲜，为什么大家就偏偏记住吴松的片言只语？一个简单的原因，是吴松一脚跨两界，从学界到政界，身临其境，深有感触，让人不记住都难。

世上从没有绝对的东西，但现实则是，世上偏偏存在绝对的东西。绕来绕去，说白了，理论与现实往往相悖。

比如，你吴松说，真理是相对的，可是，你也应知道，无论是国际的，或国内的，我们就曾经迷信过绝对真理，且视其为不容置疑的真理，否则，就会万劫不复。当年，说伟大领袖的话是"一句顶一万句"，是"放诸四海而皆准的真理"，你敢说世上"从来就没有什么救世主"吗？

再比如，你吴松说，权力是绝对的，可是，你同样应知道，你说这话的同时，也应知道下句就是"权力导致腐败，绝对权力导致绝对腐败"。这句话是19世纪英国思想史家阿克顿说的，作为曾经的教授，吴松应当知道的。

可以这么说，绝对权力，是绝对真理导致的。因为，所谓绝对权力，即不受监督、制衡、约束的至高无上的权力，也就是超越法律之上的特权，说白了，就是"一手遮天"的权力。坐在这样的权力巅峰上，就往往容易造成在独霸"一亩三分地"的胸次，他上可以管天，下可以管地，中间还可以管空气；唯一的就是，谁也没有管他的权力。官一旦做大了，就成了真理的化身；权力亦随之升级为绝对权力。

这不就是绝对真理导致绝对权力吗？

因为有了绝对权力的存在，所以大小官场，明枪暗箭，覆雨翻云，却也令人趋之若鹜。这样，我们也就不难理解为什么教授当官，学者从政，"学者型官员"等等成了当下一个话题。

从吴松的语气去猜测，他似乎不太习惯，或者说不太喜欢"相对真理"的氛围,而更青睐"绝对权力"的气场。只是,他还是没明白,同样的,世上任何事物的存在都是有条件的,并没有百分之百无条件的"绝对"。所以,"绝对权力"也是相对而言有条件的"绝对"。大权在握,为所欲为,横行霸道,似乎是"绝对"了,但你必须在自己的"独立王国"内运作,必须有"乌纱帽"。一旦这个"独立王国"被攻破了,坍塌了;一旦因年龄或别的原因,"乌纱帽"被脱了,也就什么都没了。所以,所谓的"绝对权力"同样只是一时的、局部的"绝对",就像所谓的"绝对真理"也是一时的、局部的"绝对",不存在所谓"放诸四海而皆准"。

因而,我们还是奉劝吴松市长,不要迷恋"绝对权力",也不要生怕"相对真理"。要相信,我们的权力是人民赋予的,真理永远在人民一边;作为学者也好,作为官员也罢,坚持真理,臣服人民,就无愧人民重托了。

话说回来,吴松本质上还是书生,是学者,否则,官场上的人,谁都知晓"绝对权力"的存在,但谁都不愿点破,他却点破了。

2012年3月15日

66 / 何止酒店要补课？

一年一度的全国"两会"，在讨论国家大事的同时，也给媒体提供了不少谈资。只是，境内媒体刊登"谈资"，都十分谨慎，而境外媒体，就显得"无法无天"了；当然，微博时代，媒介的影响力，已不分境内境外。

比如，"两会"期间，就有媒体专盯名人，且盯的是他们的装饰。类似著名女高音宋祖英手腕戴着镶有36颗圆形美钻的伯爵表款，著名资深电视节目主持人杨澜穿着乔治·阿玛尼单扣西装外套，著名歌唱家韩红军装配宝缇嘉男款皮革梭织公文包，中央电视台新闻主持人李瑞英佩戴迪奥镶钻框架眼镜，都被"一网打尽"。

对此，网民议论纷纷。批评者说，那些名牌价格不菲，一般打工族负担不起，偏远山区小孩恐怕听也没听过。说白了，这是奢侈品秀场，显示中国社会贫富差距不断扩大。但也有支持者说，委员的形象代表中国政府、中国人民的形象。

孰是孰非，见仁见智。只是看见网上一张张名人恣意张扬的玉照，不禁想起前不久在南京闹得沸沸扬扬的普通洗碗工李红的遭遇。

今年47岁、家住南京六合的李红在一家五星级酒店当洗碗工，3个月前，她留下客人吃剩的一些废弃食物，想带

> 比如，"两会"期间，就有媒体专盯名人，且盯的是他们的装饰。

回家给正在读大学的儿子补养身体,却被以盗窃财物为由开除了。

据说,酒店方开除李红给出的理由是,其行为违反了员工手册关于"不得蓄意破坏、偷窃、骗取或盗用客人、酒店或员工的财物"的规定。

乍一听,这罪名还真不小,冷静分析却是经不起推敲的。首先,女工准备拿走的,是客人已经付过钱的剩余食品,所有权是客人的;客人离开酒店,等于默认放弃对剩菜的所有权,可见,盗窃客人财物一说显然站不住脚。其次,酒店方雇佣洗碗工清洁餐具清理垃圾,洗碗工无论是打包带走,还是打包扔在垃圾箱内,都属于完成工作约定,酒店方无权干涉。

退一步讲,即使酒店认为女工留剩菜涉嫌盗窃,也应报警由公安机关予以处理。未经正常的司法程序,酒店方就以盗窃财物为由将其开除,是典型的滥用"私权"。

开除一名普通女工,"欲加之罪,何患无辞"?酒店餐饮部经理关于"星级酒店的员工带剩饭菜回家,成何体统"的表态,才是一语道破天机。显然,在这座五星级酒店的经理看来,潇洒地倒掉剩菜才够体现自己的奢华,女工打包剩菜的"寒酸相"与企业的高品位不符。

> 如此看来,滥用"私刑"开除女工的背后,不仅是法律上的无知,更是道德上的无畏。

如此看来,滥用"私刑"开除女工的背后,不仅是法律上的无知,更是道德上的无畏。统计显示,我国每年的餐桌浪费2000多亿元。要杜绝餐桌浪费,就要改变观念,树立浪费为耻、节俭为荣的价值观,对此,饭店经营者理应积极倡导,也就是说,让员工打包剩菜带走,应是酒店倡导节约、反对浪费的应有之义。

中学政治课本上,资本家宁愿把牛奶倒掉,也不愿送给穷人的故事,一度让人诧异。如今,相似的一幕竟然在我们身边真实上演。难怪网友建议,要给这家五星级酒店好好补上一堂法律和道德课。

但我认为,该补课的何止酒店?我们的官员,我们社会的管理体系,更应当补课。

有网友提供了这么一个素材：说是1935年，纽约市长拉古迪亚旁听一桩庭审：一老妇为孙子偷面包被罚10美元。审判结束后，市长脱下帽子放进10美元，说："现在请每个人交50美分罚金，为我们的冷漠付费，以处罚我们生活在一个要祖母去偷面包来喂养孙子的城市。"于是，在场的人都默默捐出50美分。

但是，在我们这儿，谁愿意说：请每个人补课，为我们的无知、冷漠补课，以警醒我们生活在一个要母亲去拿人家的剩饭剩菜给自己正在读大学的儿子补养身体的社会？

没有，不仅没有，而且王公贵族，炫富成风，拼爹成性。

悲哉！

2012年3月22日

67／
熊胆、虎骨酒及其他

如果我没记错，福建归真堂药业应是在惠安县境内。高速公路、高速铁路通车前，每次经过福厦路涂岭段附近，公路旁归真堂药业招牌虽不是很显眼，但因其"养熊取胆"特色，还是令我不禁多瞄一眼。

旧话重提，是因为最近归真堂药业拟上市，结果在内地、香港掀起轩然大波。据说包括央视著名主持人崔永元等70多位知名人士纷纷上书证监会，反对归真堂上市计划。反对之理由，就是要保护野生动物。归真堂则予以反驳，其理由是，其饲养的黑熊属非野生动物，且取胆采取无痛无管引流技术，不存在虐待动物行为。反对人士则坚持此例不能破，此口不能开，否则将后患无穷。

中药的一大特点，就是强调天然。这就使得一些配方涉及野生动物的某部分精华，近些年修订的《中国药典》又已明确不再鼓励使用虎骨、犀角、熊胆等作为药材。

但是，物以稀为贵，人的心态也大凡如此：越是明文禁止的，越是稀缺紧俏的，越被追捧。前不久，我的一个乡下亲戚，到城里来看我，一只粗糙的大手，在一个陈旧的破挎包里摸了大半天，掏出一个装有酱色浓液的玻璃瓶，放到我的桌面。乍看，我还以为是他家自酿的酱油什么的。可他却神秘兮兮地告诉我："虎骨酒。绝对正宗。同仁堂的。"细一看，还真的是，一张已经泛黄的商标上，两只张着血盆大口的老虎，盯着"同仁"二字，虎视眈眈；"虎骨酒"三个字，也似几根虎骨，横陈在瓶身上。他一再强调："是上世纪80年代的货。目前一瓶1万多了。"据说，当时一瓶就两三块钱。

也不仅仅是虎骨酒，据悉，漳州生产的片仔癀，也因为麝香是稀缺药材而价格不菲，一路飙升。

名贵中药，因其有某些特殊要求，缺了某味药材，药效就要大打折扣。是不是如此？是不是缺了某种中药，某些病就医治不了？我是外行，不能随意胡说八道。但我知道的是，自从虎骨不能入酒，自从虎骨酒从市场销声匿迹，也没听说什么风湿病就治不好啊。

我的意思是说，中医是我们的宝贵遗产，要挖掘，要发扬，要光大，但绝对不能因此就夸大其词，更不能以此为由抬高价格。比如燕窝——当然，那是属保健类的——的营养价值，就被吹得神乎其神，但专家却说，其实，燕窝的营养成分与白木耳差不多。

一种东西，作用被夸大，价格被扭曲，就必然要带来两个问题。

一个是伪劣假冒盛行。比如茅台酒，本来，酒就是酒，但被赋予很多外在的内容，甚至说是可以预防肝硬化什么的。结果，价格像过山车似的；结果，市面上的假茅台防不胜防。我曾在北京参加过一个培训班，与我同班的贵州遵义市宣传部长在我们小组讨论时说，茅台酒厂一年的产量，也就十五六万吨，可是，每年市场上销售的茅台酒，则在300万吨左右。

另一个就是一些稀缺资源遭受灭顶之灾。野生动物被猎杀，森林植被遭踩躏，大自然的平衡被破坏，人类赖以生存的空间日益逼仄。"飞时遮尽云和月，落时不见湖边草。"这曾是中国最大淡水湖——鄱阳湖冬季候鸟翔集时的壮观盛景。然而最近的20年来，这一"候鸟天堂"却始终未能摆脱盗猎阴影。盗猎者无所不用其极，布天网，用毒药，架强光……结果，鄱阳湖盛况不再，生态遭破坏，周遭农民生活陷入困境。

人类是地球的癌细胞。不知是谁说的这句话。地球无可救药了，人类难道就可逃逸到别的星球？科幻也许可以成真，但毕竟遥不可及。所以，戕害人类的，不是其他族群，恰恰是人类自己。

因而，我认为，崔永元们盯着的，不仅仅是归真堂的"养熊取胆"，而是更广义的大自然的保护。所以，我们没有理由不支持。

2012年3月28日

68/
人民如何监督政府

日前,温家宝总理在国务院召开的廉政工作会议上提出,要创造条件让人民监督政府。

在我的印象中,温总理这句话,说过不止一次。可见,这个问题至关重要。

但是,人民如何监督政府呢?我想,很重要的一点,就是要让政府官员听得到、听得懂、听得进人民群众的箴言和逆耳之言。

这似乎是老调,但实在有重弹之必要。

我是做媒体的,有一次,为了研究一个课题,**翻阅了上世纪50年代初的《人民日报》,惊讶地发现,那时候的《人民日报》经常在头版公开点名批评省长、省委书记,批评县委书记,更是小菜一碟。**那时候,我们的共和国像刚刚呱呱落地的婴儿,一切都还要从零开始,但我们的党和国家领导人却有如此勇气、魄力,敢于借助党报力量,对违背人民意志的人和事进行批评、监督。那时候的条件,与今天相比如何?当然是不言而喻的了。但今天,我们却还要提创造条件让人民监督政府,真的有点五味杂陈。

当然,由于后来历次的政治斗争,我们党的某些优良传统、作风无法得以发扬光大,人民监督政府,党报监督

> 但是,人民如何监督政府呢?

官员，几乎成了过去式。

要让人民监督政府，官员的带头、带动作用必不可少。田家英原是毛泽东的五大秘书之一，曾兼任国家主席办公厅、中共中央政研室、中共中央办公厅等几大机要机构的副主任。"文革"开始后，田家英遭受打击，含冤而死。关于他的死因，自杀？他杀？众说纷纭，莫衷一是。但有一点则是党史学家公认的，即由于毛泽东晚年过分强调阶级斗争，在思想上，田家英和毛泽东产生分歧。从1956年极"左"路线出现苗头开始，田家英就极力抵制毛泽东；在1959年庐山会议上，他更是少数几个站在正确认知方面的人。因而，在1962年北戴河会议上，他就被点名批判为右倾分子。田家英天性耿直，敢于直言，他是极个别敢于当面批判毛泽东的人，他甚至勇敢地提醒毛泽东不要在死后落下骂名；他当面批判陈伯达是"左"倾机会主义者，是伪君子；他当面顶撞江青，说江青品质有问题。因而，他遭到陈伯达、江青的忌恨。在田家英死前几个月，江青等人策动了一系列打击他的措施，说他"篡改毛主席著作"。最终，他被迫自杀，成了党内斗争的牺牲品。

在我们党的历史上，能够坦坦荡荡地接受人民的批评、人民的监督的高级领导人，当然也不乏其人。我们知道，胡耀邦、习仲勋等都是这方面的典范、楷模。

前不久，《北京日报》刊登了一篇题为"习仲勋如何面对'小人物'的尖锐批评"的文章，就很值得我们品味。

说是1978年9月，广东省惠州地区检察分院干部麦子灿给时任省委书记的习仲勋写了一封批评信，信中充满了火药味，列举了习仲勋对惠州地区治水工程效果评价过高，不符事实，说："你这些漂亮话都是纸上和口头上的东西，都是听汇报得来的。但群众意见如何，群众呼声如何，你有否去听一听，是否真正如惠州地委讲的那么漂亮？我劝你认真下去，听听群众意见……"

> 在我们党的历史上，能够坦坦荡荡地接受人民的批评、人民的监督的高级领导人，当然也不乏其人。

麦子灿恐怕没想到，他的信竟顺利寄到习仲勋手里，习仲勋及时给他回了信："你的来信很好，对我们各级政府班子特别是负责干部目前的精神状态和工作作风中存在的问题，提出了十分中肯的意见，我表示诚恳接受，并决定将你的来信转发各地，以便进一步把党内民主风气发扬起来。"

两天后，习仲勋又给全省县处级以上人员写了一封公开信，将麦子灿来信和他的回信一并转发，要求"在党委中进行讨论"，他说"麦子灿同志对我的批评，是对我们党内至今严重存在的不实事求是、脱离群众等坏作风的有力针砭，应该使我们出一身冷汗，清醒过来……"

从习仲勋与麦子灿之间的通信及习的公开信，我们可以看出，习仲勋接受批评的态度是诚恳的，认识是深刻的，反思是尖锐的，而不是为了走过场、做样子。

遗憾的是，党群关系、干群关系发展到今天，我们很少能够看到如此让人出一身冷汗、清醒过来的佳话，即便偶尔从报端上看见一些领导同志的回信、批示之类的，也大多是报喜不报忧的表面文章。

> 大家一定会说，要让人民监督政府，一是要从深化改革和加强制度建设入手，二是要从舆论监督入手，让政府在阳光下行政。

大家一定会说，要让人民监督政府，一是要从深化改革和加强制度建设入手，二是要从舆论监督入手，让政府在阳光下行政。这些道理都没错，但这又不是一时半刻就能做到的；而能够做到的，就是要大力倡导领导同志向习仲勋同志学习。当然，这需要气魄、胆识和胸襟。

2012年3月29日

69/
公权与特权

前年持续发酵的网络热词"我爸是李刚",如今似已无人提及。

想来原因大致有三:一是网络时代,热点新闻,你方唱罢我登场,切换频繁,让人目不暇接;二是据说"李刚"的儿子的原话、本意有误,被好事之徒移花接木;三是"李刚"现象普遍存在,难以杜绝。

我更倾向第三种原因。因为,其实,网民并不在乎"李刚"的儿子是否真的说过此话,他们在乎的是,现实生活中,"李刚"无处不在,"李刚"的儿子无处不在。他们是想通过声讨"李刚"及其儿子,进而声讨公权变特权。

最近读胡耀邦女儿满妹《思念依然无尽》一文,文中讲到这样一段往事:1989年4月,胡耀邦突然去世后,正在美国西雅图进修的满妹,接到先生从北京打来的越洋电话:"你马上和旧金山领事馆联系,想尽一切办法赶回来。外交部已经通知他们帮助你了。"

放下电话,满妹立即与领事馆联系。可是,接电话的人却懒洋洋地说:"现在已是星期五晚上10点多了,你知道吗?都下班了。"满妹解释说:"我是中华医学会的副秘书长,受组织的委派赴美学习。现在家里出事了,希望

> 前年持续发酵的网络热词"我爸是李刚",如今似已无人提及。

得到帮助，尽快回国。"

"自己想办法吧。"对方冷冷地答道。满妹希望能与总领事馆联系，接电话的人说不行。问为什么？回答是："你不知道周末不办公吗？星期一再说吧。"

或许外交部电话起了作用，第二天，领事馆的一位官员打来电话解释说："对不起，昨天我们的那位同志不了解情况，当时你也没提及你的背景呀。"满妹说："有这个必要吗？难道非要有背景才能得到帮助？"

胡耀邦同志一生开明开放、务实亲民、两袖清风、清正廉洁，在他看来，家风连着政风、党风、国风，所以，他的儿女从未炫耀背景，更从未想靠父辈升官敛财。

因而，我相信，满妹的"两问"（"有这个必要吗"、"难道非要有背景才能得到帮助"）是家风使然，党性使然，而不是作秀。

但是，满妹的"两问"，恰恰是现实的写照。在一个把公权当特权的社会里，"背景"必不可少，没有"背景"，想得到组织上的紧急帮助，往往会被"按部就班"而打回，往往想"听下回分解"，却永远没"下回"。

我们都知道，凡领导干部，手中都掌握着一定的公权。而这公权，是人民赋予的，本应用来为人民服务的。

当然，换个角度说，领导干部也需要其他行业、其他人来为他服务。在接受他人服务的时候，此时领导干部只能是普通群众中的一员，应和普通群众享受同等待遇。

但是，在接受他人服务的时候，领导干部以公权的影响力，来接受他人超出普通群众同等待遇的服务，那就变成特权了。

时下，领导干部将公权变特权的现象还真不少。如在购房上，可以享受特殊价格而少付钱；在用车上，可以违反管理规定而公车私用；在消费上，可以尽情享用公款购买的高档烟、高档酒……

有人认为，公权与特权很难界定，因为有时行使特权也是为了公权。

其实,这是一种糊涂的认识。界定公权与特权并不复杂。公权维护的是公共利益,特权维护的则是局部利益。公权旨在为民,特权意在谋私。公权来自人民大众,特权伤害的则是人民大众。将公权异化为特权,要么是利己主义,要么是权力地位的炫耀。无论如何,特权的作用、目的只能是对公权的侵蚀。

领导干部行使"特权",这与中国的传统道德和党对党员干部的要求是格格不入的。古人范仲淹曾说:先天下之忧而忧,后天下之乐而乐。表达了朴实的忧民之怀。我们的党要求为了人民的利益,党员应该杜绝一切特权。吴仁宝曾任江苏省江阴县县委书记、华西村党支部书记,他在位期间,言行一致地做到"有福民先享,有难党员干部先当"。还有如焦裕禄、孔繁森,他们不把公权当特权,因而,他们受到人民群众的敬重,他们在群众的心中树起了丰碑。

> 将公权当特权,说穿了是高人一等的利己主义在作祟。

将公权当特权,说穿了是高人一等的利己主义在作祟。这样的特权,或是为自己谋私,或是为家庭牟利,或是显示自己的权位。特权的共同特征,就是以自己掌握的权力来施加影响,或炫耀自己,或侵占国家和群众的利益。这样的特权,早已引起人民群众的不满。

由此可见,要谨防公权变特权,仅靠满妹的自觉行动是不够的,仅靠发泄对"李刚"及其儿子的不满是不够的,仅靠倡导领导干部树立起正确的权力观也是不够的。只有让权力在阳光下运行,让人民真正有权监督官员,领导干部才不敢搞特殊化,才不敢有高人一等的思想和行为。

2012年4月5日

70/
多此一举

4月1日，山东省政府系统调研工作会议举行。该省省长姜大明发言时说，官员下基层，做调研，要真正"走出去、沉下去、钻进去"，"在下去调研时，不要暴露官员的身份，可以说自己是报社记者，这样才能了解很多真实的东西"。

官员就是官员，记者就是记者，这是个简单的道理。但是，姜省长却要求官员下基层调研不要暴露官员的身份，可自称记者。为什么？因为，在姜省长看来，领导干部，很多时候，到基层调研，往往只停留在开开座谈会，听听汇报。姜省长的看法是：座谈会上听到的，大多是领导爱听的，且大多是编造的；能有一半真话，就不错了。

姜省长能直言不讳，抨击当下官场存在的恶习、陋习，实属不易。

所以，姜省长话音一落，马上有人写文章赞扬。说他要求官员下基层调研可以自称记者，不仅良苦用心，而且是一番很有见地的"调研心得"。

但以鄙人之见，这也不是真话。君不见，姜省长话音一落，同样也有人以段子形式"唱反调"："山东省各媒体纷纷下发紧急通知，要求记者下乡采访时，注意安全，尽量不要说自己是记者，以防被打。"

虽是调侃，却也蕴含深意：即便官员"化装"成记者，"潜伏"下乡，群众同样不买账，甚至还会挨打。

群众对官员的不信任感，或说干群关系之恶化，到了何等之地步，由此可见一斑。

可见，不是简单的一句"可以自称是记者"，就可以找准良药，治愈沉疴的。

记者能了解更多真实的东西，这话不假。君不见，地沟油、达·芬奇、瘦肉精等很多与百姓生活密切相关的事件，不都是经过记者采访、媒体报道之后才被揭穿的吗？记者的天职是客观公正准确地报道新闻真相，真实是新闻的生命。

但是，如果我们的官员，连下乡调研，都要乔装打扮，才能听到真话，了解实情，那实在是一种悲哀；而如果不追根究源，只是采取权宜之计，那更是一种悲哀。

关于真话，网络上有个笑话。说是在一个记者招待会上，记者问领导：当今还有没有讲真话的人？领导：有。记者：在哪里？领导：在幼儿园和精神病院。记者：当今还有没有清官？领导：有。记者：在哪里？领导：在八宝山和古墓里。

这当然是一个笑话，或许还带有点丑化。但一个不争的事实是，如今说真话之难，实在难于上青天。

> 但一个不争的事实是，如今说真话之难，实在难于上青天。

这其中，一个很重要的原因是，多数官员不喜欢听真话。他们并不是不知道从会上所听的，或在会上所讲的，大多是假话，但良药苦口，忠言逆耳。长期的官僚主义，使他们习惯文过饰非，曲意护短；习惯阿谀奉承、歌功颂德：什么莺歌燕舞，欣欣向荣呀，什么英明领导，形势大好呀……

上有所好，下必甚焉，才会有"村骗乡，乡骗县，一路骗到国务院"一说。就连温家宝总理在今年"两会"答记者问时，也承认，有的政策"出不了中南海"。

说真话难，但如果一个执政党听不到真话，或者不想听真话，甚至听真话的土壤都没有了，那么，想好好执政也就成问题了。

可见,真话难说,或不听真话,不仅是一个人的品德问题,也是一个党风问题。

要从根本上解决这个问题,有必要将官员个人的诚实守信与提拔任用结合起来。在西方一些国家,是将官员说真话作为法律确定下来的。一旦官员说假话、谎话,就必须引咎辞职。而我们这里呢?曾有人戏言,是官场假话,导致商场假货泛滥成灾。

在一个不说假话不算为政,不说假话难以为政,而说真话就会受到不公正待遇,就会被孤立的社会环境里,端正党风、政风、民风,只能是空话一句,天方夜谭;反之,什么时候大家都能放开说真话了,什么时候党风、社会风气就顺畅了,人民群众心里就舒畅了,党群关系、干群关系也就通畅了,什么社会管理呀,什么信访工作呀,也就不再需要那么小心翼翼了。

所以,我还是要说,不从根本上解决问题,只是倡导"自称记者下基层",实在是多此一举。

2012年4月12日

曾有人戏言,是官场假话,导致商场假货泛滥成灾。

71／
记者与官员之关系

都说是，树老根多，人老话多。

您还别说，人一老，话一多，唠嗑的还尽是陈芝麻烂谷子的事。

前不久，读九州出版社出版的、刘青松先生著的《真话》一书，就引发我对往事的一些联想。

先说刘青松书里提到的一件事。说是1983年6月1日，中央召开民主党派会议。会上，时任中共中央总书记胡耀邦说出了"毋忘团结奋斗，致力振兴中华"两句话。散会后，前来采访的新华社记者李尚志请示胡耀邦："能不能把这个对联写进报道中？""什么对联？"胡耀邦问。"就是'勿忘团结奋斗，致力振兴中华'。"胡耀邦笑了笑："那算什么对联？我不过是总结大家的发言罢了。"由于胡耀邦是即席讲话，为准确起见，李尚志把采访本递给他看。"有个字不对。"胡耀邦边说边用笔将"勿"改为"毋"。李尚志正准备离开，胡耀邦又把他叫了回来。"我还想改两个字。把'致力'改成'务期'，你看怎么样？""不好。"李尚志非常干脆地答道。胡耀邦开玩笑说："你这个记者这么厉害呀？我讲的顺口溜，我自己要改都不行吗？版权是我的嘛。""不好就不要改嘛。"李尚志坚持自己的观点。其他领导人过来了，爱同记者开玩

> 您还别说，人一老，话一多，唠嗑的还尽是陈芝麻烂谷子的事。

241

笑的中央书记处书记陈丕显笑着揪李尚志的耳朵:"你这个记者好大胆,敢与我们的总书记吵嘴,该揪耳朵。"李尚志赶紧说:"不敢,不敢,我只是作为一个普通党员,向总书记提个建议。"他把刚才争论的内容向其他领导人作了汇报。他们也主张不改为好。胡耀邦哈哈大笑起来:"斗不过你们年轻人。好,就按你的意见办,不改啦。"

这段文字,看似信手拈来,幽默风趣,却让我们看到一位党的最高领导人平易近人、虚怀若谷的一面。

但是,在我看来,更重要的是,让我们看到一位党的最高领导人是如何善待媒体、善用媒体、善管媒体的。

新闻工作是我们党的意识形态工作的重要组成部分。我们的新闻工作者用智慧的头脑、敏锐的眼光、勤奋的双脚和不倦的耕耘,为宣传党的路线、方针、政策,做出了自己的应有的贡献。

但是,在现实生活中,我们的一些领导同志,却是将新闻工作当做他们个人晋升的敲门砖。他们面对记者怀有复杂的心态:工作有成绩或成效时,满心喜欢记者大张旗鼓帮助宣传报道,以扩大影响;而当他们在工作中出现问题或者遇到麻烦时,又不希望看到记者,甚至于"防火防盗防记者"。更有甚者,有时候记者是从新闻自身规律、从创新的角度,对他们的工作进行报道,却往往被误解、被怠慢,甚至被驱逐。

> 更有甚者,有时候记者是从新闻自身规律、从创新的角度,对他们的工作进行报道,却往往被误解、被怠慢,甚至被驱逐。

记得前些年,我们福建,有一位省领导,笔头了得,口头更了得,讲话经常脱稿,侃侃而谈。有次,他在讲话中,插话说福建人的精神就是"爱拼才会赢"。他说,福建简称是"闽",福建人,关起门来,是一条虫;而冲出门去,就是一条龙。这个比喻,可谓形象、生动、贴切,让报社记者看到了亮点,也找到了兴奋点。于是,报纸除了中规中矩报道了他的讲话外,还加了一条"花絮",题目叫"某某某说'闽'"。结果,翌日,这位领导看到报纸后,老大不高兴:"没请示、没汇报,就这么随便吗?领导重要讲话难道可以当做'花边新闻'?"

本来，如果这位领导能从记者的敏感性得到启发，进而改掉新闻宣传"党八股"的陋习，那真真是善莫大焉。可是，由于他的"发话"，从此，有关他的新闻，全都被淹没在洋洋洒洒的"臭婆娘裹脚布似的"长篇讲话中去了。

我们从胡耀邦同志与一个普通记者的对话中可以看出，记者与官员的关系，不仅仅是上下级关系（当然，有的也不是上下级关系，如境外媒体），更应当是亲密无间的朋友加兄弟的关系。也许，我这样说，是俗了点。但我认为，朋友加兄弟的关系，有利于记者与官员的对话、沟通、互动，也有利于新闻报道全面、客观、公正。

记得我从事新闻工作不久，我的老总编就给我们讲过叶飞与《福建日报》老总编孙泽夫的一段佳话。

说是上世纪60年代初，叶飞任福建省委书记，孙泽夫任《福建日报》总编辑。叶飞每次开会、出差、下乡，都要把孙泽夫带在身边，他不是要孙泽夫写稿，而是让孙泽夫了解全局工作，久而久之，孙泽夫成了叶飞家的常客。有一次，叶飞与夫人王于畊吵架，气得暴跳如雷，要司机发动吉普车出走，秘书劝也劝不住，赶紧给孙泽夫打电话。孙泽夫知道叶飞车子往厦门方向开，立即叫报社车子出动，并马上给厦门市有关领导打电话，要他们组织活动，迎接叶飞。叶飞一到，厦门市有备而来，"投其所好"，汇报，开会等等。一忙，叶飞早把与夫人口角一事抛到九霄云外去了。

先有叶飞，后有孙泽夫？还是先有孙泽夫，后有叶飞？我们大可不必深究。我们要问的是，昔日叶飞今安在？我们更要问的是，昔日胡耀邦今安在？

构建和谐社会，建立和谐媒体关系是极其重要的一环。而要建立和谐的媒体关系，关键要提高官员与记者打交道的能力。这也是"善待媒体，善用媒体，善管媒体"的前提条件。在新闻传播过程中，记者是客观事实的记录者、新闻舆论的把关者、社会安全的守望者、媒体价值观的践行者。这就要求官员在了解记者社会角色的基础上，走出处理官员与记者关系上的认知误区，以更加积极、开放、开明的姿态，与记者交往、交流、交心，尽最大可能地满足记者的新闻需求，这样，就可在和谐氛围中，实现新闻宣传和舆论导向的领导目标，何乐而不为呢？

2012年4月12日

72 /
不满意又如何

今年参加省政协会议,向大会提了个有关强化农贸市场食品安全检测的建议。

前些天,收到省农业厅技术检测中心复函,先是说,他们这些年针对农贸市场、新鲜超市有关蔬菜、肉品等检测,做了哪些工作,取得哪些成效;后又说,今后,他们将从哪些方面入手,着重哪些环节,采取哪些举措。

复函附上一个表格,提供以下选项要我选择:满意?基本满意?不满意?我选了前者。因为,从复函中看出,农业部门工作人员在他们的职权范围,的确做了大量的、卓有成效的工作;而之前,隔行如隔山,我几乎一无所知。对今后工作,他们也列出大点一、二、三,小点1、2、3,那是相当的认真,我没有理由不打"满意"呀。

表格寄出的第三天,我回乡下看望老父亲。刚到家,过去在乡下当老师时的一个学生,提了一条说是水库放养的鲢鱼,要我尝鲜。

我的这个学生,办了一个颇具规模的养鸡场,小日子过得不错。我顺口说:"干吗破费?你不是自己养鸡吗?拿几个鸡蛋就行了。"你想他怎么说:"您哪知道?我怎敢送您鸡呀、蛋呀?我自己都不敢吃。不瞒您说,让您到养鸡场一看,您也会吓一跳的。"他告诉我,过去养鸡,

复函附上一个表格,有以下选项,要我选择:满意?基本满意?不满意?

为了防止鸡瘟什么的,顶多在饲料中加点抗生素,可是,现在不行了,得将抗生素药片一大把一大把的,放到碗里,加点水,直接让鸡饮用。也就是说,与其说鸡喝进去的是水,倒不如说鸡是在嗑药。

我问:鸡卖到哪?他说,当然是农贸市场。他还加了一句:养鸡户都如此,不得已;现在都是圈养的,鸡的得病率太高,不这样,养不活。

我又问:农贸市场不检测吗?他说:没有。他又补充:抗生素,谁检测啊?

一个瘦肉精,已像梦魇,缠绕我们日常生活,让我们纠结万般。

伦敦奥运会开幕在即,我们国家队忧什么:人才?项目?成绩?都不是。用《南方周末》的话说,瘦肉精威胁伦敦奥运,国家队谈"肉"色变。

瘦肉精学名很拗口,叫什么"克伦特罗"。此东西一旦被检测呈阳性,与兴奋剂无异,立马遭禁赛,即便参赛了,成绩优异,也要被取消名次。

据说,全世界有两个国家,瘦肉精是出了名的,一个是墨西哥,一个就是我们中国。欧洲几乎所有国家,都对运动员发出警告,凡到这两个国家,都不准吃猪牛羊肉。人家言之凿凿:德国有个旅游团到我们这旅游,回去后,28人中有22人被检查出克伦特罗呈阳性。

为了"为国争光",我们国内一些体育训练中心,自己养猪,养羊,养鸡,以免误食瘦肉精。

可怜我们这些只为"稻粱谋"的普通百姓,成天奔波在大街小巷,即便想向国家体育训练中心学习,也是心有余而力不足。

可是,运动员在"为国争光",必须"特供";而普通百姓在各自岗位上默默工作,他们却要为餐桌污染埋单,实在有失公平,因为,真正的国家脊梁,恰恰是千千万万普通劳动者。

于是,突然因自己给了省农业厅"满意"的回复,有

> 一个瘦肉精,已像梦魇,缠绕我们日常生活,让我们纠结万般。

些懊悔了：他们果真如复函的那样，在治理瘦肉精等方面取得令人满意的成效？情形不容乐观。更不用说，还有抗生素问题，接踵而至，且日趋严重，却无人过问。

记得去年4月19日，新华社发了一条消息，说是4月20日，农业部、国务院食品安全委员会办公室、工业和信息化部、公安部、商务部、卫生部、国家工商总局、国家质检总局、国家食品药品监管局九部门联合开展为期一年的"瘦肉精"专项整治行动，彻底根治"瘦肉精"问题，保障畜牧业健康发展，确保人民群众消费安全。

新华社当时的用词是：彻底根治。报纸白纸黑字，大字标题依然历历在目。

可是，一年过去了，信誓旦旦的九个部门，都噤若寒蝉了，没有一个敢站出来回答。不要说"彻底"，恐怕连"根"在哪里，"治"有何方，都还没有搞清楚。

可是，不满意又能如何？九个部门都搞不定的事，仅靠一个农业部门，能行？

2012年4月19日

> 新华社当时的用词是：彻底根治。报纸白纸黑字，大字标题依然历历在目。

73／
危害更甚

> 我想，再有什么食药安全事故，专家肯定还要站出来"仗义执言"一番的。

这些年，食药安全事故，此起彼伏，接二连三。对此，老百姓怨声载道，相关部门穷于应付，专家辩护解释。

老百姓怨声载道，可以理解，成天为吃饭、为服药、为喝水担惊受怕，发发牢骚，骂骂娘，天经地义；相关部门穷于应付，也可以理解，法律不健全，政出多门，该用重典而不用，它们也无可奈何，也深受其害。

唯独这专家的辩护解释，实在不可理喻。

日本大地震时，各国都说要注意食品、空气等的核污染，唯独我们的专家说，我们国家离日本有多少距离，且哪些天吹的是什么风，肯定对我们没有影响；三聚氰胺渗入牛奶时，就连一水之隔的台湾地区都在举一反三，唯独大陆专家说，只有食用多少多少，才会危害健康，而微量的，无害身体；毒胶囊事故发生后，专家又出来了，还是那套老话，说是只有一次性服用多少多少粒，才会伤害身体，而服用一两粒，可以忽略不计；茶叶农残问题曝光后，专家又不甘寂寞了，又迫不及待地站出来说，"农药残留"和"农药超标"是两个概念，不能说茶叶检测出来有农药残留就是不安全的，只要不超标。

我想，再有什么食药安全事故，专家肯定还要站出来"仗义执言"一番的。不信，我们打赌。

只是，这里说的"仗义执言"，是一定要加引号的。因为，这些专家，从来就没有，或从来就不打算为我们老百姓仗义执言。

他们不愿意为我们老百姓说话，原因大致有二：一是把老百姓当阿斗，打着专家旗号，故弄玄虚，用一些老百姓看不懂的专业术语，先把我们搞晕了，再说，只要微量，就不必杞人忧天，就可以高枕无忧。

可是，我们老百姓，再怎么弱智，也知道问：核辐射、三聚氰胺、工业明胶、农药、苏丹红等等问题，在食药中，究竟"有"，还是"没有"？如果有，究竟"大"，还是"不大"？

因为，老百姓直截了当的认知是，含有核辐射的空气、含有三聚氰胺的牛奶、含有工业明胶的药品、含有农药的茶叶、含有苏丹红的鸭蛋等等，即便不会对自己身体造成直接危害，但至少，不会带来丝毫的益处啊。

可专家硬是故意把简单问题复杂化，硬是跟我们老百姓对着干。

二是被一些无良企业绑架了。一些企业，食药出了问题，"危机处理"方式，大致有这么几招：收买媒体，为其"灭火"；收买官员，为其埋单；收买专家，为其背书。

比如，我们的转基因食品，已泛滥成灾，涂炭生灵。就连比我们穷的国家，都严禁转基因进入主粮领域，可我们的专家，则一方面武断转基因无害，另一方面真的出了问题，又断言我们主粮没有转基因；这还不够，还"公车上书"，要求主管意识形态部门发文，不准媒体公开报道转基因。后来，据《南方周末》记者调查，这些专家，都与国外一些出售转基因种子的公司有着千丝万缕的利益关系。

作为一个真正负责任的专家、学者，应始终把社会责任放在首位，始终把老百姓利益放在首位，不要动不动就拿"专业"说事，更不要动不动就为某些利益集团背书。

专家对老百姓的漠视、蔑视，对某些利益集团的屈服、投降，已引起老百姓普遍的、强烈的不满，老百姓无

> 因为，这些专家，从来就没有，或从来就不打算为我们老百姓仗义执言。

249

权让他们下课，更无权对他们惩处，但却不时地用段子把他们送上"道德法庭"。最新的段子说，两只乌龟，在田边头对头，一动不动。这时，一专家路过，问旁边老农："它们在干吗？"老农说："在比耐力，看谁先动，先动的就输了。"专家指着一只龟壳上有甲骨文的乌龟说："据我多年研究，这只乌龟已死五千年了。"这时，另一只乌龟伸出头来说："操！死了也不哈一声，害得老子在这干等。"话音未落，那只有甲骨文图案的乌龟把头伸出来哈哈大笑："输了吧！专家的话，你也信？"

可是，一个社会，如果连专家的话，都不可信了，那么，其危害，是不是比毒胶囊更甚？答案是肯定的！

2012年4月26日

74 / 谁的扁担

> 一根扁担，就这样随着政治风云的变幻而变幻。

不知道现在的小学课本，是否还有《朱德的扁担》一文。

我们这些从上世纪50年代走来的人，应还记得，我们上学时，语文课本有一篇颂扬朱德艰苦朴素的文章，叫《朱德的扁担》。

可是，1967年2月，当我们放完寒假，回到学校时，却惊讶地发现，同样一篇课文，已被换成《林彪的扁担》。

可是，才过了四年多，林彪事件发生，教材又悄然换回《朱德的扁担》。

一根扁担，就这样随着政治风云的变幻而变幻。

一根扁担的故事，或许已远离我们而去，但"谁的扁担"的诘问，则如影随形地渗入我们的学习、生活和工作中。

首先，谁的扁担，涉及教育体制的问题。

自从我们懂事起，自从我们进了学校，我们都把老师的话，把课文的内容，当做金科玉律。一旦，现实与学校、与课本产生冲突，我们就显得手足无措，无可适从。所以，我才说，扁担的故事，虽已走进历史，但其影响，仍远远未能消除。

前不久，上海有所小学，在语文作业中，让孩子们回答：孔融让梨，是对，还是错？结果，有一个孩子选择了"错"；结果，老师给打了零分；结果，孩子的家长愤然将老师的评分发到微博；结果，大多数网友站到家长一边，对那个老师竭尽挖苦、鞭挞之能事。

我们能怪这位老师吗？所谓师者，传道授业解惑也。这位老师本意肯定是为了这名学生好，是想引导孩子向善。虽然，他的方式方法有可商榷之处，但我们也不能对他无礼谩骂。要说有错，是我们长期的教育体制导致的。我们悲哀的应当是，到了今天，这样的体制仍束缚着我们的学校、老师，使他们无法从容亮出自己的观点，无法从容引导孩子去辨别真善美与假丑恶。

> 其次，谁的扁担，还涉及实事求是的问题。

其次，谁的扁担，还涉及实事求是的问题。

比如，这些年，我们经常从媒体上看到，我们的国有企业如何实施走出去战略，如何取得辉煌业绩，如何为国争光。看了这样的新闻，一股自豪感往往油然而生。

但是，现实却不是这样。最近看了一些深度报道，才知道，我们的一些大型国企，因为盲目乐观，过于自负，在走出去过程中，不加分析，不加评估，就出手收购一些吃力不讨好的项目。《中国经营报》不久前就报道，某石油央企，三年前收购了加拿大一个公司的一口油田。但事后才发现，这口油田只能产出高硫油，油品不好，炼化成本太高，也不宜运回国当储备油，几十亿美金就这样打了水漂。而知情者说，其实，这样的央企为数不少，央企境外资金超过四万亿元，但因缺乏有效监管，往往是个别人说了算。

可是，这样的真相，又有几个人能知晓？更多的普罗大众，还在为他们的"壮举"高唱赞歌呢。

历史不是任人打扮的小姑娘，而现实又往往迷雾重重。所以，"谁的扁担"的问题的提出，就不仅是历史的，也是现实的。

但无论是过往，或今天，我们缺乏的，恰恰是实事求是。

有个段子说，党校门口，有块刻有"实事求是"的石头，结果，学员们就总结说："迎着实事求是来，绕着实事求是走，背着实事求是学，离开实事求是干。"段子还说，原先，"实事求是"的大石头是放在校门口的，学员们都是迎着它进学校的，进去得绕着它走，而教学楼在它后面，所以是背着它学，最后学完了回到各自工作岗位，故为离开它干。段子传到了高层耳朵，他们也觉得这不是个事，虽然是事实……所以，就把"实事求是"这块石头从校门口搬到学校里，学员得过了教学楼才能看见它。高层以为这样就万事大吉，结果不久，又传出"实事求是退居二线啦"。

段子是编出来的，看完，莞尔一笑罢了。但是，如果"实事求是"的问题不解决，"谁的扁担"的问题，也是永远存疑的。

2012年5月3日

> 但是，如果"实事求是"的问题不解决，"谁的扁担"的问题，也是永远存疑的。

75 警惕新"大字报"

最近厦门的一个新闻是，福建某县一退休不久的信访局长，因女儿在厦意外去世，为求得真相，到厦门信访局上访，要求相关部门伸出援手。

引用新闻由头，不是为了重复新闻的来龙去脉。我想说的是，这位原信访局长为了让更多人同情他、理解他，就把一些他自己看来是真相的东西，发到网上去。

让这位局长始料不及、哭笑不得的是，网上真正同情他的，寥寥无几，更多的则是对他挖苦、讽刺、揶揄。最典型的是挖苦他说，他在信访局长位置上，一定干尽坏事、丧尽天良，这是上苍对他的报应。还有的说，也应当让他尝尝信访的滋味。

网上的一边倒，让这位局长自怨自艾，自乱阵脚，只好在网上不断地跟帖，不断地说明自己在信访局长位置上如何如何为访民着想、替访民服务，甚至经常自己掏腰包给远途而来的访民买面包、车票……

无奈，这位局长的自我表白被掩盖在数以万计的、一边倒的跟帖中，没几个网民给予理解，有的网民甚至说，这是在作秀。

看了这些跟帖，我内心像打翻了五味瓶似的。

我想到了三个字："大字报"。

> 引用新闻由头，不是为了重复新闻的来龙去脉。

我是从"文革"走过来的，知道什么叫大字报。

《现代汉语词典》里查不到，而百度的解释是："大字报，是张贴于墙壁的大字书写的墙报，是上世纪50年代至70年代末80年代初流行于中国的舆论发表形式，是'大鸣、大放、大字报、大辩论'的'四大'之一。"

看了这个解释，觉得现在网络的部分言论，与那个远去的年代，不相上下。难道不是？时下，地不分东西南北，人不分贵贱高低，谁都可以隐姓埋名，在网上发主帖，或亮出自己的观点，或申诉自己的冤情，或攻击对手的软肋，甚至可以无中生有、诽谤中伤、造谣滋事。跟帖者更是不分青红皂白，扇阴风点鬼火，唯恐天下不乱。而真正理性、客观、冷静的，实不多见。

这种现象，与当年的大字报相形，如果一定要说不同，就是如今的大字报，可以借助现代科技，更迅速、更便捷、更广泛、更自由地广而告之。

因而，准确地说，现在的大字报，前头要加个修饰语"新"，即"新大字报"。

对此，我们当然要作客观分析。作为一个传统上对信息和言论严格控制的国家，中国在这一轮信息和技术浪潮中，正迎来前所未有的言论自由。尽管防火墙、过滤器不断更新，但互联网、智能手机等新技术手段，已使得信息和言论控制变得日益困难。

我们要肯定的是，言论自由，是时代发展的潮流，我们的宪法早也将此告诸天下，这是不容置疑的。但是，如果任由信息传播无限自由化，乃至不负责任的言论、谣言肆无忌惮横行泛滥，就会出现彻底的"无权威"局面，社会可能会陷入长时期的混乱和失序。

十年"文革"，损失惨重，教训深刻。当时虽然没有各种电子媒体，但"反动权威"和"当权派"纷纷被满天飞的"大字报"斗倒，中国成了一盘散沙，民不聊生，国将不国。

今日之中国，虽然在经济体制改革方面，取得了举世

因而，准确地说，现在的大字报，前头要加个修饰语："新"，即"新大字报"。

瞩目的成就，但在政治体制改革方面，许多文章还远没有破题，如提高法治化程度，即时发布权威信息等。因而，我们还有很长的路要走。

　　正是处于经济和社会的转型期，人们思想的多元化，利益诉求的差异化，带来舆论的极端化和情绪化。"文革"时期，毛泽东有一句名言，说是文革，七八年还会再来一次。几十年过去了，毛泽东的预言显然破灭。但是，如果对当下网络言论不加以适当引导和管理，某些博客、微博和网站就会成为新形式的电子"大字报"，用情绪代替理智，最终成为各式极端主义的温床。到那时，谁敢说"文革"不会死灰复燃呢？

2012年5月10日

76／
宝刀不老的王蒙

用宝刀不老这个词来形容王蒙，实在是再恰当不过了。

王蒙著作等身，王蒙功成名就，但王蒙就像他写过的小说《青春万岁》中的人物一样，永远的热血贲张，永远的豪情万丈，青春不老，青春不死。用现在的话，叫永远的"愤青"。

读他的小说也好，散文也好，杂文也好，不仅是精神上的享受，更主要的是思想上的升华。

他的近著叫《中国天机》。

何谓天机？辞海的解释有二：一是迷信的人指神秘的天意，二是比喻自然界的秘密，也比喻重要而不可泄密的秘密。所以，有"一语道破天机"、"天机不可泄密"等说法。

王蒙这里的天机，指的是，重要而不可泄密的秘密。

重要而不可泄密的秘密，被王蒙泄密了。

那么，王蒙泄的是哪门子的密？王蒙这本书加了一个副题——"我要跟你讲政治"。

这就再明白不过地告诉你，他泄的是政治的密。这又太宽泛了，王蒙的《中国天机》中，泄密有一定外延：即新中国诞生以来历史与政治发展过程中的一些人和事。

王蒙不是对历史的人和事平铺直叙，那是史家的事；

> 王蒙著作等身，王蒙功成名就，但王蒙就像他写过的小说《青春万岁》中的人物一样，永远的热血贲张，永远的豪情万丈，青春不老，青春不死。

王蒙是作家，他要的是对这些人和事的解释，且他的解释是深刻的、机智的、幽默的，而这又是一般的史家、作家所不能企及的。这，当然就是天机。

这是王蒙的独一无二。在我看来，只有王蒙行。

为什么？首先，王蒙够格。

77岁的王蒙，党龄60多年，当过文化部部长、全国政协文史委主任、中央委员与全国政协委员；被错划为"右派分子"打入另册20余年，在农村劳动改造11年多；和最上层的人及最下层的人，包括劳改释放犯，都有过交往；访问过60多个国家与地区；见过我国最高级别的领导人，见过的外国高端政要有中曾根、撒切尔夫人、金日成、金大中、诗琳通公主、日夫科尔……

这不是显摆，是经历，是磨砺，是资本。

新中国为什么要以革命的形式推翻旧制度？王蒙自己见过北平前门八大胡同前用铁索穿过脖项的逃兵，见过对共产党人施加的灌辣椒水、剥皮、"点天灯"等酷刑，还见过各种蹂躏妇女、强暴妇女、侮辱妇女的习俗。他认为，毛泽东在《湖南农民运动考察报告》一书中关于君权、族权、神权、男权几条绳索纠缠在一起，勒得劳苦大众喘不过气，只好"揭竿而起"的描述，入木三分，力透纸背；他说，他见过1949年，全国解放，万民狂欢，到处高歌"解放区的天是明朗的天，解放区的人民好喜欢"的盛况；他说，自己唱过，那是发自灵魂深处的，没有丁点的虚情假意。

作为一名党的高级领导干部，王蒙的经历让他了解到不少下级哄高级领导高兴的故事。

他说，一位领导到一个省会城市察看菜市，当地菜市临时改了菜价，搞得很物美价廉，领导甚是高兴；可是，领导前脚一走，刚才写有菜价的黑板立马换了一块，菜价也立马翻了一番。

一位领导去看某地文化产业，地方领导即安排某公司从深圳弄来人和物，专供领导视察，让领导认为这里的水平和深圳相差无几。

国内造假，出国也是。一位大领导到某国访问，要到该国一位伟大诗人陵墓参观。当地有个习俗，到了陵墓后，拿出那位诗人诗集，任意翻看一页，指出一句话，以这句话含义占卜吉凶。领导的高级翻译接到指令，无论领导指哪一行诗句，只准译成"心想事成，健康长寿"。

这样的解密，在王蒙书中，俯拾皆是；这样的解密，在别的书中，也有一些，但大多是道听途说，可信度不高；而王蒙不同，他经常是用亲历者身份来描述的。

其次，王蒙敢言。

王蒙坦言，写政治话题，有相当的敏感性；人民日报社社长对他的评价是：敢说话，说新话，会说话。

敢言，是《中国天机》一大特色。

王蒙警醒说：新中国的接班者们，可要从国民党的覆亡中汲取教训啊！

王蒙分析了国民党覆亡的成因，认为国民党不仅自高自大、高高在上、脱离群众、抛弃人民，而且其理念也是陈词滥调、大话假话、空洞无物；他还连带把卡扎菲捎上，认为卡扎菲可以当利比亚独裁者40多年，也可以在几个月或几天内、几小时内变成人人喊打的过街老鼠。

王蒙的结论是：人民要的是听其言而观其行，而一个掌权的大佬，最容易犯下的失误，就是说得多做得少，说得好做得没有那么好。这样，就会被人民所抛弃。

王蒙重提2000多年前书生陆贾向汉高祖刘邦提出的一个尖锐问题：你是在马上得天下的，你能在马上治理天下、管理天下吗？

王蒙的理解是，要把打天下与坐天下分离开来：打天下的目的，不是为了打天下的几个英雄好汉取而代之，而是为了真正建立天下为公的机制，选拔贤能，治理国家，造福人民；打天下与坐天下是两套功夫，打天下是枪杆子里面出政权，坐天下是靠科学、靠民主、靠法制。

王蒙认为，共产党没有自身的特殊利益，是对的；但

> 王蒙坦言，写政治话题，有相当的敏感性；人民日报社社长对他的评价是：敢说话，说新话，会说话。

官员是有自身利益的，官员也是人，也有妻儿老小，也要吃饭穿衣。我们经常听说过这样的话："凡伸手要官的，一律不给。"这就证明，官职是一种好处，如果是责任、义务、要被监督，会不给吗？官员有待遇，有特权，能报销一大批开支，这些都不是秘密，没必要藏着掖着。关键是，官职是谁给的。是人民？是领导？性质不同。

这样的话，只有王蒙敢言、善言。

再次，王蒙深刻。

王蒙说他自己从来没有去追求过、真正感兴趣过、哪怕是一星半点的"仕途"；但他说他有真正的主人翁的责任感与理解担当，他有入乎其内出乎其外的灵动与清醒。

所以，王蒙的片言只语，都带有深刻的思想。

发展是硬道理。大家都这样说，但王蒙不。他说，发展绝不可能自行解决中国的社会问题，如人口问题、环境问题、分配问题、教育问题、法治问题；相反，发展会带来太多太多的新问题、新忧患、新挑战、新危险。一个是腐败，一个是动乱。二者互为因果，互相推波助澜。如果再加上外部环境带来的挑战与煽惑，三者兴风作浪，中国就够呛。

王蒙在书的后面说，王蒙老矣，伟大祖国一定能够永葆青春、前途无量。

人的老去，是自然规律；但人的立论建言、真知灼见，只要是与时代同步、与祖国同行，就永远年轻。

敬礼！宝刀不老的王蒙。

> 人的老去，是自然规律；但人的立论建言、真知灼见，只要是与时代同步、与祖国同行，就永远年轻。

77/
晒晒另类账单如何

> 从网上看,"看不懂"的抱怨声依然不时响起。

公务出国经费、公务用车购置及运行费、公务接待费等三项,简称为"三公"。

自去年始,国务院三令五申,要求国家机关要带头晒"账单",以实际行动压缩、杜绝"三公"。

国务院今年要求,晒"三公"账单,要扩大到各省市区机关单位。

力度加大了,成效如何?从网上看,"看不懂"的抱怨声依然不时响起。

但是,依我看,这已是了不起的进步。对政府的进步,我们不能过于吹毛求疵,而应给予充分肯定,进而积极建言献策,推动改革稳步进行。

不过,我今天要说的则是,政府是否也应在别的一些领域,尤其是关乎老百姓生老病死等领域,也晒晒"账单"?

想到这个问题,是最近看了一些材料。

比如,去年"瘦肉精"闹得沸沸扬扬时,就有媒体披露说,国内个别发明"瘦肉精"的专家,居然凭这个专利,获得国家科技进步奖;今年"毒胶囊"再掀波澜,又有媒体披露,利用皮革废料提取食用明胶,也有不少获得国家专利。

对于"瘦肉精"获得国家科技进步奖，有关部门始终三缄其口，不做任何说明；对于用"破皮鞋"提取食用明胶而获国家专利，国家知识产权局倒是很快有了回应。他们说，的确受理过十件利用皮革废料提取食用明胶的专利申请，其中两件曾分别于去年获得批准，但均已失效。

由此可见，在所谓国家科技进步奖、国家专利的申报中，有相当一部分是涉及食药领域的，而这些领域，又直接关系老百姓的日常生活、生命健康。

但从暴露出来的问题看，这个部门，那个部门，在接受这个申请，那个申报时，完全没把老百姓的生命安全当做标准，不要说唯一的标准，或最高标准，恐怕想都没往这方面去想。

这其中，"猫腻"二字，是肯定少不了的。

平时老百姓感叹政府机关门难进，脸难看，事难办，因为官僚机构已养成习惯，凡对他们有利的——有利可图的，不能办的事，他们也千方百计办、快马加鞭办；凡对他们不利的——无利可图的，能办的事，他们就是不给办，或拖着办，慢慢办。

最近有关茶叶农残标准的争论，再次凸显有关部门的不作为，乱作为。

在茶叶种植中，农业部关于农药使用的禁令，明显与卫生部规定的农药最大残留限量之间的标准相冲突。以立顿花茶被检测出的农药灭多威为例，根据农业部规定，是违禁农药，而卫生部却允许使用该农药，且颁布的标准中，规定该农药最大残留限量为每公斤3毫克，而欧盟最大残留限量规定，每公斤仅为0.1毫克。

这就暴露出两个问题，一个是国内两个职能部门，相互打架，一家说行，一家说不行；另一个是国内外两种标准，差异相去甚远。

> 第一个问题，见仁见智，公理婆理，雌雄莫辨，不知孰是孰非，谁真谁假；第二个问题，明显是因人而异，内外有别。

第一个问题，见仁见智，公理婆理，雌雄莫辨，不知孰是孰非，谁真谁假；第二个问题，明显是内外有别。

对于第一个问题，老百姓的感觉是，凡农药，肯定对身体有害；对于第二个问题，老百姓的感受则是，中国人，命就是不值钱。

难怪，今年国际绿色组织公布了几种茶叶农残超标后，国内不少茶商就不以为然，甚至嗤之以鼻，原来后面有所谓"国标"为他们"站台"、"背书"。

还是回到文章开头，我的建议是，国务院在强制机关部门公布"三公"晒"账单"的同时，也该到了对凡涉及老百姓生老病死的食药问题，强制有关国家机关像公布"三公"晒"账单"那样的时候了：凡是违规批准的所谓奖项、专利，坚决取消，绝不手软；凡是标准不一的，涉及农药限量之类的，要就低不就高，向国际标准看齐；凡是部门打架的，绝不能政出多门，只能由最具权威部门说了算。

对这些"账单"，谁不公布，谁不执行，或执行不到位的，建议统统在媒体上曝光，甚至要对那些视老百姓身体健康为儿戏的贪官、庸官绳之以法。他们拿着人民的俸禄，却视人民为草芥，说轻点是见利忘义，说重点是谋财害命啊。

2012年5月17日

> 他们拿着人民的俸禄，却视人民为草芥，说轻点是见利忘义，说重点是谋财害命啊。

78/
一把手依赖征

词典曰：国家的政府首脑叫总理。总理，总理，事无巨细总等"一把手"来理？

中国青年报社会调查中心曾做过一项调查，调查显示：95.6%的受访者感叹，当今社会"一把手依赖征"严重；26.2%的人认为，在日常生活中，遇到问题，如果不找"一把手"，几乎解决不了；31.1%的人认为，如果不找"一把手"，很少能解决问题。

"一把手依赖征"，由来已久，各级、各地普遍存在。

记得《朱镕基讲话实录》里，就收录了朱镕基1995年10月的一次讲话，题目叫"信访工作是体察民情的重要渠道"。朱镕基讲了自己在上海市工作时，一次带区委书记、区长到八仙桥菜市场参观发生的一件事。他说："群众一听说我们去了，一会儿就把菜市场包围了。很多人都拿着一封信，要求解决他们的切身问题。有一个老太婆，瞧见我过来了，就往我这里跑。警卫人员把她拦住，她说，今天非找朱市长不行，不找朱市长解决不了她的问题。我就朝她走过去说，你不要着急，慢慢讲。她说，家里厨房旁边的下水道堵塞已经一个礼拜了，粪水快要冒出盖板了。怎么做饭啊！我说，你放心回去，下午就会有人去清理。如果没有人去，你再打电话找我。这件事，我至

> 总理，总理，事无巨细总等"一把手"来理？

今忘不了。"

朱镕基没说他为什么忘不了，但不言而喻的是，本来，小小下水道堵塞，是不必惊动他的，里弄就可以解决了，再不行，居委会总可以吧？

当然，不是说堂堂市长，就不要过问此类事，而是说，各级领导，有各自的分工、责任。一个省也好，一个市也好，一个县也好，如果事无巨细，都要那儿的省长、市长、县长出面，不要说他们成天陀螺般团团转，依然无济于事，即便真正都能解决，也往往胡子眉毛一把抓，捡了芝麻丢了西瓜，是行政资源的严重浪费。

"一把手依赖征"的存在，很多时候与"一把手"有关。我不清楚，当时朱镕基对着那个老太婆许诺时，身边的区委书记、区长，有何感受？朱镕基自己又有何感受？

正常的是，区委书记、区长，应感到无地自容，因为，把这么简单的问题，推给市长，实属失职；朱镕基呢，我想，也应感到脸红耳赤，因为，这么简单的事，竟然要他发话，实属多余。

不正常的是，下属不以为然、无动于衷，甚至认为，简单的事，让"一把手"拍板解决，总比复杂的事，让"一把手"难堪，来得好；不正常的还有，"一把手"乐此不疲、习以为常，甚至将其当做作秀的好机会。

"一把手依赖征"与"一把手"有关，是因为，不少事，是行政机关、职能部门"举手之劳"就能办到的，有些事甚至就是明确规定的"分内事"，不需要"依赖"领导，甚至"一把手"出面的。出现不正常现象，很大原因，在于制度的设计、执行方面，有缺陷，让一些官僚主义严重的公务人员有空可钻。而这些，"一把手"需要反思。

也有的说，"一把手依赖征"与民众中传统的"包青天情结"有关。的确，在一些群众看来，"只有一把手说话管用"、"能够解决问题"。但是，一个不争的事实是，一般情况下，想要找到"一把手"，要么得托关系，

"一把手依赖征"的存在，很多时候与"一把手"有关。

要么得采取"拦路喊冤"等极端方式，又累又麻烦。可见，要解决"一把手依赖征"问题，还是要真正回归到树立群众观点上。如果各级部门，都能通过依法办事、按章办事进一步明确职责、规范权力、勤政善政、公开透明，都能真正做到像习近平同志所说的"权为民所赋，权为民所用"，"一把手依赖征"问题就迎刃而解了。

2012年5月24日

79 / 这样的"体检"合格吗？

感谢厦门市卫生局，他们最近的一项工作，提供的一组数字，让公众对全市医疗机构的分布情况、存在问题，有了一个较为全面的认识。

数字一：全市共有医疗机构1457家，其中除了近50家公立医疗机构外，均为民营及社会资本举办的非公医疗机构。

解读：公立医疗机构偏少，优质医疗资源有限，公益事业单位变味，容易加大医患矛盾。

数字二：从今年4月始，厦门市开展了为期一个月的社会医疗机构专项评价工作，参与评价的社会医疗机构总数为269家。

解读：在1450多家社会医疗机构中，参与评价的只有近1/5，微乎其微，明显偏少。今后，这项工作任重道远。

数字三：这是有史以来，我市规模最大的社会医疗机构专项检查。

解读：这样的检查，以前做过否？如果没有，为什么？如果有，为什么不公布？

数字四：参与评价的269家社会医疗机构，被表扬的3家，154家存在问题被责令整改，21家违规的被记分处理，1家被当场罚款，2家无证的被依法取缔。

解读：有问题的，比没问题的，多得多；无证的，可能远远不止2家；既然无证，为什么能纳入统计范畴？这样的统计，准确率几何？

莫怪我鸡蛋里挑骨头，因为数字本身会说话。

会说话的，不仅仅是数字，还有新闻。

5月18日，市卫生局召开检查结果通报会，通报了本次"体检"结果。

结果是，3家被表扬的，有名有姓；而177家有这样那样问题的，则只有一组阿拉伯数字。

卫生局的初衷，是让新闻说话。说话的目的，是展示短短的一个月，他们是如何如何顶住压力，如何如何辛苦奔波，如何如何为公众办实事、好事。

比较过往的操作，卫生局算是大大进了一步，起码，他们把一些原本只是内部掌握的数字，给公布了。这，值得肯定、表扬。

可是，让卫生局始料不及的是，公众并不怎么买账，媒体发布卫生局"体检"的新闻后，公众群起而攻之，认为，这样的"体检"不合格。

攻的焦点有二：不彻底，有猫腻。

说有猫腻，显然是一种猜疑，一种气愤，一种发泄，不足为凭；而说不彻底，则是肯定的。因为，公众想知道的，从某种意义上说，不是那些合格的社会医疗机构，因为，那毕竟是寥寥3家；而是那些不合格的社会医疗机构，因为，那毕竟近200家。可是，偏偏卫生局顾左右而言他，对不合格的社会医疗机构只字不提。

只字不提的原因，也有二：一种是习惯使然。长期以来，一些机构单位习惯掩盖，习惯平庸，习惯虚伪，就是不习惯公开、透明。

另一种是有所顾忌，顾忌社会医疗机构反弹，顾忌上级部门责怪，唯独不顾忌公众有意见。

写到此，想到5月3日，因公布"吃空饷"者名单，浙江永康市《永康日报》一时"洛阳纸贵"、观者云集。

论者认为，永康市"自曝家丑"的勇气值得肯定。因为，之前，永康市也开展多次"吃空饷"清查活动，但只是在部门内部公示，结果都不彻底。这次"史无前例"的举动，把"吃空饷"者公之于众，让他们"无地自容"，同时也让公众监督，结果，反响巨大，成效显著。

于是，想到，厦门市卫生局，如果也能像永康市那样，来个"壮士断腕"，"自曝家丑"，将不合格的医疗机构名单，一一在媒体上公布，那么，起码也有这么几种好处：一是，有利于树立政府主管部门在公众中的权威；二是，有利于调动公众参与公共事务领域的热情；三是，有利于推动公众与政府在互动中分担责任。

这么多"有利于"，厦门市卫生部门何乐而不为呢？

2012年5月31日

80/
一封特殊的致敬函

前些天,到深圳参加《深圳特区报》创刊30周年座谈会。

第二天,发现该报在一版突出位置刊发了《给吴南生同志的致敬函》。

年届九秩的吴南生,是深圳成立特区后的第一任市委书记。

不能肯定的是,一家党报,在自己的报纸上,刊发文章,回忆一位市委书记对报纸的重视、关怀和支持,是否第一家?但可以肯定的是,即使有,也是为数不多。

可以肯定的还有,一个城市的市委书记,与其所在市党报的关系,可谓水乳交融、亲密无间。

800来字的致敬函,言简意赅,回忆过往,饱含深情;憧憬未来,信心百倍。

话说回来,尽管致敬函写到吴南生等市里老领导在报纸初创时期给予的财力、人力和精神上的大力支持,但毕竟是公开发表的,且限于篇幅,具体如何支持,字面上是看不出来的。

不过,这个问题,还是一直萦绕在我的脑际。这,也许是新闻记者职业使然。

座谈会后,在与《深圳特区报》一位朋友小聚时,他提起一件小事。这件小事，与厦门有关，也与我思考的问题有关。

说是2010年8月23日，厦门市党政代表团到深圳考察，深圳市委书记、市长接见了厦门市委书记于伟国、时任市长刘赐贵。

第二天，《深圳特区报》在头版头条报道了这条新闻。但是，由于记者的粗心，刘赐贵错成了刘赐福，且名字上了报纸的副标题——我点击了"百度"，"刘赐福"三个字，赫然在目。

报纸送到深圳、厦门两市领导手中，才被发现出了不

该有的差错。

据说，当时深圳市领导说，赐贵、赐福，都是好名字嘛，厦门领导赐福深圳，我们应当高兴啊。说完，大家哈哈一笑，一个差错，就在谈笑间过去了。

当然，作为报社，举一反三，吸取教训，还是要的。但是，据说，深圳市方面对报纸的差错也没再深究。

《深圳特区报》的朋友问我，此事如果发生在你们厦门，会如何？

我一时语塞。只能顾左右而言他：彼此彼此。

这是个插曲，正题是我从深圳方送给的一大堆资料中找到的。

《深圳特区报》正式创刊之前，有个试刊过程。据说，当时中宣部批复试刊的初步意见是："外资来了，资本主义思想也来了，思想阵地要加强。深圳面临港澳，是桥头堡，你们报纸的任务，就是要巩固社会主义阵地。你们在最前沿，面临港澳，你们就得干这个。"

面对中宣部的指令，深圳市委领导有不同的看法，尤其是吴南生。他对从北京来调研的中宣部新闻局局长说：深圳是经济特区，要跟资本家打交道。你板起脸孔，像内地的报纸那样，人家害怕，就会很困难。

庆幸的是，中宣部派来调研的领导，十分开明。听了市里汇报后，立即表态，中宣部意见是在北京想当然提的，仅供参考，报纸要根据实际情况办。

当深圳市方面提出有些忐忑时，他进一步鼓励说："没关系，错了可以改。报纸更应放开些，报纸如果不能说错话，那肯定是办不好的。"

我一直在想，上世纪80年代初，中宣部领导能如此开明开放、实事求是，说出办报人的心声，即使放在今天，也是凤毛麟角，十分难得。

因为，没有一个报人，愿意看到自己的报纸出差错。

但一件天天要干的事情，有时鬼使神差，张冠李戴，怕是神仙也难以幸免。

> 我一直在想，上世纪80年代初，中宣部领导能如此开明开放、实事求是，说出办报人的心声，即便放在今天，也是凤毛麟角，十分难得。

《深圳特区报》正式创刊不久，就出了一回大差错。有一次，因校对失误，把一位广东省委领导以前的经历"粤东特委书记"，错成"粤东特务书记"。时任深圳市委书记的梁湘见到报社总编辑，只是指着报纸对他说了一句："你看看。"总编辑当然紧张异常，不停地作检讨。可是，梁湘却也只是笑笑，不再提起，连片言只语的检查也没让报社写。

　　一个城市，一张党报。这张党报，就是这个城市的眼睛、窗口、形象、名片。这张党报，不仅仅是要办给自己的市民看，还要办给外地客人看，如果这张党报，像吴南生同志所说的，像内地报纸那样，成天板起脸孔，人家就害怕了，就对这个城市心生反感。

　　可是，30余年过去了，板起脸孔的报纸仍然充斥报业市场。只是，这个市场，顶多也就是停留在机关单位了。

　　时代变了，媒体格局变了，你再板起脸孔，只能吓唬自己，老百姓是不买账的。

　　由此观之，深圳特区报刊发给一位老市委书记的致敬函，是有其深意的。

2012年6月7日

> 时代变了，媒体格局变了，你再板起脸孔，只能吓唬自己，老百姓是不买账的。

81 /

是制造捕鼠器，
还是获取捕鼠特权

南海局势，历来吃紧，今年尤甚。

一个小小的菲律宾，就不断挑衅我们这样一个泱泱大国。

于是，民间"诸葛亮"纷纷建言献策。

其中，就有网民呼吁：向富人征收战争税。

其理由是，富人之财富，纯拜国家改革开放之所赐；如今，国家"内忧外患"，富人做贡献，理所当然。

此论一出，立马招致网民批驳，说这是典型的"劫富济贫"，要不得。

我等"秀才人情纸一张"，真正到了战争开打，恐也只能"文来文去"，想向富人学习，多捐几个铜板，怕也难。

虽是如此，但我等似也从未对富人的财富红过眼，动过心思。

是故，我等大多数，也是反对"劫富济贫"的。

只是，认真一读相关文章，倒也觉得，富人发财，拜国家改革开放之所赐，却也是千真万确的。

只是，又认真一想，发了财，就一定要对国家做贡献吗？

这一想，有些危险，似触及爱不爱国的敏感地带。

> 虽是如此，但我等似也从未对富人的财富红过眼，动过心思。

但我以为，这里有一个问题有必要厘清：发财，究竟是纯粹市场经济所致，还是纯粹特权经济所致？

如果是前者，发财，没有为富不仁，对国家有所贡献，是一种高尚的、自觉的爱国主义行为；如果是后者，对国家有所贡献，则是一种责任、一种义务，就不存在"劫富济贫"的问题，若为富不仁，一毛不拔，理当千夫所指。

写下这些感悟，不是为了参与争论，而是读了财经作家吴晓波"中国企业史三部曲"（《激荡三十年》、《跌荡一百年》、《浩荡两千年》）想到的。

吴晓波的"三部曲"，称得上鸿篇巨制，但核心却只有一个，即：中国商人具有一种与西方企业家完全不同的想法——历朝历代的中国商人，秉承这样一个传统，他们不是想方设法去制造一个更好的捕鼠器，而是千方百计想从官方获取捕鼠的特权。

在这些商人看来，如果没有获取捕鼠的特权，再高效的捕鼠器，都无法工作。

因为，中国政府，是一个超级强大的集权政府，控制着关键生产资料的配置，甚至经常亲自"下场比赛"。这就逼得民间资本只能在夹缝中生存，民间商人要想生存发展，就得托庇于政治权力之下。

吴晓波举例说，去年，乔布斯去世，国内政商界都提出一个非常有趣的问题：为什么中国出不了乔布斯？吴晓波认为，答案其实也在这里——中国存在着太多、大大小小、争取捕鼠特权的"乔布斯"，因而抑制了发明捕鼠器的"乔布斯"的诞生。

一个国家商人，不去发明捕鼠器，而去争获捕鼠特权，就必然导致四种困局。

一是国有资本与民营资本"楚河汉界"，前者垄断上游的资源型产业，后者控制中下游的消费生产领域，因此，中国的市场经济是不成熟、不完全的，是只有底层，没有顶层。

二是政府与民间没有形成对等的契约关系，民间资本的积累缺乏制度性保障。在这种情形下，个人财产合法性建立在"皇恩浩荡"的前提下，政权对个人财产的剥夺，带有不容置疑的正当性。

三是权贵资本横行，寻租现象历代不绝，财富向权力、资源和土地高度聚集。如是，当权者以国家名义获取资源，又以市场名义瓜分财富，上下其手，攫取私利。与此同时，天性趋利的民间商人则通过寻租方式，进入顶层，牟取暴利，从而催生出一个制度性的官商经济模式。

四是在国有资本和权贵资本的双重高压下，民间商人危如累卵，产生强烈的恐惧心理和财富幻灭感，产业资本从生产型向消费型转移。

> 古云：富不过三代。以红顶商人之老谋深算，竟不过十载。骄奢淫靡，忘乎所以，有以致之，可不戒乎？

在吴晓波看来，有了这四种困局，就不难解释为什么中国商人"富不过三代"，为什么缺乏"商人精神"或"企业家精神"，为什么"一统就死，一放就乱"，为什么资产转移、后代外移？

写到这里，又想起读《朱镕基讲话实录》（四卷本）第四卷时，看到了朱镕基于2002年5月考察杭州胡雪岩故居后，在住地刘庄挥毫写就的一段留言。留言如下："胡雪岩故居，见雕梁砖刻，重楼叠嶂，极江南园林之妙，尽吴越文化之巧。富埒王侯，财倾半壁。古云：富不过三代。以红顶商人之老谋深算，竟不过十载。骄奢淫靡，忘乎所以，有以致之，可不戒乎？"

朱镕基的留言，实在是一篇教诲当代、警示后人、文采飞扬的好教材。他的一席话，居安思危，直抒胸臆，用心之苦，修辞之妙，昭然天下。

但是，大多数人对朱镕基留言的解读，更多的是从批评胡雪岩的角度出发，几乎没有人从两千年中国政商博弈史的层面去剖析。

吴晓波的"三部曲"，则提供了这样一个读本。

再回到文章开头，向富人征收战争税，只是个别学者的个别观点，大可不必当回事。

但话说回来,既然富人们是通过攫取"捕鼠特权"而发家致富的,那么,让他们为国家机器正常运转加加油,应不为过吧。

只是,这是十分不正常的。我们宁愿他们去发明"捕鼠器",少为国事"操心",也不愿他们去攫取"捕鼠特权",多为国家"做贡献"。

2012年6月12日

82 / 道德与规则

去年以来，香港特首曾荫权日子就一直不太好过。香港媒体先是披露他外出时，接受过富豪超规格的款待，后又因表示退休后拟租住深圳东海花园，被指所租之楼装修豪华、月租超6万。

对这两件事，曾荫权似未自己出面澄清，只是特首办做了相关说明，但是，5月31日，香港特区审计署就曾荫权出访期间酒店住宿安排发表报告指出，曾荫权在本届任期内，有55次外访，每次职务访问的酒店房租，均超出标准膳宿津贴额的六成，违反了使用公款的"适度和保守"原则。这下，曾荫权坐不住了，不得不自己出面道歉："因我个人处事不当，令市民对香港保持廉洁奉公的信心有所动摇，也令公务员同事感到失望，我再次衷心向大家致歉。"从电视新闻中可以看出，致歉过程中，曾荫权数度哽咽，致歉后弯腰鞠躬十余秒，以示愧疚。

最高行政长官，位居权力之巅，却要被下属部门调查问责。对此，内地读者，感慨良多。

有人说，曾荫权即将卸任，我们这儿，不也有离任审计？

此言差矣。香港素有廉洁都市之美誉。对在职官员一言一行，媒体都是紧盯不放，稍有瑕疵，更是穷追不舍。不要说是即将卸任的曾荫权,即便是"候任特首梁振英",在竞选期间所获捐款、礼物,也必须公之于众,且清单必须一五一十,就连获赠日期也必须详细写明。

有人说,曾荫权也好,梁振英也好,说明香港对官员道德标准要求高。

此言同样差矣。记得胡适先生说过一句话:"一个肮脏的国家,如果人人讲规则而不是谈道德,最终会变成一个有人味儿的正常国家,道德自然会逐渐回归;一个干净的国家,如果人人都不讲规则却大谈道德,谈高尚,天天没事儿就谈道德规范,人人大公无私,最终这个国家会堕落成为一个伪君子遍布的肮脏国家。"

胡适先生随蒋介石到了台湾,我们也顺便谈谈台湾。

陈水扁的上台,被视为台湾走向民主社会的标识,竞选期间,阿扁的廉洁口号,叫得山响,可是,八年下来,阿扁及其家人的贪腐,却也让台湾民主蒙羞。当然,在讲规则的台湾,阿扁也必须为自己的贪腐行为付出沉重的代价。

马英九的廉洁,就连反对党也找不到攻击的罅隙。但是,台湾媒体同样不信任他,他夫人、女儿庆生、购物、出境等等,同样要被跟踪、盯梢。

对领导人不能用道德规范要求他,而应以法律规则制约他;对一般民众,同样也应如此。

这些年,随着两岸交流、交往的深入,台湾人的整体素质的确让大陆刮目相看。

有人认为,这和传统的中华文化有关,台湾庇护了中华的文化,把这个民族美好的习性留了下来。

可是,台湾人自己并不这样看。台湾青年作家廖忠信的《我们台湾这些年》一书,对我们了解一个真实的转型过程的台湾十分有帮助,很具体、很生动。为了写这部书,他多次到过大陆。在他看来,现在大陆人的一些坏习惯,台湾人也都曾有过。目前,台湾人的整体素质确实比大陆高一些,但是,这些素质是一个社会发展到一定文

有人说,曾荫权也好,梁振英也好,说明香港对官员道德标准要求高。

明高度后,都会有的现代社会的特征,硬是要把它扯上文化,实在是牵强附会。

作为一个台湾人,廖忠信30年来最大的感触,就是台湾已慢慢从一个有钱而浮躁的社会,变成一个气氛敦厚温和的社会。这其中的原因,就是法制和规则。

可见法制与规则的重要。如果我们仅仅强调道德,而对法治只字不提,或含而糊之,那么,其结果可能真的会像胡适先生所说的,到处都是伪君子。

2012年6月14日

83 / 改名、改号及其他

一段时间以来，我身边的同事、朋友，不少人又兴起了改名、改号热。

改号，大多是指手机换号。相对简单些。

改名，花样相对多些。有的是在原有名字加个偏旁，或少个部首；有的则干脆另起炉灶，换一个新名字。

这使我想起我的一个堂叔。

我记事起，大家称堂叔，都叫他"小狗"。这不奇怪，我们乡下的，为了小孩好养，名字叫阿猫、阿狗的，比比皆是。

堂叔没文化，生了三个儿子，大儿子叫"宰猪"，二儿子叫"打鸟"。

可是，堂叔也有觉悟的一天。有一天，他先对自己的名字不满意了。经人指点，他的名字，由"小狗"改成"小九"。狗与九，闽南话是同个读音。

可是，他的前面两个儿子，"宰猪"、"打鸟"的，已被村里人叫惯，已是既定事实，已无可挽回；再说，儿子的名字，不像他的名字，可以找到一个谐音闽南语替代，给儿子改名，只好作罢。

您若不信，找个时间，跟我到乡下，我一定把"宰猪"、"打鸟"叫来，与您喝两杯。

堂叔的第三个儿子一出生，赶紧找文化人，起了个中规中矩的好名字，叫"天赐"。

堂叔一辈子操劳，不到六十岁，就过世了。

三个儿子呢？共性是，都不爱读书。差异是，老三好吃懒做，成了闻名遐迩的"烧酒仙"，成天破帽遮掩过闹市；还好堂叔过世后，留给他一间干打垒的瓦房，让他有个栖身之处。

倒是老大、老二，托改革开放之福，办起了石料厂，盖了新房，娶了媳妇，买了轿车，小日子是越过越滋润。

堂叔名字从"狗"到"九"，也没让他享过一天清福；堂叔儿子名字"猪"啊、"鸟"啊什么的，倒是过上了好日子；可叫天赐的，也不见老天赐给什么。

可见，说什么姓名可以决定或改变人生，是不靠谱的。

再说一件事。前不久，我连续认识了两个"吴斌"。杭州的吴斌，是从媒体上认识的。他在高速路上，遭遇铁块袭击，导致肝脏破裂，却忍住剧痛，安全停车，确保乘客生命安全，被誉为"最美司机"。他在生死抉择中抒写了职业忠诚。

另一个吴斌，是一位正厅级领导。单位我就不说了。我拜访他时，他英姿勃发，印堂发亮，声若洪钟。可谁相信，明年，他就要退休了。

可是，他领导的事业如日中天。他站在一张区划图前，像一位指挥千军万马的将军，手舞足蹈，滔滔不绝。

他的属下告诉我，他的基层工作经验十分丰富，从公社书记干起，干到今天这个位置。

我这里不是以所谓价值观，来衡量两个吴斌的两种命运。我只是说，即便两个人的名字完全一致，人生的结局，也是完全不同的。

中国人的姓名，重名的不计其数。你可以到"百度"，搜索下你自己的姓名，恐怕重名的，也有成千上万。而在这些重名中，职业五花八门，让人眼花缭乱。有时，看到与你重名的，是什么名人，你一定开心一笑；可有时，看到与你重名的，却是个杀人犯，你的心境可能就会一落千丈。

千万别介意了。我家小区外，开有好几家起名店铺，都是打着易经的旗号，什么"天格"、"地格"、"人格"、"总格"，印得玻璃门色彩斑斓的。我从门口经过时，总要好奇探探头，想看看里头生意如何，可是，每次，我都替店主失望。还好，店主似乎也知道，单靠此维持生计，怕是要喝西北风的。因而，"易经"店里，兼营茶叶、大米、水果、充值卡等，已不足为奇。这时，我就想，他不是标榜帮人家改名或起名，可以改变他人的命运吗？那他为什么不先将自己的名字改改呢？

一个人，为非作歹，无恶不作，就算他名字起得再好，就算他再如何信神信鬼，鬼神也是饶不了他的。据说，原铁道部长刘志军，对鬼神的膜拜，已到无可复加之地步，但终因坏事做绝，也要成阶下囚了。

还是我们闽南歌唱得好，三分天注定，七分靠打拼。不打拼，不诚实，想靠起个好名字，就坐拥江山美女，简直是天方夜谭，痴人做梦。

2012年6月21日

84 / 隐私值多少钱？

说说最近发生在我们身边的两件事。

一件是事关市领导的。

有报道说，日前，我市一名市领导，向公安机关举报，自己收到一封敲诈信。信的内容是，他的照片被移花接木，与一陌生女子赤身裸体在一块。

这位市领导坚称，一是他没去过敲诈信写到的所在地，二是他的私生活非常检点。

公安机关顺藤摸瓜，终于在湖南把一对狼狈为奸、专干蝇营狗苟的夫妻给逮着了。

报道还说，我市这位市领导举报前，这对夫妻已成功诈骗到几例其他地方领导。

俗话说，打铁还需自身硬。我市这位领导，敢于举报，是自己屁股干净。我们赞一个。

但是，我们在鄙视那对夫妻的同时，也不免发出疑问：他们是怎么知道这位市领导的姓名、职务、地址的？

你一定会说，哪不简单？时下，一本通讯录，就可将各级领导花名册一网打尽啊。

其实，简单背后，有复杂的成因：我们的隐私已一文不值。

说隐私一文不值，是指我们这些普罗大众；而对于那

> 俗话说，打铁还需自身硬。

些别有用心者，我们的隐私，是他们大发其财的资源。

官员的隐私，明星的隐私，当然是最抢手、最值钱的。

可是，侵犯隐私这只无形的手，已是无处不在，无所不用其极。婴儿刚刚哇哇落地，什么制作胎毛笔、贩卖儿童险等等信息就无孔不入，直至孩儿的父母昂头长叹，求饶声声。房子还没过户，卖净水器、除尘器、空气净化器等纷至沓来，更不用说什么搞装修的、卖家具的、售马桶的、通下水道的，早已虎视眈眈。

我们只有愤怒的份。顶多，问一句：是谁，把我们的隐私给卖了？

如果你认为卖我们的隐私，是些下三滥的人干的，那就大错特错了。

今年"3·15"，中央电视台曝光，去年，招商银行、工商银行等网上银行，因发生失窃案，从而曝出银行内部员工泄露并出售大量客户信息，以致造成受害人损失3000多万元。

我们自小，就相信银行，就把自己省吃俭用、勒紧腰带所剩无几的几枚铜板，交给银行保管。可是，今天，我们相信它们，它们盘剥我们的利润也就罢了，它们还食髓知味，把我们仅有的丁点隐私以低廉价格堂而皇之给卖了！

我们闽南人有句话，叫"贼恶过主人"，他们卖我们的信息，还往往有恃无恐、理直气壮。

所以，我再说最近发生在我们身边的另一件事。

上个月中旬，我们报社同时接到两个电话，内容都是一样的，只是诉求方向不同。先是湖滨小学老师打来的，说是那几天，傍晚时分，学校周围，总会来些散发传单的，要学生填写相关内容，比如家人姓名、职业、单位、电话等，每填一单，就送给一份纪念品。老师发现后，跟保安出去制止，却招来发传单的纠集来的闲杂人员恐吓。学校只好报警。学校的理由是，这些人用小恩小惠套取学生家长的信息，是可忍孰不可忍？

> 我们闽南人有句话，叫"贼恶过主人"，他们卖我们的信息，还往往有恃无恐、理直气壮。

紧接着,则是散发传单者打来的电话,他们反诉学校动用保安,抢走他们的传单,搅黄他们的生意。他们反问:自己是一家英语培训机构派出的人员,是做社会调查,他们何错之有?

是啊,在一个把个人隐私当做无所谓的社会,套用、贩卖个人隐私者,必然我行我素,不计后果。

对此,法律似乎也无计可施。因为我们的法律,大多是陈旧的、过时的、发霉的,而不是与时俱进的。

那么,怎么办?不久前,生活在英国佩恩顿公园的一只大猩猩,被拍到以武力捍卫自己"隐私"的镜头。这只体重350多斤的大猩猩,向"偷拍"者发起攻击,对着远处正拍摄的镜头狂扔石头和泥巴。尽管可能是它被镜头盯得难受,以为自身安全受到威胁,才奋起自卫,但人们更愿意相信,它是在为自己的"隐私"而战。

法律不完善,不作为,我们只好效仿这只大猩猩了。可是,掐指一算,大猩猩从原始社会至今,好像进化得远远不如人类啊,而我们却要退化到原始社会,跟大猩猩学两招,实在可怜、可悲。

2012年6月28日

> 是啊,在一个把个人隐私当做无所谓的社会,套用、贩卖个人隐私者,必然我行我素,不计后果。

85 / 假话空话最伤民心

2012年第18期人民日报社主办的《人民论坛》杂志进行了一个调查:"什么最伤民心?"参与调查者近三万人。调查结果显示,贪污腐化、高高在上、假话空话最伤民心。

三大不良作风,使得政府公信力大打折扣。

由是联想到最近媒体上的一条新闻,说是今年北京市的高考作文,得分普遍较低,甚至没有一篇满分。媒体引用评卷老师的话说,高考作文中,假话、空话、大话、套话比比皆是,模板化、程式化现象十分严重,考生作文千篇一律,乏善可陈。

对此,有人认为,这是不重视母语教学的恶果。

再回过头看看《人民论坛》杂志的调查,你就不会认可这样的结论,你就会认为,"高考体"的流行,根本原因绝对不是语言层面的。

道理很简单,假话空话占据我们的主流话语,冰冻三尺,非一日之寒。

我们说要讲真话,可讲了几十年,结果,中央领导同志还是认为,这个问题并没有得到真正的解决。习近平同志最近就再次强调,为什么讲真话得不到落实?深层次原因是一些领导不愿意听真话。

这算是说到点子上了。

真话没人愿意听，假话空话必然盛行。

中国官场文化的一大特色，就是投领导所好，做表面文章。所以，在基层，你经常会听到一些干部感叹，干得好，不如说得好、写得好、唱得好、吹得好。

官场文化对社会影响甚大。时下，"高大全"、"假大空"随处可见、俯拾皆是。明明是小卖部，可人家不这么叫，叫超市；明明是理发店，可人家也不这么叫，叫造型中心；明明就孤零零的一栋楼，可人家不叫楼，叫什么"广场"、"世界"、"花园"等等；就连足不出户的小小加工厂什么的，也要说什么自己的产品是"中国第一"、"世界领先"。就像小品里所讽刺的，一盒"三无"香烟，也敢标出"宇宙"牌唬人。

环境造就人，风气熏陶人。假话空话盛行，容易使人变得急躁、暴躁、浮躁。因而，一夜成名、一夜暴富，始终笼罩在社会上空。

> 假话空话盛行，容易使人变得急躁、暴躁、浮躁。因而，一夜成名、一夜暴富，始终笼罩在社会上空。

温州商人林春平，就敢到媒体上刊登广告，吹嘘自己收购了美国大西洋银行。出事前，林春平不仅日进斗金，而且各种荣誉接踵而至，各类官员纷至沓来；出事后，人们才恍然大悟，所谓大西洋银行，是子虚乌有，是林春平移花接木弄出来的。

其实，在我们身边，林春平式的人物不乏其人。去年以来，一些原本叱咤风云的商界名流，一夜间灰飞烟灭，潜逃的潜逃，被捕的被捕。他们的一个共同特点，就是靠假话空话诈骗、发家。

再看看我们的莘莘学子，每逢什么节庆活动，都要被拉出来，表决心，唱高调，走形式。久而久之，他们的作文不被污染才怪。

进一步说，我们还是要为北京市的评卷老师叫好。

上有所好，下必甚焉。诚如习近平同志所说的，因为存在不愿意听真话的现象，才导致假话盛行；同样，如果我们的评卷老师食古不化，对"八股文"情有独钟，那就真真会把我们的学生引入歧途。记得我刚吃新闻饭时,领导派我去采写一年一度的人大会议报道。我采写的是人大代表的访谈。结果,自以为颇为得意的稿子,却被领导给毙了。三思不得其解。后来,领导告诉我,写访谈,不能太把人大代表的真话当新闻,不能有闻必录,不能写张三就只写张三,要把张三李四王五的话揉到一块,说成是张三说的,再从政府工作报告里东抄一句西摘一段,凑一起,那百分百就可以发表。我琢磨了半天,这不就是写空话大话套话吗?稿子虽然发表了,可连我自己都不看,谁还愿意看呢?

一边是苦苦挣扎的百姓,为高房价、高医药费犯愁,为生存、为养老、为就业、为就学、为不可预知的命运焦虑,一边却是一片形势大好、一派莺歌燕舞。两相对比,百姓自然觉得伤心,自然难以相信政府。可见,对假大空的东西,千万不能小觑。大跃进的幽灵,"文革"的幽灵,一直在我们周遭徘徊。

2012年7月5日

86／

这样的潜规则何时休

今年七一，党支部开展活动，书记跟我说，一定得参加；并说，拟去井冈山。每个党员活动费200元，其余自费。算了一笔账，每人得自掏腰包2000出头。想想，不是钱的问题。因私，井冈山没去过；因公，支部活动，得带头。

一行八人，交给了旅行社，踏上了井冈山红色之旅。

时间虽短，却感触良多。先是飞机晚点，原先的计划只好取消。

飞机晚点，不能怪旅行社。对旅行社不满的是，在井冈山，真正的党员活动只有一天，他们当我们是来革命老区购物的，是来为革命老区做贡献的。

当然，如果我们做的贡献，真的是给了革命老区人民，我们也心甘情愿。但却是南辕北辙。

旅行社先是对我们说，旅客很多，队伍很长，时间很紧，怕是完不成原先的安排。

见此，我们赶紧搜肠刮肚，挖掘资源。一位同事，几番迂回，终于把他30多年前的战友，从"墙旮旯"给挖了出来。一起同过窗，一起扛过枪，那感情真的不一样。他的战友，调动了"中枢神经"，派了车，管了饭，让我们完成了瞻仰革命烈士陵园、观看实景红色剧场演出、感受黄洋界上炮声隆隆等任务，算是不虚此行。

没料到的是，同事的战友却遭到了旅行社的威胁，说是要赔偿它的损失。

奇了怪了，我们不用旅行社的车，不吃旅行社的饭，而且答应团费照付，它何损之有？失在何处？

原来，游客所有自费的项目，旅行社的导游、司机都有不菲的抽成，就连我们的团餐，他们也要鹭鸶腿上割肉。

我们的自费项目，其中一项最贵的，就是观看实景大型演出《井冈山》。最低票价每人290元。

一下飞机，导游就开始游说，演出如何如何精彩，更主要的是，那些演员，大多是当地农民，如果我们不去看，就会影响到农民的收入。

农民大多是红军后代，我们出点血，理所当然。

同事的战友过于盛情，把戏票给买了，说是请我们看戏，总比请我们喝酒好。

可是，导游相当的不高兴。原来，她跟司机的抽成泡汤了。

具体抽成多少，不得而知。有的说30%，有的说50%。就算20%，一张票，导游、司机就可得60来元的抽成。

可是，你知道吗？当地农民作为群众演员，每人每晚只有区区20元的收入。

> 难怪，我的同事说，他们（导游、司机）连红军后代都不放过啊！

更令人不可思议的是，导游要我们去参观当地一家专卖竹纤维产品的商场，说是我们的行程有这么一项。这无非是购物项目，既然行程有，也不好说什么。

可是，光听所谓竹纤维诸功效的介绍，最少就得半小时。我们想，无非就是叫大家买东西吧，干吗浪费时间？进了商场，我就动员大家做贡献。于是，你一条毛巾，我一双袜子，七买八买的，也花了千把元。

没料到，我们提着东西上了车，导游、司机却骂骂咧咧,说是回去无法交差。为什么?因为我们没配合好。我们买了一大堆东西,还叫不配合?

司机一路故意把车开得东颠西倒的,弄得一位晕车的同事脸色青白青白的。

晚上请教同事的战友,说我们是"没配合"。因为,那竹纤维商场,说是介绍,其实就是忽悠,忽悠游客去买上千元一瓶的"药品"、"化妆品"、"保健品"等。

他们就知道我们一定会买?同事的战友笑了,他们厉害着呢,其中奥妙,不是一时半会说得清楚的。要不,导游、司机拉去一个客人,无论客人购买与否,一个客人,抽成150元。

一趟红色之旅算是让我大大开了眼界。同事却说我是井底之蛙,少见多怪。

为什么?这是中国特色的旅游,到处如此。这是一种潜规则,或者说,是一种社会风气。

可怕的是,这种潜规则成了一种社会风气,它就不是某个人的事,也不是某个地区、某个部门、某个单位的事。凡事一旦成风,要彻底改变,就不可能毕其功于一役。

旅游业要发展,小百姓要出游,难道就让我们永远在与这种潜规则的博弈中,失去旅游的真正乐趣?

2012年7月12日

一趟红色之旅算是让我大大开了眼界。同事却说我是井底之蛙,少见多怪。

87 / 谁偷走了我们的真性情

最近网上讨论的一件事，一直困扰着我。

说是北大一名应届毕业生，临近毕业时，把自己的苦恼贴到网上。他的苦恼是，自己找到了一份工作，月薪六千有余，本来，自己也算满足了，可是，将此事告知乡下父亲时，父亲却老大不高兴，骂他没弄个大官当当，实在是没出息。据说，此前，他父亲逢人便夸，自己的孩子找到一份工作，年收入百万以上。

这名学生的苦恼，引来不少出身寒门的学子的跟帖。他们都担心，今后当不了大官，赚不了大钱，对不起父母。

家长的期盼也好，学生的苦恼也罢，都真实地反映出当下社会一个残酷的现实，对权力和金钱的顶礼膜拜。

近日，网上还流传美国国务卿希拉里在哈佛大学演讲的一个版本。其大意是不要畏惧中国，20年后，中国将成为世界上最穷的国家。为什么？其中一个原因是，中国四处弥漫着权力欲和金钱欲。

希拉里是否真的有过这样一个演讲不重要，重要的是，这些话切中了中国社会的病灶。

由是，我又想起，7月3日《厦门日报》副刊上刊登的一篇文章《小孙女有真性情》，作者叫吴建章，是一位爷爷级的读者。

> 希拉里是否真的有过这样一个演讲不重要，重要的是，这句话切中了中国社会的病灶。

文章发表虽已有些时日，但吴先生文中写到的一些细节，仍不断在我脑海里萦绕，久久挥之不去。

他说，不久前，他在《厦门日报》副刊上发表了一篇散文《家乡的番薯园》，兴奋异常，马上打电话把喜讯告诉女儿。因为，那毕竟是他的处女作。可是，女儿却漫不经心地说："您就别再动脑筋写文章了，盯着电脑屏幕半天打几个字干吗呀，要当心眼睛和颈椎啊。退休金不够花，就说一声。"

女儿的话，让他的心凉了半截。

下午，儿子出差回来了，放下行囊，就去开电脑。吴老先生拿着报纸，既高兴又忐忑地走进书房，对儿子说，自己发表文章了。儿子只是瞄了一眼标题，就淡淡地说："这有什么好写的？"说完，埋头看电脑，去看他那永远也看不厌的股票和房情。

儿女的话，让吴老先生心里像打翻了五味瓶。老人家独自感叹：儿女都有大学文化，成天在奔波，在赚钱，却很少读书，更谈不上写作了。老人家的感悟是，如今的"浮躁岁月"，大多是太多这样浮躁的人所致。

好在，读五年级的孙女放学回来，老人家把发表文章的事告诉了她。小孙女兴高采烈，拍手叫好，原原本本、一字不漏地读了一遍，并就文章写到的一些细节提了好几个为什么，而且说，要向爷爷学习，也要写文章给《厦门日报》发表。听了孙女的话，老人家由衷地说，他爱自己的小孙女，她不浮躁，她有真性情。

我不厌其烦地把吴老先生的文章复述一遍，并不是因为这篇文章文字有多优美，情节有多动人，内涵有多深刻，而是因为这篇文章让我有些联想。

其，这篇文章发人深省。我的一位老乡，儿子在澳门大学读博，学校一个月付给万余元的澳币，另外还有不菲的科研经费，孩子不时在纽约、澳门之间飞越，费用都是学校出的；在那里，你不必考虑父母的负担，也不必考虑自己去"创收"，政府管投入，你管专心致志从事学术研究。而我们呢？这些年教育产业化的"深入人心"，导致社会、学校、家长、学生，一股脑儿向钱看。毕业了，更是一股脑儿钻进钱眼里。什么信仰，什么理想，统统成了空话。

其二，这位作者让人起敬。他剖析问题，不是无病呻吟，不是指责他人，而是从身边人写起，从自己的儿女写起。父母爱子女，希望子女有出息，但这个出息，究竟指的是什么？如果像那个北大学子的父亲，指的是当官发财，不要说自己的真性情被铜臭玷污了，儿女的真性情也会被误导。

从北大学子父亲的"失望"，到吴先生的诘问，都提出了一个问题：谁偷走了我们的真性情？我们能怪那个父亲吗？能怪吴先生的儿女吗？只要看看我们周遭，看看我们的现实，看看我们的教育，就不难找到答案。

只是，我们唯一的期待是，吴先生的儿女这代人的真性情被偷走了，孙女这代人的真性情千万别再被污染了！

2012年7月19日

只是，我们唯一的期待是，吴先生儿女这代人的真性情被偷走了，孙女这代人的真性情千万别再被污染了！

人是要有一点思想的

Postscript | 后记

　　本来，文字的东西，一旦公开了，尤其是在报刊发表了，更不用说付梓了，那就不是个人的事了。好，或不好，读者说了算。

　　因而，写后记，就有点画蛇添足了。

　　但是，联想到自己在写作过程中的几件小事，还是让我有了写点东西的冲动。

　　首先是我的几个好友，读了我发表的豆腐块，旁敲侧击地告诉我，一些文章观点过于尖锐、敏感，今后还是得注意，或写了不发表，或用笔名发表。他们见我似乎无动于衷，便侧面告诉我老婆、孩子，要他们提醒我。

　　我岂能无动于衷？我从心坎里由衷地感谢他们。他们不少是过来人，知道因言获罪的历史性、现实性、残酷性。他们有些还是在一定领导岗位的，他们认为我是体制内的人，过于直言，于己不利。

　　不过，也有不同的意见，倒也是我没想到的。王仲莘同志是上世纪五六十年代闻名全国的著名杂文家。"文革"前，他以"朱丹红"为笔名，在《福建日报》上发表大量抨击时弊的杂文，他的一些文章经常被《人民日报》转载。虽然他在"文革"期间也受到冲击，但"文革"后，他痴心不改，仍然以手中笔当匕首，掷向社会的每个阴暗角落；后来，虽然他官拜福建省委宣传部副部长，但仍笔耕不辍，佳作迭出。前不久，他看到我在《台海》杂志发表的《记者与官员之关系》一文，老人家特意从福州给我打来长途。电话里，他说，最近看了我发表的几篇文章，觉得我写出了他的心里话；他说，我的"骂"，骂得痛快，骂得在理；他说，《台海》杂志毕竟发行面比较窄，建议我发到一些全国性的知名杂志上去。遵嘱，我冒着一稿两投的"骂名"，将稿子原封不动投给了广东省政协主办的《同舟共进》月刊。据说，这份杂志，与《炎黄春秋》杂志齐名，在政界、学界、知识界颇有些影响。稿子投出去不久，就接到编辑部采用通知，很快在当年第七期刊登。此前，该杂志已刊发过我的两篇文章，且有的文章一发表，很快又被《杂文》月刊转载。

王老的提携，让我又想起原省委副书记、省委宣传部部长何少川同志对我的鼓励。

我爱好文字，爱好杂文，几乎可以说是与生俱来。在中学，在大学，在报社，我若不从事写作，就觉得人生少了什么，就觉得浑身不自在。上世纪90年代，我在全省各地报刊发表了不少豆腐块，有几次，何少川同志从《泉州晚报》上看到我的文章，特意要福建日报社将我的情况告诉他。当时，有人建议我上门向他汇报。我的理解是，如果我能主动"靠拢"，对我今后仕途有帮助。但我不。

直至有一年，我到同安县（现叫区）挂职，何少川同志到漳州调研，路过同安，突然跟秘书说，要去同安看我。我见到他，感动得手足无措。饭间，他问我挂职后有什么打算，我如实报告，还是写杂文。他笑了，鼓励我说，时代不同了，不要有什么顾忌，只要是在"四项基本原则"框架内，就可以大胆放言。后来，县里领导才知道何少川同志与我几乎是"萍水相逢"。他们甚是惊讶、不解。后来，我在同安挂职期间出版了第一本杂文集《涓泉集》，县里几位领导都暗里当了这本书的推销员。后来，何少川同志几次到厦门，见面时，第一句话问的是：还写文章吗？

十几年过去了，再过个五六年，我也就退休了，今天写这些，也算是些解密。我的意思是，写杂文的人都有几分傲骨，对官场的一些潜规则，都不屑理会，都相信公平、正义毕竟是我们这个社会的主流，关键是你抱什么心态。虽然我写了这么多文章，但我的底线是为我们的党、我们的国家、我们的制度当好代言人。啄木鸟附身大树，其根本，是爱护大树。

我的兴趣、爱好，也得到厦门市一些领导的肯定。原市委副书记陈炳发同志，在位时，就经常鼓励我多读、多思、多写；退休后，凡读到我的文章，好的，就充分肯定，不足的，就直言不讳地批评。市委副书记钟兴国同志，也经常跟我说，读我的文章，是一种享受。

领导的关心、关爱，好友的提醒、提示，都是我写好每一篇文章的动力。

写这篇后记时，看到《厦门日报》城市副刊上有一篇文章，是一位爷爷级的读者写的。他说，他在《厦门日报》副刊上发表了一篇文章后，兴奋异常，马上打电话告诉女儿，女儿漫不经心地说，您老就别写了，伤眼、伤神，退休金不够用，说一声呀；告诉儿子时，儿子在玩他的股票，不经意说了句，现在谁还读文章呀？女儿、儿子的话，让他凉透了心、伤透了心。老人家的感悟是，这个社会太浮躁、太势利，就是因为有许许多多像他女儿、儿子那样，只在乎位子、房子、车子、票子、孩子的人。而这些人不屑文字、文化，必将导致社会陷入迷茫境地。

好在，老人家的孙女读五年级，放学回来后，他把发表文章的事告诉她。小孙女兴高采烈，原原本本、一字不漏地读了一遍，并告诉他，自己也要写文章给《厦门日报》发表。听了孙女的话，老人家说，只有孙女是真性情。但愿孙女的这种真性情，不要被社会不良习气所污染。

我跟这位"爷爷"的心态一样，不少朋友鼓励我将这些年在《南方周末》、《同舟共进》、《杂文》、《福建日报》、《传媒天地》、《厦门日报》、《台海》、《海峡生活报》等报刊上及一些知名网站上发表的文章结集出版，我的第一反应就是，这个时代，还有几个人读书？

但我还是做了，我的出发点是，越是社会进入转型期，个人越不能迷茫、迷惑、迷糊，越要保持一份清净的心态、一点清醒的觉悟，才不会随波逐流，误入歧途。

人是要有一点思想的，但怕一提思想，就成了哲学问题；于是，想了半天，就叫"私享"，写杂文，权当私房菜，合自己的胃口就行。

今天，"私房菜"要端出来让大家共享，心里还是颇有些忐忑。

末了，得感谢海峡两岸关系协会副会长张铭清先生，他是我的老师，虽然不是真正意义上的学校的老师，但他在人民日报社供职时，也不断地发表杂文，也结集出版过杂文集，他看到我发表在一些报刊上的文章，经常兴之所至，在我文章的空白处挑毛病、作批注。他的批注，经常让我汗颜。所以，我的"私享"，请他共享时，他欣然答应为之作序。

得感谢漫画家刘翔（小牛），他是中国新闻奖漫画专项奖评委，他的漫画获得无数国家级奖项，他是真正大牌的艺术家。他一站到我面前，我的脑门就会冒出四个字：见贤思齐。同事们都说他：视名利如粪土，把人品当生命。在我的第二本杂文集《窗外有蓝天》出版时，他就放弃手头许多约稿，为我的书创作插图。这次，他更是主动说，不能落下他，他喜欢做高兴做的事。

得感谢各路朋友，他们怕我的书卖不出去，筹不齐出书大洋，想方设法，提了很多建议。

没有领导、同事、朋友一路为我遮风挡雨，我个人一事无成。

我的父亲年届九轶，只是在给"地主老爷"打长工时，偷听过几堂私塾课。父亲最大心愿，就是子孙后代，必须是读书人。我很怕父亲像前面提到的那个"爷爷"，担心儿女不读书、没文化。

所以，也将此书献给我的满脸写满沧桑的父亲。虽然，我写的，他大多看不懂。

2012年7月1日于厦门日报社